LA MODISTA DE LA REINA

Catherine Guennec

La modista de la reina

Traducción de
Núria Viver

Umbriel

Argentina • Chile • Colombia • España
Estados Unidos • México • Uruguay • Venezuela

Título original: *La modiste de la reine*
Editor original: Éditions Jean-Claude Lattès, París
Traducción: Núria Viver

Copyright © 2004 *by* Éditions Jean-Claude Lattès
© de la traducción, 2006 *by* Núria Viver Barri
© 2006 *by* Ediciones Urano, S.A.
    Aribau, 142, pral. – 08036 Barcelona
    www.umbrieleditores.com

ISBN: 84-89367-03-5
Depósito legal: B-18.972-2006

Fotocomposición: Ediciones Urano, S.A.
Impreso por Romanyà Valls, S. A. – Verdaguer, 1 – 08786 Capellades (Barcelona)

Impreso en España – *Printed in Spain*

A Jean-Jacques Delattre

«Todos creemos tener un secreto. Para unos, es un dolor, para otros, una alegría. Pero no importa, porque un día u otro una mano atenta, caída suavemente del cielo, los cosechará.»

Agnès Desarthe

Mi verdadero nombre es Marie-Jeanne, pero hace mucho tiempo que no me llaman así. Nací en Abbeville en julio de 1747, en una horrible y pequeña habitación del cuartel de la Maréchaussée. Un cuchitril demasiado sombrío para hacer la entrada en el mundo, estoy de acuerdo. Ahora mi casa está en Épinay. Vivo en una mansión a orillas del agua, en un lugar llamado los Béatus.

Ya estamos a finales de verano y el jardín sigue magnífico. Me gustan sus grandes árboles y el riachuelo que fluye más abajo. Las rosas bajo las ventanas de mi habitación ascienden hasta mí con suavidad. Ese perfume… Me las ha regalado Antoine Richard, el jardinero de la reina. Un buen hombre, ese Antoine, el genio bueno de Trianon y un sabio, a su manera.

El día declina. Cerrar los ojos, beber con avidez el aire de la noche, aquí, ahora, es todo lo que quiero. Estos olores mezcla de rosa, de tierra… es Versalles que de repente me invade la nariz para saltarme mejor al cuello. Versalles se parecía a su olor, una mezcla de divino y diabólico. Efluvios de rosa —todo el mundo se perfumaba— y de tufos insulsos, pútridos, como un repugnante olor a muerte. Sí, eso era Versalles y era delicioso. No he vivido nunca en el castillo, pero he pasado horas y horas en él. No sabría decir cuántas en total. Tengo la sensación de que mi vida, mis años más hermosos, se han quedado allí. En el corazón del «monstruo espantoso»… Así lo llama él, el otro, el corso. Seguramente lamentando que estos sucios acontecimientos que lo han destruido todo no hayan terminado su obra. Arrasar Versalles, sus estatuas y sus bosquecillos. El monstruo espantoso es él. Él, que quiere exterminar hasta las piedras y hasta las flores, él, que acaba de casarse con una austriaca. Monstruos, nuestra época no ha dejado de parir monstruos, pero cuanto más la acallan y más la matan más presente está ella, madame Antonieta, muy viva, en los reproches o los remordimientos. Algunas noches, todavía me parece oírla.

No tengo miedo. Ni de las rosas ni de los recuerdos que despiertan ni de los fantasmas que resucitan. Si se pasean bajo mis ventanas o vienen a buscarme, estoy preparada. No, no tengo miedo, nunca he tenido miedo. No os fiéis de las apariencias. No soy esa viejecita frágil que aspira, arrobada, en el balcón, el perfume de sus flores. Soy la misma de antes. «Un tornado, una roca, un volcán», mi pobre madre me comparaba a una catástrofe o a una fuerza natural. He debido de ser un poco las dos cosas, pero los sesenta y seis años pasados no me han convertido en un vejestorio.

Soy una vieja solterona, llena de insolencia y de recuerdos.

Los que no me han olvidado no me creen capaz de tomar la pluma para contar mi historia. Los muy imbéciles… Me invitan mucho a sus cenas últimamente. Para robarme la memoria. Buscan en ella a la reina. ¡Ya era hora! No les confío nada esencial e incluso exagero un poco, una vieja costumbre. Quieren bonitas historias, grandes recuerdos. Les cuento lo que me viene a la cabeza, sin olvidar ponerme al frente. Por algo fui «ministra». Además, adorno y embrollo la historia a propósito. Yo antes adornaba las cosas, las maquillaba, y sigo haciéndolo ahora, a mi manera. «Marchante de modas de la reina», estas palabras figuraban, y en letras grandes, en mi rótulo de la calle Saint-Honoré y más tarde de la calle de Richelieu. Que me escuchen pues a gusto, o que tomen y dejen lo que les plazca. Sólo quieren recuperar la magia de aquellos tiempos, pero la magia se ha esfumado. Un poco por su culpa. ¿Dónde estaban cuando Madame se encontraba en las Tullerías, en el Temple, en la Conserjería?* Ese vacío, ese silencio siniestro alrededor de los soberanos cuando la alegre emigración se pavoneaba en Coblenza, en Londres o en Mannheim. Y ahora todos vienen a mendigar desahogo y confidencias, como una recompensa.

---

* Antigua prisión de París. (*N. de la T.*)

—Cuéntenos, madame Rose... —me suplican algunas noches, prendidos de mis labios. Sí, podría decirles muchas cosas, pero no me creerían. Aquellos tiempos que tienen por mágicos lo eran todavía mucho más.

El azul de la noche sube del jardín con el olor dulzón de las flores. Mis recuerdos se le parecen. Dulces o picantes como un regalo de hortelano.

Capítulo 1

No sé muy bien por dónde empezar. Tengo que recuperar todos estos años y esos recuerdos que se escapan. Pero lo voy a intentar, debo hacerlo. Rosas o negros, los retratos que se hacen de nosotros son muy falsos.

Voy a decir las cosas como vengan. Empezando por el principio, para explicarlo todo bien desde su inicio.

Nací un 2 o un 7 de julio de 1747 en el cuartel de la Maréchaussée de Abbeville, en Picardía. En vida de mi padre, Nicolas, jinete arquero de la Maréchaussée, nos beneficiábamos de un alojamiento gratuito. En verdad, una desagradable hilera de habitaciones oscuras y húmedas, junto a la prisión. Un lugar para esperar o ir al encuentro de la muerte.

Los gendarmes a caballo, los *lapin ferrés,* lo abandonaron hace muchos años, pero el caserón sigue en pie. El cuartel de la Maréchaussée se ha convertido, creo, en la casa de Aduanas. Monsieur Boucher de Crèvecoeur de Perthes debe de presidir su nuevo destino.

Soy la pequeña de una gran familia, grande por el número. Mi madre Marie-Marguerite se casó en primeras nupcias con Jacques Darras, con el que tuvo dos hijos. Una niña que murió a edad temprana y Jacques-Antoine. De Nicolas, mi padre, tuvo tres hijos y cuatro hijas más. Sólo sobrevivieron dos chicos y tres chicas. Yo estaba en este lote. Ya era fuerte y vigorosa, acostumbrada desde pequeñita a comer sopa de col y tocino. Un remedio de larga vida según mi abuela Pinguet. En cualquier caso, una comida sólida a la que quizá debo la fuerza de mis órganos y de mi temperamento, que han resistido tanta violencia.

Mis padres, como buenos católicos, me hicieron bautizar en la iglesia de Saint-Gilles por el padre L'Herminier. L'Herminier o Falcominier..., nunca lo he tenido claro. Todos lo llamábamos «padre», excepto Jean-François de Mouchy, el brigadier en jefe de la Maréchaussée, que se dirigía a él con un aparatoso «monsieur Falcominier», y excepto nuestros vecinos, que le trataban de «señor cura L'Herminier». De lo que estoy segura es de que era alto y flaco. Los ojos como botones de pantalón muy cercanos le daban un aspecto malvado. Con su nariz ganchuda y su hábito negro, parecía una ruin corneja. Daba miedo a todo el mundo. Una desgracia que creo que le iba muy bien para sus asuntos. El domingo, a nadie se le ocurría olvidarse de las horas de misa.

Mi madre, muy piadosa, me transmitió muy pronto el amor a Dios y Falcominier-L'Herminier no consiguió nunca que le temiera. Siempre he sabido por instinto que esa gran corneja tenía un corazón de oro y nunca he tenido miedo ni de él ni del Señor al que servía.

Nosotros, los niños Bertin, tuvimos todos como padrinos a amigos de mi padre, soldados de la Maréchaussée de Abbeville. Excepto yo, que fui la ahijada de mi hermano mayor, Jacques-Antoine. Mi madrina, una vecina, se llamaba Marie-Jeanne Gauterot. Le debo mi nombre.

Sí, allí fue donde nací. En un hogar modesto sin instrucción ni fortuna, pero de inclinación tierna y afectuosa.

Un hermano carpintero, otro jinete arquero, hermanas, primas, tías... obreras de fábrica. Salvo mis dos hermanos, toda la familia trabajaba más o menos en los paños y las telas desde siempre. El azar del nacimiento, la herencia del norte. Ver la luz en Picardía representaba respirar, trabajar, vivir —sobrevivir— a través del trapo. El camino era invisible pero trazado. Mis pasos siguieron a los suyos.

Veo a mi madre... La veo siempre cuando me vuelvo hacia aquellos años. Creo que ella me mira y me oye sin cesar. Entonces le hablo. Los niños deben creerme buena para la casa de locos. El otro día, la pequeña Toinette me miraba con curiosidad. Imagino que a veces oye a su tía abuela hablarle a las paredes de su dormitorio. Querida Toinette... Le gusta tanto venir a verme a Épinay, tanto como a mí me gusta recibirla.

Mi madre era muy hermosa antaño. Es cierto, era baja y morena, pero de tez fresca, cintura dócil, ojos vivos y además animosa, alegre. Todo el mundo decía que me parecía a ella. Catherine y Marthe tenían más de nuestro padre. Estatura alta y largo rostro serio bajo un pelo rubio y ensortijado.

Por lo que recuerdo, mi padre era muy bondadoso, pero no lo conocí realmente. Tenía siete años cuando murió.

En el pueblo decían que mi historia estaba escrita, que seguiría el camino de las mujeres de la familia en la manufactura o me establecería como sirvienta en casa de L'Herminier o sería cuidadora de enfermos como mi madre.

Yo, en mis pensamientos, me contaba otras historias, y bonitas. Para empezar, mi padre no había muerto, sólo había desparecido, lejos de nuestra vista. ¡De viaje! Y un buen trabajo o un buen marido, yo sabría encontrarlos cuando llegara el momento. Esto es lo que me decía y, a fuerza de decírmelo, debí de empezar a creérmelo. Sin embargo, era huérfana y además de la raza de los oscuros. Era inconcebible, incluso en mis divagaciones más locas, que me forjara un futuro de color de rosa. El futuro, para mí, y en el mejor de los casos, era ser la mujer de un buen comerciante o dependienta de una tienda. Pero los sueños, los bonitos, los grandes, ¿quién podía impedírmelos? Pues sí, soñaba todos los días con todas mis fuerzas y por encima de mis posibilidades. No era una pigmea, era una gigante dormida que esperaba su hora...

«Pecado de orgullo, mi Jeannette», habría protestado mi madre si hubiera podido sorprender mis pensamientos. Y quizá los había sorprendido. Las madres a menudo saben lo que una se empeña en esconderles.

En el pueblo, el bueno de Adrien, que bizqueaba ante cualquier enagua, empezando por las mías, decía que yo iba para rata de sacristía y que una hermosa planta como yo valía más que la fábrica o que una mísera casa parroquial. Adrien se expresaba con rudeza. Un día, me acorraló y me explicó que tenía proyectos para mí. Proyectos... No lo comprendía todo, pero adivinaba, y su perorata podía tragársela. Sabía que por mi origen no podía aspirar al oro y el moro, pero de ahí a imaginarme bajo la dependencia de aquel perro loco... Por una vez, era él el que soñaba. Me persiguió mucho tiempo a pesar de mis desaires.

Creo que desde ese momento sentí la mirada de los hombres posarse sobre mí.

Sin vanagloriarme, había muchos que me encontraban atractiva. Pero los piropos no me deleitaban. Primero me sorprendieron y después, rápidamente, me molestaron, e incluso me avergonzaron. En casa de los Bertin, no se bromeaba sobre la virtud de las muchachas.

En aquellos tiempos, vivíamos en la mediocridad.

Al morir mi padre, habíamos abandonado el siniestro alojamiento del cuartel de la Maréchaussée por una vivienda, en la calle Basse, todavía peor y cuyo techo dejaba pasar regueros e hilillos de agua no bien empezaba a llover.

Llueve mucho en Picardía.

No puedo decir qué era lo más molesto, si el desbordamiento obstinado de las aguas o aquel olor tenaz a barro y podredumbre.

Estuve dos o tres años con mi madre, mis dos hermanas y mi hermano pequeño en aquel barrio cuyo nombre ignoro. El aire era siempre asquerosamente tibio y estaba cargado de olores fuertes. Recuerdo los tenderetes de los artesanos amontonados en las callejuelas sin vista. Era un lugar sin horizonte ni perspectivas.

Jean-Laurent y yo íbamos a menudo a jugar en aquel laberinto de calles. Cuando no nos torcíamos un tobillo en el pésimo adoquinado, nuestros pies resbalaban en el barro, pero no nos preocupaba. La costumbre… y estábamos en esa edad en la que no puede pasarte nada siempre que no te quiten a tu madre y que tu barriga esté pasablemente llena.

Por supuesto, mi madre soñaba para sus hijos una existencia menos ingrata que la suya o que la del resto de habitantes de la región, aspirados por la fábrica de Van Robais, la de Michault o también la de la viuda Homaffel. Así pues, cuando el padre L'Herminier le pidió que me dejara asistir a la escuela de la parroquia, donde quería instruirme un poco, aceptó con gusto. Le costó horas de limpieza en el presbiterio, que ofreció de corazón.

—Está bien, mi Jeannette.

Todavía la oigo felicitarme por un mérito que no era tal.

—Tienes el don de hacerte querer, eso es bueno, hija mía.

Me sentía orgullosa de aprender el alfabeto, las cifras y la ortografía, pero me sorprendía. La gran corneja tenía la bondad de tomarme bajo sus alas. ¿Por qué a mí? ¿Por qué no a mis hermanas? ¿Por qué no a tantos otros?

Mi madre y L'Herminier me salvaron de la fábrica. La poca instrucción que iba a recibir apartaba las hilanderías de mi camino.

Para mademoiselle Barbier, la marchante de modas de Abbeville, con la instrucción recibida ahora podía trabajar de recadera en su hermosa tienda.

Fue una vez más mi madre quien se las arregló para conseguirme el trabajo.

Ni las cotillas del lugar ni ese desvergonzado de Adrien dijeron una palabra cuando entré como aprendiza en casa de mademoiselle Barbier. Sabía lo que pensaban de ello. ¡Era demasiado bueno para Marie-Jeanne! Sin duda, era mejor que vaciar orinales o curar viejos gruñones que apestaban a sudor y leche agria, con ropas sucias o algo peor. Era mejor también que amontonarse en una fábrica y oír los ladridos de un capataz.

La primera vez que penetré en el pequeño dominio de Victoire Barbier me sentí trastornada. Cuántas maravillas, cuántos tesoros cuyo nombre no sospechaba hasta entonces, ni siquiera su existencia.

En Barbier, se sacaba el máximo partido comercial a la frivolidad. Se imaginaban vestidos y tocados, con plumas, con flores, con cintas, se vendían toquillas, mitones, guantes, pañuelos, manguitos, incluso abanicos. ¡Ah!, la moda, sus formas, sus usos. Mademoiselle Barbier parecía saberlo todo y quería enseñármelo todo. Una suerte. Sabía las cosas y las explicaba bien, a veces con palabras complicadas. A menudo hablaba de «artificios». Artificios… Cómo me gustaba esta palabra. ¡Y «perifollo»! Bonita también. Nunca me he cansado de su música.

Todo era divertido en la costura. Me entendía bien con la patrona y las chicas, y aprendía un verdadero oficio. Descubrí los famosos «artificios». ¡Se trataba de la elección de las telas, los cortes y los colores! Cuando mademoiselle y sus parroquianas,[1] que olían a polvos y a violeta, hablaban, de sus bocas se escapaban matices fantásticos. Un poco ridículos, es cierto, pero fantásticos. «Fifí pálido asustado», «cola de canario», «vientre de cierva», «español muerto», «muslo de ninfa turbada», «risa de mono», «araña premeditando su crimen»… ¡Menudo carnaval! Al principio, las otras modistillas se burlaban de mí. Debí de poner cara rara al descubrir su alegre jerigonza. Las sorpresas no habían acabado todavía, pero ¡eso era la moda! Jugaba con la palabra como con la pluma o la cinta.

El domingo y los días de fiesta, ayudaba a mi madre. La acompañaba a casa de sus enfermos para echarle una mano. No era algo agradable, pero me complacía porque estaba con ella, sola con ella. Me gustaba cuando regresábamos cogidas del brazo cantando nuestras canciones o hablando bajito.

Adoraba a mi madre y ella me lo agradecía.

Después llegó mi segunda gran tristeza. Jean-Laurent enfermó de una mala fiebre de la que nunca se recuperó.

Jean-Laurent, mi pequeño, mi hermanito, habría querido partir con él. Qué podía hacer solo allá arriba un chiquitín de diez años… El padre L'Herminier me consolaba como podía. Pero de qué sirven las palabras, aunque sean bonitas, ante la muerte de un niño. No hay nada que decir, nada que explicar.

Me encerré en mi tristeza. Era mía, la necesitaba, me complacía refugiarme en ella. Monsieur L'Herminier decía que la tristeza mejoraba el alma, que la hacía más dulce. Más palabras. Porque yo me volví malvada. Me puse a detestar a todos los niños pequeños de diez años desbordantes de vida y de salud.

Después de la muerte de Jean-Laurent, me convertí en la más pequeña, y la casa continuó vaciándose. Mis hermanas se marcharon a Amiens en busca de mejor fortuna en una peluquería. En la calle Basse, sólo quedábamos mi madre y yo. Nuestras relaciones se hicieron naturalmente más estrechas. Además, nos parecíamos mucho, tanto física como espiritualmente. Yo era otra ella. Un espejo joven en el que se veía de niña. En la casa Bertin, había dos Marie-Marguerite, la grande y la pequeña.

Durante la semana, de lunes a sábado, todo mi tiempo pertenecía a mademoiselle Barbier. La tienda abría a las diez, pero mucho antes ya estaba trabajando en el taller. Las chicas preparaban la tienda. Una pausa de una hora y después trabajábamos hasta el anochecer cultivando las flores de terciopelo, encanillando los encajes de Valenciennes y sumergiéndonos en los océanos de *chantilly* o de gro de Nápoles, y las transparencias de gasas y *barèges*. Me fascinaban las hermosas telas y me fascinaba todavía más la habilidad de la patrona, que las transformaba en prendas de vestir. Adoraba los atavíos y los preciosos tejidos, los brazaletes o los collares que se tomaban por flores. El taller era un jardín donde crecían en menos de una hora amapolas, margaritas, peonías, rosas…

Mademoiselle Barbier era más que una marchante de modas. Y poco a poco me sorprendí soñando. Yo también quería ser una Victoire, mandar sobre las telas y los colores.

Y pasaron los años. Una mañana, mademoiselle Barbier tenía un aspecto sombrío y las chicas lloraban. Los negocios no marchaban bien y la patrona no podía mantener por más tiempo tres costureras. Como yo era la última que había llegado, sería la primera a la que despediría. Sin embargo, hacía siete años que trabajaba en aquel comercio. De aprendiza, había pasado a empleada y de empleada a un puesto que no era gran cosa, pero casi había acabado de aprender el oficio y otra patrona me contrataría, forzosamente debía de existir en alguna parte. ¡Sólo tenía que encontrarla! Pero las marchantes de modas no crecían como setas entre nosotros y, en la fábrica, la contratación andaba floja. Tenía que ir a otra parte a ofrecer los servicios, como mis hermanas. ¡Marcharme! Sola y lejos de allí, lejos de los míos.

Y Adrien se burlaba. Me repetía que era tonta por preocuparme, que él seguía teniendo proyectos para mí.

Apesadumbrada, me resigné. Mi madrina Gauterot aseguraba que en París el trabajo no faltaba y que la remuneración era muy superior. ¡Así que rumbo a París!

Mi madre añadió a mi maleta un pañuelo de encaje, una bolsa monedero bordada en redecilla de seda azul y un peine heredado de mi abuela Méquignon. Puso también un libro de plegarias, regalo de monsieur L'Herminier. Me aseguró que los planes infinitamente misteriosos de la divina providencia por fuerza tenían prevista alguna cosa para las chicas como yo. Había que aceptar sus proyectos y abandonarse a ellos con confianza. Obedecí y, en la calle Basse, en la casa Bertin, sólo quedó una Marie-Marguerite.

Capítulo 2

En la primavera de 1762 o 1763, descubrí París. No se parecía a lo que esperaba.

Tenía quince años y era la primera vez que me aventuraba lejos de casa. Lo tenía todo por aprender, todo por descubrir, pero mademoiselle Victoire lo había dicho, ¡tenía aptitudes! Ella pretendía que con mi fisonomía y mi gusto por el oficio me abriría camino. Sin embargo, todo lo que podía ofrecer estaba en ciernes y los inicios fueron laboriosos.

En Abbeville, era una modistilla. En París, no era nada en absoluto. Ni siquiera una enana, era casi invisible. Nunca me había sentido tan sola como en esta ciudad inmensa y hormigueante.

Pasé mi primera noche en París en la calle de la Juiverie, en casa de una amiga de Victoire Barbier, una bonita pelirroja, de piel lechosa, acribillada de pecas.

No me quedé mucho tiempo en la calle de la Juiverie. La señora pelirroja tenía obligaciones y una familia numerosa, así que me las arreglé para no molestarla mucho tiempo. Encontré rápidamente un trabajo y, por lo tanto, un nuevo alojamiento. Trabajaba y vivía en el mismo lugar.

Primero me contrataron en una pequeña tienda del paseo de Gesvres y después en el negocio de Marie-Catherine Péqueleur, en la casa de modas del Trait Galant. En el número 243 de la interminable calle Saint-Honoré, el epicentro de la elegancia. Rebosaba de comercios. Quince boneteros, tres bordadores, media docena de sombrereros, tres costureras, quince pañeros, cuatro lenceras, una buena treintena de merceros, «vendedores de todo, fabricantes de nada», un guantero, una docena de peleteros, otra de sastres y una veintena de comerciantes de modas. Sin contar los comercios de las calles de alrededor.

Había observado durante mucho tiempo los rótulos. Todo era galante o dorado: L'Écharpe d'Or, Le Bourdon d'Or, Le Cygne Couronné, Le Goût du Siècle, Le Trois Sultanes, Les Dames de France, Les Deux Anges, La Pelisse Galante, Le Magnifique... A saber por qué, preferí la tienda de Marie-Catherine Péqueleur. Empujé la puerta y me quedé unos años. «En mi casa se trabaja duro», me había prevenido La Pagelle. Todo el mundo la llamaba así. Pero el trabajo nunca me había asustado y el sueldo me convenía. También había precisado que en su casa sólo toleraba chicas formales.

—¡A dormir a las diez y nada de hombres en el dormitorio!

Acepté.

Todavía siento su mirada punzante repasándome de los pies a la cabeza, calibrándome como a un animal de feria. Un hermoso animal, sin duda, aunque yo no tenía conciencia de ello.

El Trait Galant gozaba de una buena reputación, que quería conservar. Las malas lenguas decían que las casas de modas no eran más que viveros de alegres busconas, de pelo empolvado con argentina y mejillas subidas de color, pero en su casa las modistillas no exageraban con el blanco de cerusa ni con el rojo. La ropa producida en el Trait Galant no desentonaba con las normas de la decencia al igual que casi todas las chicas que trabajaban en el establecimiento.

—No estamos en la tienda de los Labille[1] —pregonaba a menudo La Pagelle.

A dos pasos, en la calle Neuve-des-Petits-Champs, los famosos Labille, buena gente, regentaban una tienda llamada À la Toilette. Este comercio no tenía la suerte de ser del agrado de mi patrona a causa de una historia con una chica. Una bonita planta, tipo trepadora, de una belleza que cortaba la respiración. Con su pelo rubio, natural y sin polvos, los ojos azules y la cintura flexible, era arrebatadora y dotada, muy dotada, no solamente en el arte punzante de la costura. Los hombres la llamaban «el ángel».

—¡Un ángel con todo el fuego del diablo en el trono que le prohíbe la silla de paja! —se mofaba Marie-Catherine Péqueleur.

¡Poco a poco, la hermosa Jeanne se había convertido en la querida de Luis XV! Abandonó el oficio cuando yo lo descubrí y se dio prisa en cambiarse el nombre de Bécu por el más distinguido de Du Barry.

En fin, así fue como logré emplearme, por la mayor de las casualidades, en el Trait Galant, un negocio floreciente, con una reputación de costumbres decentes, muy rara en el oficio.

Me tomó su tiempo amar París.

Cuántas veces me perdí en mis primeras entregas. Cargada con montañas de encargos, me perdía por calles y callejuelas. Me equivocaba de dirección, retrocedía, y llegaba con los pies adoloridos a casa de una clienta furiosa por haber esperado demasiado. Pero era joven y lista, y pronto me las arreglé en el gran laberinto. Con la canción en los labios y el corazón en el trabajo, me lancé sin vacilar más ni equivocarme de dirección. ¡Los paquetes que llegué a entregar a aquellas damas! Era un buen oficio el de modistilla, aunque me gustara más estar en el taller que al aire libre.

París era de una turbulencia agotadora. Una multitud numerosa se agitaba en cualquier momento y en cualquier lugar. ¡Incluso en misa! Y había incontables calles, estrechas, sin acera, pero nunca sin cunetas lodosas, incluso en los barrios elegantes. La gente tenía que disputar un pedazo de calle a los caballos, que creían que todo les estaba permitido. Los pequeños cabriolés también eran una verdadera pesadilla. Jóvenes sin dos dedos de frente se divertían llevando a toda velocidad esas sucias jaulas de conejos. Podías elegir entre morir aplastada o morir de vergüenza, cuando veías la impresión que causaba en casa de la clienta recibir una falda manchada de barro.

La ciudad te escupía encima sin contemplaciones. Pululaban personajes sombríos. Las ropas y las medias del transeúnte modesto estaban condenadas al color más sufrido, un negro cómodo, que los distinguía tristemente.

Pero éstos no eran los mayores peligros. París no tenía contemplaciones con la debilidad ni con la miseria, y se zampaba crudas a las oquitas frescas recién llegadas del campo, como yo.

Me acostumbré a mi nueva vida. Poco a poco me fue gustando la gran ciudad, donde nada dejaba de asombrarme. París era un espectáculo, tan hermoso como una *Ifigenia en Táuride* o un *Adivino de la aldea*. ¡Un día anunciaba a un hombre que andaba sobre el río, otro día, a un muchacho que cavaba la tierra como los topos! Otro, a una perra sabía que jugaba a las cartas o incluso a una serpiente de doce pies de largo con una lengua de tres puntas. ¡Cómo morir de aburrimiento en semejante ciudad!

Mi lugar preferido estaba cerca del Pont au Change; lo descubrí gracias a una entrega que tuve que hacer. Me recordaba la bahía de Somme. Allí, si cerraba los ojos, podía transportarme sin gastar dinero hasta las orillas de mi río. Iba a menudo a pasear el domingo con mi nueva amiga.

Había entablado amistad con Adélaïde Langlade, una encantadora rubia de ojos claros y tez pálida que me recordaba a mis dos hermanas, Marthe y Catherine. También hacía poco que trabajaba en el Trait Galant, después de abandonar de buena gana el convento y a las monjas, que habían intentado enseñarle canto, danza, historia o geografía, esas cosas tan bonitas que me eran desconocidas y que tanto me habría gustado saber. Adélaïde detestaba los años de pensionado. Decía que allí todo estaba prohibido. Las chicas se levantaban y se acostaban temprano, vestían un siniestro uniforme, las mantenían bien atadas como perritos.

—Prohibido reír, cantar, correr e incluso mirar a las personas mayores a los ojos, ¿crees que eso es divertido? —me confiaba—. El pensionado es la prisión. ¡No puedes imaginarlo!

Y sí que podía, la prisión, la conocía. ¡En Abbeville, casi había nacido en ella!

Descubrí París y a las parisinas. Descubrí también la moda, la verdadera, la de la capital. ¡Era tan complicada! Sin estar acostumbrada, solamente recordar el nombre de los trajes era toda una proeza. Traje de mañana, traje de tarde, traje para ir a la iglesia, traje para cenar, traje para las visitas extraordinarias, traje para las visitas de familia, traje para la corte, para el espectáculo, para el baile, para la caza, para la equitación, para cenar en casa de otros, para recibir a los religiosos, para las bodas, los bautismos, los duelos… y la lista no se detenía aquí. ¿Acaso se detenía? El mundo elegante preveía un traje de circunstancia para todas las ocasiones. Y las había. Además, todo se regía por las telas y los colores de temporada.

Ya estaba segura de dos o tres cosas. Para convertirse en una hada-perifollo, primero había que tener buenos ojos, dedos ágiles y buenas piernas; para recorrer la ciudad y entregar la mercancía a la clienta. También había que tener una gran memoria. Todos esos perifollos...

Tenía mucho que aprender y aprendía. La moda, la costura, la vida, todo lo que no está escrito en los libros y que se susurra de día en el taller y de noche en el dormitorio. Lo ignoraba todo de mi nuevo mundo, las maneras, los usos y costumbres, las historias, los escándalos. Tiraba de la aguja, saltaba las cunetas lodozas, cargada como un borriquillo con mil paquetes, sin olvidar nunca abrir bien los ojos y los oídos. Tenía sed de aprenderlo todo, de conocerlo todo.

Capítulo 3

Los meses y los años siguientes no fueron realmente felices. Pero tampoco fueron realmente desgraciados.

¿Quién era yo entonces? ¿Qué sueños brotaban todavía de mi cabeza? Creo que no pensaba en gran cosa más que en trabajar. Las jornadas en el taller eran agotadoras, pero tenía una salud sólida y el exceso de trabajo no me asustaba. Podía aguantar hasta tarde. Hacía felices a la encargada de la tienda y a La Pagelle, sobre todo porque las escapadas nocturnas a escondidas de la patrona no eran de mi gusto. Algunas obreras, las que llamaban las huidizas, no me lo perdonaban. Me animaban sin éxito a unirme a ellas en sus calaveradas.

No las juzgaba, pero me consideraba muy diferente. Andar de picos pardos con el primer hombre que te salía al paso, jugar a las «Venus» o a las «Sophie cuerpo bonito» con vejetes llenos de vicios y enfermedades, no, muchas gracias. A ciertas chicas les gustan esos desenfrenos, a mí nunca me han gustado.

Mi vida era contraria a todo lo que había conocido hasta entonces, pero pronto me pareció todo natural, excepto las maldades de algunas chicas. Estaba convencida de que todas las parisinas se les parecían. A decir verdad, las encontraba malvadas. Al principio, mis maneras, mi inexperiencia, mi acento e incluso mi nombre, les parecían algo burdo.

Sufría su desprecio en silencio. Sabía que debía controlar mis estados de ánimo, ocultar mi resentimiento. Sabía también que debía adaptarme a las leyes de mi nueva situación. Así que en primer lugar me cambié el nombre de pila. La Pagelle lo encontraba demasiado común.

—Vulgar —decía, con un aire de ligero asco.

A menudo, en el taller, las chicas se reían imitando mi acento, que cosquilleaba pesadamente en el oído. Mis entonaciones rurales pero también mi nombre anticuado redoblaban su buen humor. En una casa que se jactaba con razón de servir tanto a la corte de Francia como a la de España, no cabían antiguos nombres pasados de siete modas. Debían resultar agradables al oído como las canciones de cuna más tiernas de Berquin. Todas las chicas tenían nombres prestados muy distinguidos.

—¿Qué piensa de Oliva? ¿O Charlotte? —me sugería firmemente La Pagelle.

Yo no pensaba gran cosa, pero me doblegaba ante las reglas puesto que era necesario. Así fue como desapareció Marie-Jeanne.

Al mismo tiempo, me dedicaba a cambiar mi acento. Lo sabía, una forma de expresarse demasiado rústica sólo podía perjudicarme. Las buenas maneras y un bonito nombre eran importantes. El mío, el nuevo, debía satisfacer a La Pagelle, pero también tenía que gustarme. Quería que fuera sencillo y dulce, como un terciopelo, una caricia, y lo había encontrado, ¡me llamaría Rose!

—Me parece muy bien —había concluido la patrona.

«Rose» le gustaba a Adélaïde. Incluso las demás chicas parecían encontrarlo menos palurdo. Mademoiselle Rose por aquí, mademoiselle Rose por allá; las clientas también le encontraban un cariz mejor. Hacía falta poco para tenerlas contentas, pensé entonces, había pasado por renuncias peores. Aquel nombrecillo tan dulce y nuevo me hacía crecer. Así etiquetada, penetré de verdad en la gran familia de las damiselas de la moda.

Por supuesto, había que continuar aprendiendo. Descubrir el *traquenard*,[1] controlar la felpilla,[2] acercarse a las *compères*,[3] poner en cintura las *considérations*[4] y los *petits bonshommes*…[5] Cuando pienso en lo mucho que había que tragarse. Este oficio movilizaba el cuerpo entero; la cabeza para la memoria, las piernas para las entregas, los dedos para la labor y los oídos para impregnarse de las noticias del momento. No me atrevo a decir la lengua para difundirlas. ¡A fe mía que una casa de modas estaba mejor surtida que una gaceta! No había noticia que se nos pudiera escapar. Sin embargo, yo prefería dominar las ondulaciones de los afollados, domar los plisados dispuestos en serpentines de lazos, tutear a los volantes y encañonar los encajes.

Lo que más me divertía eran los adornos de cabeza y rostro. Empleaba gasas, cintas y flores frescas. La encargada de la tienda decía que elegía con intuición; tonos fríos para desinflamar las mejillas campesinas, *follettes*[6] o rosas para alegrar los semblantes severos. Empezaba a inventar. La Pagelle lo apreciaba. Madame Sagedieu, su encargada, estaba perpleja frente a mi empeño en arrugar la muselina. ¿Ganas de distinguirse, necesidad de un sueldo mayor? ¿O un extraordinario amor por este oficio?, pensaba. Todo lo que sabía era que la patrona me tenía en gran estima. Aparte de Adélaïde, todas las chicas se sentían celosas. Sobre todo cuando nuestras parroquianas empezaron a solicitar mis servicios. Las bonitas y sobre todo las otras. Decían que los espejos del Trait Galant eran los menos crueles de París.

—¡Envíeme a Rose! ¡Sólo la quiero a ella!

—Esa chiquilla es un hada.

Decir que me sentía halagada se queda corto.

Cada día dominaba un poco más el oficio, avanzaba al ritmo moderado de los buenos trabajadores, no lentamente, pero de forma segura. Como mademoiselle Victoire, Sagedieu pensaba que yo tenía un don. Pero, sin trabajo, un don no es nada o no gran cosa. Así pues, con paciencia y cariño, me dediqué durante años al arte de embellecer, a la «poesía de la moda», como decía madame Pagelle, a quien no le molestaba que le dieran un título interminable. «Gran directora del gusto» o también «Experta en artes de belleza» eran sus preferidos.

Mi vida transcurría lejos de los míos, pero gozaba de un trabajo, un sueldo y una vivienda correctos, de una buena patrona y nuevas compañeras de mi edad. Echaba de menos Abbeville, por supuesto, pero París tenía cosas buenas. Cuando hacía sol, el domingo, las chicas acostumbrábamos a reunirnos. A pesar de nuestros caracteres diferentes, era agradable hacer picnic juntas a orillas del Sena. La Pagelle veía con buenos ojos estas excursiones. Pero ella no lo sabía todo.

—¡Nada mejor para crear lazos afectivos! —decía.

El domingo era la libertad. Con Adé del brazo, subíamos por la calle de Gourdes[7] o nos dirigíamos sin prisas al Gran Paseo o a los Campos Elíseos. Hablábamos y hablábamos sobremesas enteras. Las opiniones de Adé ya no me indignaban. En realidad, me encantaban por su atrevimiento. La vida, los hombres, decía, se sabía la canción y no hacía falta cantársela. Sabía muy bien a qué atenerse. No obstante, bajo sus aires emancipados, todavía era una niña, ella también, que soñaba con grandes cosas, incluso muy grandes. Y, en su cabeza, sólo había lugar para el amor.

A menudo, llegábamos hasta la barrera de Chaillot antes de regresar. Me gustaba aquella campiña.

—¿No estás harta del Trait Galant? —me preguntó una vez.

Continuar trabajando no le molestaba, pero todavía no había renunciado al matrimonio. A mí me parecía que teníamos mucho tiempo por delante y que la autoridad de una patrona valía mucho más que la de un marido. ¡Y me gustaba el oficio!

Renunciar al matrimonio no significaba renunciar al amor, tanto a sus placeres como a sus inconvenientes. Adélaïde sabía algo de eso. Tenía pretendientes… Lucían hermosas pelucas empolvadas o graciosos calzones de puente,[8] que frecuentaban la tienda. Más para echar el ojo a las chicas que para elegir una dragona o un lazo de espada. Adé tenía buen temperamento y era una gran enamorada. Se encendía deprisa ante la sonrisa insistente de un hermoso chaleco con faldones o las manos cálidas y ligeras de un hidalgüelo de paso. Coleccionaba galanes a escondidas de La Pagelle, que no era tonta.

—A esa calentorra de Langlade pronto le crecerá el vientre —le decía de vez en cuando a Sagedieu.

Pero pasaban las semanas y los meses y Adélaïde seguía igual de ligera, con la cintura fina, el vientre plano y las piernas alerta, para correr detrás de los galanes o ir, cerca del Pont-Neuf, a casa de la mujer que practicaba abortos. Siempre la acompañaba. Había que ir de preferencia bien entrada la noche. Todo debía hacerse discretamente, incluso entregar el alma, y además por diez luises. Una vez creí que la perdía. Estaba bañada en una sangre negra y abundante. Después ya nada creció en su vientre.

Aquellos abortos repetidos le producían graves infecciones, pero estaba viva y eso ya era un milagro.

Casarse o continuar trabajando era la elección que a la larga se imponía. Yo todavía no había hecho la mía. Todo lo que sabía era que nunca abandonaría a Adélaïde, tan frágil bajo sus aires bravucones y tan sola a pesar de su manada de enamorados.

Pronto, a fuerza de llevarle encargos a la Du Barry, se le metió en la cabeza la idea de jugar también a las condesas galantes.

—¿Crees que yo le agradaría al rey? —preguntaba con zalamería—. ¿Acaso no soy tan guapa como esa Du Barry?

Se decía que Luis XV era voluptuoso, incapaz de resistirse al encanto rollizo de un escote o una piel joven y aterciopelada. Entonces ¡por qué no ella! Pretendía saber cómo hacer volver cabezas a su paso. Yo, aferrada a mis principios, consideraba que eso era ir por el mal camino. Adélaïde se reía y pretendía que quizá yo estaba dotada para la costura, pero no entendía nada de esas cosas.

En aquellos tiempos, las chicas de mi corporación prescindían del cura y del matrimonio pero no del galán. Las costumbres, que yo juzgaba severamente, eran algo generalizado. No veía en ello más que pecado y depravación y después, como todo el mundo, me acostumbré. Era así. El aire ligero del siglo y de la moda.

Siempre he rodeado de pudor una intimidad que sólo me concierne a mí. Por eso, mis contemporáneos me han tildado, infundadamente, de solterona o de lesbiana.

¡Qué tiempos los de los primeros amores! Tengo que recordarlos para poder contarlo, pero los tuve y estoy muy contenta de ello. Cuando se es demasiado joven, se tiene un velo en los ojos, se toman los demonios por ángeles y una se sorprende de ser desgraciada. Suponiendo que exista la zapatilla adecuada, considero un milagro que te vaya bien en la primera prueba.

En realidad, encontré muy deprisa mi «primera zapatilla». En cuanto llegué a París.

Le hice esperar, el tiempo que tardó la beatilla que era en aceptar la idea de amor sin matrimonio, pero aquel hombre me fulminó con su encanto. Conocía su reputación de calavera, pero era guapo a más no poder. Hay que imaginarse un joven alto, moreno, con aires de buen chico y buena presencia.

Bellemain-Noël... Sin embargo, no tenía más que el nombre y la apariencia. Guapo por fuera, feo por dentro. Todo lo contrario que mi buena y gran corneja de Abbeville.

Al principio, me llamaba «corazón mío», «mi reina». Conservo todas sus cartas. Por qué estúpidas razones, me pregunto. Eran tan mentirosas como su boca, que tenía muy grande, como los pies, las manos y su pasión por el faraón.

Pero era atractivo cuando arrugaba los ojos e inclinaba la cabeza hacia atrás riendo. Era perturbador cuando se acercaba a mi cara para susurrarme sandeces con su aliento de hinojo, que se obligaba a mascar como un ribaldo.

En realidad, Bellemain-Noël era jugador y brusco, pero ¡eso no lo llevaba escrito en el sombrero! Tenía una forma muy característica de fijar sus ojos en los míos, de poner su mano en la mía ¡y su dulzura fue lo que me cautivó! El uniforme rojo y oro de mosquetero hizo el resto.

Pasamos buenos momentos y malos ratos, pero todo eso queda lejos. Es otra vida, otra Rose e incluso otra Marie-Jeanne, que hoy no siempre comprendo.

Henri Bellemain-Noël… A pesar de todo, lo amé. Como se ama a los quince años, demasiado y mal. Sí, lo amé, aunque siempre parecía que me defendía de él. Eran tiempos de amores desordenados. Ya me gustaban los bonitos uniformes, ¡aunque todavía no sabía elegirlos! No sabía gran cosa en realidad.

Estaba con Bellemain pero me sentía sola. Siempre me sentí sola con él. El recuerdo de mi madre y de los míos me perseguía con fuerza, sobre todo el domingo. Tenía demasiado tiempo para pensar, el domingo. Sólo soñaba con meterme en un coche de posta que me llevaría a mi tierra, pero un solo día de descanso a la semana estropeaba de antemano este bonito proyecto. Entonces, en pensamientos, me refugiaba en mi madre y su gran filosofía, tan llena de confianza en el futuro. Ella decía siempre que el secreto era tener confianza.

Yo no pedía más y, cuando años más tarde se anunció el invierno de 1768, una estación atrozmente fría que nos paralizaba los dedos sobre la labor, no sospeché que sus pequeñas lecciones de esperanza empezarían a dar sus frutos.

Me veo en el taller dando el último toque a grandes trajes de boda destinados a las damiselas de Borbón.

En aquel momento preciso fue cuando mi vida empezó a cambiar, lo sé. Era como si unas manitas caídas del cielo quisieran sacarme de la sombra e impulsarme suavemente hacia la luz.

Entregué aquellos trajes en el *faubourg* Saint-Germain y la princesa de Conti se fijó en mí. Creo que mis maneras sinceras y mi persona le gustaron.

—A partir de ahora, pequeña, cuenta con mi favor —me dijo en este primer encuentro.

Palabras, muy dulces, pero palabras que se desvanecerían en el aire de la tarde y se olvidarían tan deprisa como el recuerdo de aquel encuentro singular, pensé. Se decía que la princesa de Conti era poco complaciente. ¿Cómo la llamaban en Versalles? «El catafalco viviente», pero también «la princesa más seria del mundo» o una fineza similar. Pero era la verdad. La princesa más poderosa de la nobleza era seria y de palabra. Acababa de prometerme su protección y los días siguientes me lo demostraron. Fue un golpe de suerte.

Cumplía veintidós años y mi camino se uniría al de Versalles. La hermosa pendiente que mi vida empezaba a recorrer...

Capítulo 4

París y Versalles sólo distan unas leguas, pero desde la calle Saint-Honoré necesité dos horas de carroza y siete años de paciencia para recorrerlas.

La primera vez que entré en el palacio fue en abril de 1769. Lo recuerdo como si fuera ayer; podría describir fielmente los colores, los ruidos y los olores de aquel momento.

El castillo de Versalles no era un castillo, era una ciudad. Un laberinto de galerías, corredores, pequeñas escaleras, dependencias, sin hablar de los jardines. Hacía falta estar muy acostumbrado para no perderse. Sin embargo, ya en mi primera visita, me sentí cómoda.

Sobre todo me gustaba el parque. Hay que decir que muy pronto tuve la suerte de ver los juegos de agua. Los surtidores, las cascadas, los chorros y otros prodigios hidráulicos eran puras maravillas. ¿Cómo se podía elevar tan alto esa cantidad de agua? Versalles era el reino de la magia. Tenía mucho de ensueño, de ilusión también. Yo todavía no lo sabía. Al fin, se montaba el decorado de mi buena fortuna, que empezó con motivo de la gran boda de 1769. El duque de Chartres se casaba con el mejor partido del reino, una Borbón, mademoiselle Louise Marie-Adélaïde de Penthièvre. Fiel a su promesa, la princesa de Conti me honró inmensamente y me encargó el ajuar de la muchacha.

La futura duquesa de Chartres tenía apenas dieciséis años. Me sorprendía su aspecto insignificante. Se deshacía en llanto por cualquier cosa. Una verdadera fuente. Madame Pagelle pretendía que su expresión recordaba a otra, antaño muy bien vista. Mi prestigiosa clienta no resplandecía de belleza, pero se decía que su rostro reflejaba una dulzura que evocaba los rasgos cautivadores de su bisabuela, madame de Montespan. Bien mirado, aquella joven respiraba bondad y rectitud. Todo lo contrario que su prometido, un disoluto. No me gustaban ni su voz gangosa ni su arrogancia, pero debo confesar que entonces era bastante guapo. Según la opinión general, el hombre era cínico y grosero y no me costaba mucho imaginar que la muy virtuosa mademoiselle de Penthièvre tendría más de un desengaño con aquel bruto.

El 5 de abril, amontonada en la Gran Galería,[1] la corte al completo miraba al rey, al príncipe, la princesa y su séquito avanzar lentamente hacia la capilla. Yo también estaba allí, ahogada por la numerosa multitud que se repetía en el bosque de espejos. Sólo veía el vestido de mademoiselle de Penthièvre, sus cintas, su tocado, sus flores de azahar. ¡Mi vestido! Confeccionado con una pesada tela plateada mate. La primavera había ahuyentado los tejidos y los colores del invierno. Incluso el oro se repudiaba y debía dormir en el fondo de los armarios hasta la próxima temporada. Con el buen tiempo, se llevaba el color plateado, lo cual me convenía. Este tono era el que vestía mejor a la princesa. Con él irradiaba una brillantez suave, casi frágil. Había añadido también al vestido toques de colores frescos. Un surtido de azules suaves que se mezclaban con inteligencia con la plata.

La clientela ya me apreciaba, pero después de aquella boda de abril se peleaba por mis servicios.

—¡Pequeña! ¡Desde hoy eres mi socia! —me dijo La Pagelle, preocupada por mantenerme en el redil.

En el taller, las chicas sólo me llamaban mademoiselle Rose Compagnie. En el rótulo del Trait Galant, ahora estaba escrito «Pagelle et Compagnie» ¡y *compagnie* era yo! Por una boda me había convertido en media patrona, protegida por dos excepcionales ángeles de la guarda, la princesa de Conti y la duquesa de Chartres. Pronto apareció una nueva madrina, también muy influyente, la cuñada de «mi vestido de boda», madame de Lamballe. Un triple golpe de suerte inesperado.

Entonces fue cuando empezaron a considerarme una bendición del cielo.

Es cierto que poderosas princesas se habían fijado en mí y La Pagelle me recompensaba tratándome de igual a igual. Había recorrido un largo camino. ¿Podía imaginarme razonablemente tanta dicha cuando llegué siete años antes a un París hostil y desconocido?

Tenía veintidós años y, por una vez, me sentía un poco feliz, incluso orgullosa. Adé compartía mi alegría, pero las otras chicas decían bajo cuerda que era demasiada suerte y que tendría que destrozarme las rodillas rezando plegarias para que durara un poco. Un discurso indignante en más de un sentido. Primero el cielo, la buena suerte... Cuando en realidad mi éxito dependía un poco del azar y mucho del trabajo.

Nada sustituye al trabajo, nada.

Trabajé arduamente desde la infancia. Hice adornos y tocados como habría podido preparar perfumes o caramelos, pero empuñé la vida y el trabajo con todo mi corazón. Éste fue sin duda mi golpe de suerte. Se me replicará que no fui la única que luchó. Por supuesto. Una vez más, ¿por qué yo?, ¿por qué no las otras? Pero aquí entramos en lo oscuro y enigmático.

Así pues, me convertí en media patrona. Ahora me ganaba muy bien la vida. Todo aquello que me ocurría era totalmente inesperado. Acababa de escalar bellas montañas sagradas. Al principio, al comprenderlo, experimenté como un primer vértigo, después todo me pareció casi natural.

En aquellos tiempos todavía me desplazaba a domicilio. A menudo, Adélaïde venía conmigo. Su compañía era de lo más agradable. Además estaba muy versada en el arte de los perfumes y me resultaba muy valiosa. Nuestras parroquianas la reclamaban, sobre todo madame la duquesa de Chartres, para la que Adélaïde había preparado un agua floral hecha con aceite de rosa, clavel y romero.

Cada día, un nuevo ritual nos conducía a las dos al Palacio Real, a casa de los Chartres.

—¡Vamos a tomar los hábitos del mundo! —exclamaba Adé cada mañana, en voz alta.

Sólo las chicas un poco hermosas y experimentadas podían ir a casa de clientas importantes. Adé lo era y no le molestaba demostrarlo.

—Dígale que eso no se hace —me susurraba siempre La Pagelle, un poco molesta.

Adélaïde tenía el rencor tenaz y le gustaba provocar a las marisabidillas del taller. Yo la apoyaba; sabía lo malvadas que podían llegar a ser algunas personas.

Había que defenderse con uñas y dientes, en todas partes, incluso en casa de los Chartres. Era un placer acercarse a la princesa, pero cruzarse con su esposo se convertía en una pesadilla. Era un perverso que llevaba una vida alegre y no medía sus contoneos. La reputación sulfurosa de las costureras lo incitaba; pretendía que yo no era más que un bocado apetitoso del que daría buena cuenta. El animal acechaba mi llegada para sorprenderme en los pasillos, cogerme la mano o rodearme la cintura. Se pasaba de la raya y me costaba defenderme. Como yo no cedía, consideró la posibilidad de hacerme raptar. Supe que había alquilado una casita en Neuilly para esconderme. Esto me hacía sentir inquieta; me habían advertido sobre las costumbres de los grandes señores. Pero supe librarme de él. Madame de Usson, «la rusticidad sin precedentes», como la llamaba el duque, ¡todavía se acuerda! Fue en su casa, durante una entrega, donde paré los pies al libertino.

—¡No es usted más que una viborilla! —me espetó aquel día. Antes de añadir, amenazante—: Esto no quedará así, querida.

Era un lechuguino, un charlatán. Le gustaba someter a las muchachas, pero todavía más hacer frases. Podría haber ido a ejercer sus talentos sobre las tablas y hacer carrera en el Théâtre des Variétés Amusantes.[2]

Durante un tiempo temí que las extravagancias de su marido indispusiesen a la duquesa de Chartres y a mis otras protectoras contra mí, pero me concedían más que nunca su estima y, gracias a su bondad, no seguí siendo durante mucho tiempo medio patrona.

—Mademoiselle Rose, ha llegado el momento.

Y se propusieron ayudarme. Así fue como me establecí por mi cuenta. Estaba orgullosa de ello, pero en mi tierra mamá Marguerite todavía lo estaba más.

El segundo vértigo, verdadera gran felicidad, fue abrir una tienda en la inevitable calle Saint-Honoré, entre la calle Champfleuri y la calle de Chantre, no lejos de las calles Croix-des-Petits-Champs y Bons-Enfants. Frente a la iglesia de Saint-Honoré.

Me llevé a Adé conmigo, por supuesto, y no buscamos durante mucho tiempo el nombre de la tienda. Lo oriental estaba de moda y, al final de la calle Buffault, ¡el marchante de tejidos se llamaba Au

Grand Turc! Estaba decidido, sería El Grand Mogol. El nombre nos gustaba y agradaba a mis madrinas.

Quería que mi tienda fuera la más destacada de todas las tiendas ya muy destacadas de la calle Saint-Honoré. Creo poder decir con toda honestidad que lo fue y desde todos los puntos de vista. Era la más bonita y la más magníficamente decorada, tanto en el interior como en el exterior. Tenía que atraer la mirada y al cliente.

En los techos claros con molduras doradas, instalé una gran profusión de espejos y luces. Cuidé el escaparate. Colgué cuadros y más cuadros en las paredes del gran salón beige rosado. Los retratos de mis ilustres parroquianas. Colgué también la pintura de Trinquesse. De todos, es el único retrato mío que todavía soporto. Y que no me hablen de Duplessis, ni siquiera de madame Le Brun.[3] Sus pinceles nunca captaron ni mis rasgos ni mi alma.

Reinaba pues en pintura junto a mis augustas clientas en mi pequeño templo de la moda. No era vanidad, solamente comercio. El efecto que estos cuadros producían sobre la clientela…

No dejé nada al azar. Hasta el color de las cajas y las tapas de los borradores.[4] Opté por un verde intenso, deslumbrante de frescor. Adé lo llamaba el «verde cocodrilo joven». Color que también emplee en la confección de la librea del portero del establecimiento.

Ya tenía cierto renombre pero, con las recomendaciones de mis madrinas, El Grand Mogol pronto floreció. La inmensa fortuna de la duquesa de Chartres le permitía todas las extravagancias y yo me beneficiaba de su generosidad. Protegía de buen grado a la juventud merecedora y a los talentos sin recursos.

En aquella misma época, se encaprichó de otra morenita.

—Prometedora —me decía—. Prometedora como usted. Hábil con los dedos, entendida en el arte de los colores y encantadora.

Encantadora lo era en apariencia, sí. Ese aire fresco y vivaracho, esas maneras tan delicadas. A veces, me cruzaba con ella en el Palacio Real. Nos saludábamos con una inclinación de cabeza y un tímido «buenos días». Era huérfana de padre, como yo. Un retratista famoso que le había legado el gusto por el carboncillo y los colores.

Aún no sabía que un día no muy lejano le haría bonitos vestidos a la damisela Vigée y que, a cambio, su talento, que es muy grande, no lo niego, ¡me plasmaría en un cuadro!

Éramos muchas las que nos beneficiábamos de la protección de la duquesa de Chartres.

Como mis otras madrinas, tenía corazón, fortuna y relaciones de lo más importantes. Se parecía a su padre, era piadosa y caritativa. Y si hay que decirlo todo, un poco triste y aburrida también.

Duque de esto, príncipe de aquello, par, almirante, montero mayor, caballero de las órdenes, gobernador de Bretaña… Penthièvre acumulaba los mejores títulos del reino, pero su legendaria compasión era lo que le daba derecho a la mayor dignidad. Le llamaban el «Príncipe de los pobres». Un príncipe que había transmitido el amor al bien a sus hijas. Tanto a Marie-Adélaïde como a Marie-Thérèse, su nuera, viuda reciente. Una viudedad que, desde mi punto de vista, tenía más de liberación que de duelo cruel.

Sin embargo, su difunto esposo, el hijo del viejo Penthièvre, era de bastante buen ver. Juicioso, instruido, agudo, pero de humor pueril, pelirrojo y con una mirada que incomodaba. ¡Cómo confiar en un hombre cuyos ojos no eran capaces de decir lo mismo que su boca! Era un libertino que pereció por su libertinaje. Una galantería que todas las píldoras del corsario Barbarroja o los licores de Agrícola, charlatanería onerosa, nunca curaron, igual que las aguas de Forges. Siempre me he preguntado si, antes de ir a asarse en el infierno, no habría pasado la enfermedad, como última «galantería», a su mujer. Madame Thérèse siempre estaba indispuesta. Sobre todo le hacía sufrir la cabeza.

La veo, jovencita… Ya demasiado pálida, demasiado apagada. Las mujeres le envidiaban el pelo, de un rubio alemán, que le legó su madre, pero a primera vista lo que sorprendía de ella era la finura de sus rasgos. Su hermoso rostro, sus ojos muy rasgados, de un azul intenso. Tenía también unas bonitas manos y gestos graciosos. Su silueta menuda iba siempre exquisitamente vestida.

Esta expresión de candor, que se deslizaba, límpida, en su mirada, era lo que te capturaba, y sus ojos por desgracia no mentían. Era demasiado tierna. Su virtud más hermosa y su defecto más grande.

Llevaba una vida gris y sin amor. Creo que los hombres la asustaban, pero la vida entera le daba miedo. Se parecía a los conejillos blancos de Trianon, una mezcla de dulzura y temor. Daban ganas de protegerla o de despertarla de su dormida existencia.

La quise mucho, desde nuestro primer encuentro, aquella primavera.

Por aquel entonces, no sabía dónde me llevaría la vida. Los sueños de amor e hijos se desdibujaban, sólo me dedicaba a El Grand Mogol, pero con mucho ardor. Acababa de encontrar tres guías valiosas, me sentía agradecida y llena de animación.

En la primavera de 1770, sólo se hablaba de la gran boda que se anunciaba y de los preparativos. Todo lo que el país podía producir de magnífico, galante y digno del gran objetivo que animaba los espíritus debía utilizarse.

Mi mejor pedido se acercaba. Mis princesas iban a darme un gran testimonio de estima. La duquesa de Chartres, muy bien considerada en la corte, conocía a madame de Noailles, pronto dama de honor de la delfina, y a madame de Misery, futura primera doncella. Ayudada por Marie-Thérèse de Lamballe y la princesa de Conti, se apresuró a cantar mis alabanzas ante aquellas damas. Estas acciones dieron sus frutos y me eligieron para confeccionar la ropa ofrecida a la delfina. Descubriría Versalles vestida a la francesa, pero también a la Bertin. Cosas de la etiqueta. Había abandonado Austria para casarse con el heredero del rey más importante de Europa.

Como ella, yo también me había puesto en marcha y lo había abandonado todo. Y además a la misma edad.

Partir es como saltar al vacío, lo sé. Es también sentir que te crecen alas en la espalda, es empezar a hacerse mayor. ¿Acaso era diferente para una princesa? ¿En qué soñaría ella en el fondo de su berlina?

A menudo, he recorrido con el pensamiento el inicio de la historia, todos aquellos años que pasaron tan deprisa. Es como hacer un peregrinaje desde el fondo de mi butaca. Me veo esperando la llegada de la pequeña austriaca. Aquella primavera mi vida pendía de aquella espera.

Capítulo 5

Ll egó. La que iba a trastornarlo todo llegó.

A decir verdad, era ella y no era ella. Si imagino aquella primavera, no veo más que a una niña. El esbozo de una reina, el esbozo de una delfina. Una plantita, casi salvaje, que no había acabado de brotar. Un pecho aún no florecido, una cintura demasiado delgada, una marcha saltarina.

Sus damas me pasaron encargos y trabajaba.para ella, pero no me la habían presentado. Fue al acercarse su boda cuando la vi, solamente la vi, por primera vez. ¡Oh, una aparición breve, una forma pálida! Justo un punto claro ahogado en medio de una multitud.

Habría podido ser, pero no fui yo quien hizo su vestido de boda. Por supuesto, todo el mundo lo encontraba bonito y lo era. La delfina también era hermosa, aunque su pelo brillaba demasiado. Seguramente lo fijaron con agua y azúcar antes de colocarle la diadema de oro y diamantes.

Llevaba un vestido de brocado blanco con una gran cola e inmensos miriñaques, tan grandes que parecía todavía más joven y menuda con sus ornamentos. Cerca de ella recuerdo a un muchacho dorado, con un bonito traje de la orden del Espíritu Santo.

Qué decir de aquellos días…

Ante nosotros, se anunciaban al menos dos semanas de alegría. Conservo en la memoria dos grandes veladas. Una en el castillo y la otra en París. Versalles ya era siempre un espectáculo por sí mismo. ¡Cómo sería este teatro al celebrar la boda del siglo! Era una fiesta y todo el país estaba invitado. Bastaba con ir correctamente vestido para ser aceptado. Había buena comida y diversión, todo el mundo se apresuraba, impaciente por acudir a los festejos, impaciente sobre todo por ver a la delfina. Nunca la habían visto. ¿Qué aspecto tenía? ¿Era alta o baja? ¿Delgada o rolliza? ¿Tenía un aire dulce y amable? Ojalá que sea bonita, sobre todo que sea bonita, pensaban todos en voz alta. ¡Daría hermosos hijos a Francia!

Con Bellemain-Noël y Adélaïde, flanqueada por su amor del momento, fuimos a Versalles. Galería de los Espejos, jardines, dependencias, el salón de Hércules, ¡cuántos empujones! Parecíamos salmones, remontando la corriente, desafiando las oleadas de visitantes, para llegar, no sin dificultades, hasta la Gran Galería para la fiesta. Los pies apenas tocaban el suelo, la multitud nos llevaba, nos impulsaba. Llegamos, desmadejados y al borde de la asfixia, pero llegamos.

¡Era hermoso, el castillo! Los espejos multiplicaban girándulas y candelabros, y reflejaban a gente importante. Cuántos miles de velas brillaron aquellas noches…

Los aristócratas tenían nalgas privilegiadas. Ocupaban asientos de rejilla o de terciopelo o despreocupadamente las banquetas. Los demás, el pueblo humilde, desfilábamos ante sus ojos, que nos miraban sin vernos. Recorríamos el palacio formando una fila interminable, pisoteándonos y disputando un poco. Nos habían reservado un paso estrecho, delimitado por balaustradas. No teníamos derecho a volver atrás, la cadencia estaba impuesta, pero podíamos ver a Luis XV y a sus nietos casi de cerca.

En realidad, no los vimos hasta pasada una eternidad. Estaban instalados en una mesa redonda muy grande. Creo que jugaban a *cavagnole*.[1] Alrededor de ellos, había damas resplandecientes de joyas, cortesanos, nada más que buenos trajes, pero nosotros sólo teníamos ojos para la delfina.

No era más que una niña. Emanaba de ella una impresión de vivacidad y finura. En cuanto al delfín, por lo que podíamos juzgar, era más bien atractivo. Alto, de rasgos regulares, con una abundante cabellera rubia clara y ojos dulces muy azules. Una buena naturaleza, sólida y robusta, dotada seguramente de una fuerza fuera de lo común.

—¡Capaz de matar un oso con las manos desnudas! —decía Bellemain-Noël.

Cuánto podía hacernos reír, este hombre, con sus fórmulas terminantes.

Si la delfina era la delicadeza, Luis-Augusto exudaba solidez. ¡El reino estaba de suerte y se presentaban días felices! Esto era lo que pensaban todos al desfilar ante aquel cuadro real, con aire convencido y la boca abierta. Respetuosos y recogidos, como ratas de sacristía ante santas reliquias.

Después llegamos al exterior, donde continuaba la fiesta. Habríamos dado cualquier cosa en aquel momento por un poco de aire fresco. Afuera, sin aliento, nos recibió la noche entrada. Versalles siempre había resecado gargantas y atacado narices, pero los días de afluencia era un verdadero horno que desprendía emanaciones infernales. ¿Se daban cuenta aquellos rebaños de gente que acudían a toda prisa para admirar al tríptico del día, rey, delfina y delfín? Apuesto a que no percibían nada por la nariz y, a decir verdad, apestaban incluso más. Hay que confesar que la gente de calidad no tenía tampoco gran cosa que envidiarles en cuanto al tufo. También ellos olían mal hasta los huesos. El perfume de la rosa, vertido sobre una piel mugrienta, olía como el estiércol. Hediondez, fraternidad, igualdad…

Me veo feliz y ebria de fatiga en el pequeño parque, subiendo lentamente por las avenidas abarrotadas, recorriendo el gran canal, descubriendo la Pequeña Venecia y el pabellón de los Marineros, bebiendo con glotonería el aire del atardecer. En mi cabeza resuenan todavía aquellos ecos antiguos, aquella música muerta, aquellas carcajadas, aquellos gritos de niños.

Caminábamos. Nos echábamos bajo el encañado, con la boca pecaminosa, desbordante de dulces mentiras, de mermelada seca y de vino blanco. Adélaïde y su enamorado habían desaparecido por las buenas y Bellemain se mostraba apremiante aquella noche.

—Por favor, Marie-Jeanne…

Más que un ruego, era una orden. Conocía aquella mirada, aquella insistencia. No eran tanto mis encantos lo que lo volvía loco. Además, yo me prestaba siempre a sus deseos, pero lo que quería era poseerme de veras. Consideraba que me llevaba al altar. Aquella noche renovó su petición y yo le di calabazas de nuevo. Un rechazo motivado por una serie de buenas razones y una hermosa velada estropeada una vez más.

Nunca he olvidado su expresión de sorpresa y cólera. Yo sabía que al día siguiente me vería libre de él por haber exagerado el blanco de cerusa. En sus oscuros accesos, Bellemain-Noël tenía la mano larga. Aquellos extravíos me quitaban durante mucho tiempo las ganas de matrimonio. Quizá también las ganas de amor.

Cuando Adélaïde reapareció con su galán, puse buena cara, como de costumbre, y continuamos con nuestro paseo. Afortunadamente, la noche era bastante oscura a pesar de que un cortejo de velas enlazaba el castillo y los jardines, realzando con fuego los peldaños de las terrazas, los contornos de los estanques y los brocales de piedra. Mi corazón lloraba, pero Versalles continuaba con su fiesta. La zona mejor iluminada, y con mucho, era el canal. Sus barcas con faroles, sus baldaquines chinos, iban y venían.

Las llamas danzaban en sus lebrillos de cristal en el borde de los tejados, en los macizos y los bosquecillos. El resplandor de los candelabros proyectaba sombras temblorosas sobre las estatuas. Parecían vivas. Y la música se deslizaba por todas partes.

Habían anunciado unos fuegos artificiales extraordinarios, fabulosos, nunca vistos. Soles giratorios, letras de fuego... ¡Incluso se inscribirían en el cielo las iniciales entrelazadas de los recién casados! Lo nunca visto. Efectivamente. Las velas se fueron apagando poco a poco. Entonces el viento se puso a soplar y rugir y el cielo se fundió en agua. Una tormenta violenta nos expulsó brutalmente. Los festejos se cancelaron y todo el mundo se marchó a pie, bajo la intensa lluvia.

Se percibía un aroma triste, un sabor a frustración.

Una semana más tarde París organizaba una fiesta, una más, en honor a la delfina. La ciudad olía a bergamota. Por la mañana temprano, la habían rociado por las orillas del Sena. Las calles rebosaban de tenderetes de feria, acróbatas, funámbulos, malabaristas y orquestas. Bufés gratuitos, fuentes de vino y pistas de baile surgían aquí y allá. Una multitud numerosa hormigueaba por las calles y el Sena estaba atestado de barcos. Tendrían lugar unos fuegos artificiales en la plaza Luis XV.[2] Todavía en obras, como todo el barrio. Y la gente llegaba, se amontonaba.

Aquella tarde Adé y yo cerramos temprano El Grand Mogol para unirnos a la fiesta. Los primeros chorros de fuego rasgaron el espacio, pronto acompañados por un extraño rumor creciente. El cielo permanecía limpio, pero se enrojecía de forma rara. Pronto comprendimos y nos abrimos paso entre la multitud para escabullirnos a toda prisa y no quedar presas en la trampa. Un cohete loco había ardido y un incendio devoraba la plaza, los tejados del decorado, los andamiajes y las graderías. El fuego crecía. Empujones, pánico, la fiesta se convirtió en pesadilla.

Recuerdo a toda aquella pobre gente que aullaba. Muchos se precipitaron por la calle Royale, para morir allí pisoteados, ahogados, aplastados. Mis dos madrinas, Lamballe y Chartres, consiguieron escapar de su palco por los pelos.

Supe mucho más tarde que madame Antonieta había asistido a la fiesta de incógnito con su esposo y sus señoras Tías. Gracias a Dios, se marcharon a tiempo.

Maldita plaza. Y pensar que la consideraban la más bonita del mundo. Aquella vez nos la había jugado. Hay sucios lugares como ése, dotados para la desgracia. Calles, casas, explanadas… La plaza Luis XV es uno de ellos. Atraen a la muerte.

Capítulo 6

Después de la gran boda la tienda fue recompensada con un ir y venir de clientes. Incluso Abbeville venía a París para sus compras. Mademoiselle Delattre, mademoiselle Dallier, monsieur de Frémicourt, monsieur Précomte, los Duplouy, los Andrieu...

Empezaba a destacar por encima de los demás. Me atribuían un talento loco, capaz de transfigurar a un petardo en diosa. Era agradable oírlo y había motivos para volverse presuntuosa. Algunos dirán que así fue. ¿Están realmente equivocados? Pequé de orgullo, lo sé, y no solamente de orgullo, pero es la vida y la he vivido. ¿Qué otra cosa esperan que diga?

Nunca he jugado a la falsa modestia y, cuando evocaban o todavía evocan mi «talento», no descarto la idea. Algunos, y de los más feroces, estaban de acuerdo en concedérmelo, así que algo debía de haber. Como el escultor y el pintor, me gustaban las formas y los colores. Los que embellecen, los que aumentan o compensan el brillo natural. Sin duda, hace falta inspiración y habilidad manual para lograrlo.

Me complace rememorar los apodos lisonjeros que París me daba. «La divina», «la incomparable», «la sin par», «la única»... Sólo eran palabras, pero qué arrebato. Todavía oigo a las bocas de Versalles murmurar a mi paso. Los señores Gluck y Piccinni podían estremecerse; no había música más bonita.

¡Trabajaba para los personajes más importantes del reino y para la futura reina de Francia! Aparte de la nostalgia que sentía por mi madre y los amores cojos, todo había ido bien. Me sentía cansada, a causa del trabajo y las preocupaciones, pero al mismo tiempo increíblemente ligera, eufórica. Mi vida estaba llena de princesas y de grandes cambios.

Ya tenía veinticinco años, y la pequeña delfina iba a cumplir die-
cisiete. Entonces fue cuando nos encontramos y nos conocimos realmente. De hecho, en ese momento empieza de verdad mi historia.

Existe una pintura de ella[1] de aquella época que la resume por completo. La muestra en un traje de caza frambuesa, con espuma de encaje en el cuello y en las mangas. Mejillas de niña, todavía redondas, labios llenos, nariz sin terminar de brotar y ojos grandes, azules, un poco
intrépidos; era ella pero bien vestida. Porque no hay que creerse todo
lo que cuentan e imaginar que la delfina nació con una gaceta de atavíos[2] en la mano. Después de la boda, hay que confesarlo, mostró un
descuido molesto. Se presentaba a menudo despeinada y sin corsé.
Aquellos corsés eran instrumentos de tortura a los que todavía no estaba acostumbrada. Mantenían rígida desde la cadera hasta el hombro
y oprimían espantosamente el pecho, un verdadero calvario, que dise-
ñaba una cintura fina, pero aprisionaba los movimientos. Sólo que ni
el vestido holgado ni la mala postura se toleraban a las princesas de
sangre y el sermoneo caía como una intensa lluvia:

—¡Manteneos erguida!

—Levantad el mentón.

—Bajad los ojos. Un poco. No demasiado…

—Nada de familiaridades. Distancia, siempre distancia.

El trabajo de reina se aprende. Estas recomendaciones generaban
otras igual de apremiantes, las de mis protectoras. La niña debía trans-
formarse en princesa, una verdadera princesa. Su guardarropa contri-
buiría. ¡Rápido! ¡Una buena modista! y las cartas estarían echadas.
Como alababan mi talento, pronto me rogaron que acudiera en su
ayuda.

Ya habían transcurrido dos largos años desde su boda.

Primero me recibieron en las dependencias de la condesa de Mi-
séry.

Me había arreglado con esmero; en aquella época, no resultaba difícil. Nunca debía olvidarme de mi rango, no salirme de mi estado, mi
condición también tenía sus exigencias. El oficio huía de los petardos
desaliñados sin gusto ni gracia, pero convenía ser discretamente elegante. No eclipsar a la clienta era la regla, de rigor aquel día más que otro.

Fue nuestra primera entrevista y la recuerdo perfectamente.

Se decía que la princesa era atractiva, y lo era. Su tez tersa, su piel transparente que atraía de entrada las miradas y sus grandes ojos, ese aire sorprendido y un poco arrogante que paseaba sobre todo. Decían que su pelo era de oro, a mí me parecía rubio rosa, seguramente polvo de iris. Se lo espolvoreaban en seco para combatir ese reflejo pelirrojo obstinado de su cabellera. Hay que decir que Versalles y Francia entera detestaban a las pelirrojas e incluso a las morenas. No tener el pelo amarillo rayaba en la enfermedad.

No consigo recordar las primeras palabras que me dirigió, pero todavía tengo en el oído su risa clara. Flota en mi memoria el óvalo alargado de su rostro, una frente un poco alta, unos labios abombados. La línea de un cuello, larga, pura.

Era una niña luminosa, que daba patadas sin contemplaciones a sus enaguas y bostezaba de aburrimiento detrás de su abanico. Madame de Noailles, «la Etiqueta», como la llamaba la delfina, pretendía que Austria nos había entregado a una salvaje, tallada en una tela muy basta. Sostenía que Madame tenía la locura en el cerebro y que iría a quejarse de ello al rey. ¡Ah!, la vieja zorra, puntillosa, malvada, lo prometía y seguramente lo cumplió. Pero el viejo rey estaba decidido a amar a la delfina y era muy débil frente a la juventud y la impertinencia.

Nuestra delfina tenía una naturaleza muy enérgica, era un alma ardiente en un cuerpo de niña. Yo estaba encantada, dispuesta a servirla lo mejor posible y decidida a quererla. Soy consciente de que pronto me recompensó. Desde nuestra primera entrevista, me honró con un buen pedido. Veinte mil libras de atuendos.

Al decirlo, comprendo que hablar de esta relación mezclando el dinero se presta a confusión. Tengo que explicarme mejor, porque decididamente el dinero lo embrolla todo. Como todo el mundo, en especial como todos los pobres, empecé deseándolo, por supuesto. Después lo que me guió fue el amor al trabajo. Más tarde primó el amor a una reina. El dinero me compró la independencia, me aportó el respeto y la comodidad. También halagó mi vanidad, porque he sido vanidosa, lo confieso. Sin robar a nadie ni economizar mi pena, he ganado mucho y me ha gustado. Pero una vez pasada la primera embriaguez…

El primer cumplido y el primer ruego fue ella quien me los hizo. Había imaginado para madame de Lamballe, su querida Thérèse, a la que ella veía muy a menudo, un vestido azul claro que, según opinión general, la embellecía mucho. La delfina compartía esta idea y me lo hizo saber en nuestro primer encuentro.

—Tiene usted talento —me dijo—. ¿Aceptaría trabajar para mí?

Sin embargo, en aquel tiempo, los asuntos de apariencia no la requerían demasiado. Sin duda, ya buscaba lo que todo el dinero de su caja no podía comprar. Una presencia amiga, un poco de calor. Nunca ha habido mucho en los palacios, sobre todo en Versalles. Aparte de mí, la encontraba muy sola.

La soledad… Conocía muy bien ese sentimiento. Sabía reconocerlo hasta en los ojos de las pequeñas austriacas.

Las princesas y los príncipes de sangre siempre me han dado pena. Sólo son pobres pájaros enjaulados. Vegetales contrariados rodrigados encogidos a la sombra de sus grandes castillos.

Día a día veía crecer a la plantita. El pecho floreció bajo el vestido, el paso se hizo menos saltarín. Los trajes empezaron a seducirla y se puso a reclamar los corsés. ¡Le provocaban dolor pero ceñían tan bien la cintura! Embellecía a ojos vista y aprendía a amar su reflejo en el espejo. Dejaba atrás la infancia y mis trajes la ayudaban un poco.

—¡Un adorable Boucher!

—Un verdadero pequeño Fragonard —decían las damas de la corte, Noailles la primera.

Yo le encontraba la melancolía de un Greuze.

En realidad, aquel año me aportó dos pequeños. Una niña de buena cuna, a la que ayudaría con gran acompañamiento de volantes, y un niño, que ayudaría también pero de otra manera y más tarde. Me enteré de su llegada con un inmenso placer.

Siempre me han gustado los niños, he soñado muchas veces con una niña sólo mía. Pedía al cielo que me mandara una hija dulce y afectuosa, no una brutal réplica de su padre.

El cielo no me mandó nada, y sin duda hizo bien. Mi vida no era más que una carrera desenfrenada, ¿acaso tenía tiempo de ser madre y realmente tenía entonces ganas de serlo? Apenas empezaba a salir de la nada y lo más increíble parecía por fin al alcance de la mano. ¡Proveedora de la futura reina de Francia!

Me decía que después de todo quizá tenía más de veinticinco años, pero mi vientre todavía estaba a tiempo de crecer. El pequeño vendría cuando viniera. Mi madre me había esperado durante más de cuarenta años.

Mi hermano Louis-Nicolas ya iba por su segundo hijo y esta vez la madrina era yo. Mi ahijado heredaba las mejores mantillas[3] y un nombre doble. La costumbre me reservaba la elección y no hice las cosas a medias. ¡Claude-Charlemagne! Tan pomposo y largo como muy al gusto del tiempo.

Fue justo después de que Jean-François nos dejara.

Una estocada y un mal encuentro en las murallas de Abbeville. Ganaba un sobrino y perdía de nuevo un hermano. Una nueva tristeza que se añadía a las otras.

Los lazos se tejían y se desataban, muy frágiles. Incluso mis amores con Bellemain-Noël se deshilachaban. Después de todo, quizás era lo mejor que podía pasar.

La vida me parecía mala. Me sentía triste pero lo escondía y, como me veían los ojos secos, me consideraban malvada. La desgracia invisible no existe para los imbéciles.

Tal vez la pena de los demás tranquiliza, y yo siempre les inquietaba, pues tenía un aspecto fuerte. «Un tornado, una roca, un volcán.» Era y sigo siendo esta regla de tres, esta matemática secreta que ha templado mi carácter y forjado mi destino. No me faltaba corazón, simplemente era una montaña de orgullo y de pudor.

Las leyendas tienen siete vidas, la mía se nubló muy pronto. La verdad es que no se perdona nada a las cabezas que se salen de lo común y todo es bueno para difamarlas y afligirlas. Dios sabe hasta qué punto madame Antonieta y yo hemos pasado por eso.

El tiempo del que hablo era el de nuestros primeros encuentros y ese tiempo lo recuerdo con gusto.

Hoy puedo decirlo, aquella niña, porque todavía no era más que una niña, era el regalo que Austria y la vida me enviaban. Enseguida hubo una especie de armonía entre nosotras. Sí, eso es, una armonía. No veo otra palabra.

El día que la vi supe que me entregaría a ella para siempre. Supe también que nuestros caminos estaban unidos. No me pregunten por qué; lo sabía, eso es todo.

Me parecía conocerla desde siempre. Si creyera en otras vidas, como ese falso profeta Cagliostro, diría que éramos antiguas almas gemelas. Si tuviera la suerte de creer en esas cosas, diría también que es imposible que no nos volvamos a encontrar en un futuro cercano...

Iba cada vez con más frecuencia a Versalles y la delfina me apreciaba. Fue entonces cuando las lenguas empezaron a chasquear con fuerza.

—¡La Bertin es alguien importante!

—Tiene mucho crédito.

Se decía que la delfina cedía a todas mis súplicas, cuando no se adelantaba a ellas; que yo era su sombra picarda, y se acostumbraron a verme como un personaje de importancia, a acercarse a mí, ¡la chica Bertin!, para deslizar una petición, una recomendación. Pequeños favores que cuidaban mi prestigio y lo preservaban. De repente, grandes personajes se sentían picados por la curiosidad sobre mi persona y me hacían mil servicios. Tenía el gran privilegio de estar cerca de la joven delfina y buscaban complacerla a través de mí.

La corte, la corte, la corte, decía a menudo madame de Lamballe, con un tono a la vez jovial y exagerado. A decir verdad, era un mundo cerrado del que aprendí muy deprisa a desconfiar. La hipocresía avanzaba bajo la máscara de unas buenas maneras untuosas. Las cábalas más viles no tenían freno. Padecí muy pronto sus perfidias. Versalles era un nido de pretensiones y bajas adulaciones cortesanas.

De entrada, creo que lo que más me sorprendió fue el aire de grandeza estudiada de toda esa gente.

Sin embargo, en su mayoría sólo eran grandes pájaros enjaulados, ellos también. Su vida estaba sujeta a las conveniencias, preocupada por escándalos, habladurías, muy llena de nada. Aparte de aburrirse, mendigar favores y murmurar unos de otros, su ocupación favorita era hacerse notar, gustar. También ambicionaban tener buen aspecto y estar al día, para mantener su rango y defender su linaje. Una de las pocas virtudes que una marchante de modas como yo podía encontrarles.

«La corte, la corte, la corte.» Madame Pagelle me lo había advertido, madame de Lamballe y madame de Chartres también. Había que ir bien armada para sumergirse en el centro de aquel monstruo. La delfina y yo aprendimos al mismo tiempo a endurecernos.

Eran nuestros inicios. Era también el principio de mi gran fama.

Recuerdo mi tocado más bonito del momento, el tocado Chartres. En homenaje a mi protectora, propuse una fantasía en plumas y flores de siete a catorce libras por pieza que las mujeres me quitaban de las manos.

Versalles y París eran ya los que me inspiraban los modelos. Hacía los sombreros como me venía en gana, según mis amistades y mi humor. Creo que las modas siempre son así y expresan los aires del tiempo porque están en los aires del tiempo. El viento y la vida nos las apuntan.

En mi impulso, me parece que lancé el tocado estilo Carmelita y el Tesoro Real.

Mi reputación aumentaba. Hasta la Europa distinguida estaba intrigada por mi calle Saint-Honoré. Todas soñaban con vestirse en el mismo establecimiento que la futura reina de Francia. Empezaban a considerarla muy bella y a considerarme muy rica. Llovían los pedidos y me vi obligada a aumentar mis tropas, pero mi casa no se hizo importante hasta después de otra primavera, la de 1774. Una fecha que permanece en las memorias a causa del gran cambio que se preparaba.

Capítulo 7

La lenta ascensión que había emprendido sin darme, realmente, cuenta iba a tener sus primeros efectos positivos.

Tenía veintisiete años. Mi vida adquiría un ritmo cada vez más apremiante. Mi razón se inclinaba apasionadamente hacia los negocios, mi corazón tristemente sensato, hacia Bellemain. El trabajo y mi negocio eran las verdaderas llamas que dirigían mi vida. Avanzaba sin hacerme demasiadas preguntas. ¿Acaso tenía ratos libres para concederme alguna alegría o pasar el tiempo perdiéndolo?

Me veo dejando la tienda y volviendo a casa, discretamente, por la pequeña puerta de atrás, para reunirme a escondidas con Bellemain-Noël. No quería que nadie conociera mis secretos de corazón y se riera de nosotros. Delante de mí, las chicas siempre se mostraban muy respetuosas, a mis espaldas, siempre supe a qué atenerme. Un rebaño de mujercitas, aunque sean tus empleadas o te deban algo, siempre es un poco feroz. No sólo por pura maldad. Por costumbre, por la fuerza del número. Era una verdad tanto en París como en Versalles y, en ese aspecto, mi pequeña corte particular no era muy diferente a la de la delfina.

Mis amores, con el corazón triste y la nostalgia en el alma, nadaban en aguas turbulentas. Me conducían a mi mosquetero, con el que volví creyendo que todavía lo quería. Confundí durante mucho tiempo el amor con el afecto y la costumbre.

No obstante, creo que Bellemain-Noël me amaba, pero a su manera, y en cierta forma yo también. Como la que va a ahogarse ama el mar. Era demasiado lúcida para no mentirme, pero estaba demasiado atareada para ser desgraciada. El Grand Mogol era mi medicina, mi vértigo. El trabajo constituía mi único placer, y Versalles ocupaba cada vez más espacio.

Sin embargo, confusamente esperaba, aguardaba. Qué o a quién no habría sabido decirlo.

A principios de aquel nuevo año encontré mentes agitadas y lenguas desatadas. Si escuchaba con atención, en la calle, en la tienda, en todas partes, sólo oía hablar de presagios, de «signos» que parecían caer como lluvia intensa para todos los ojos salvo para los míos. Qué supersticiosa podía ser nuestra época…

—¡Hay tanto loco suelto! —aseguraba Sagedieu riendo, ella que no ocultaba sus visitas semanales a dos profetas, como muchas de mis empleadas. Adoraban ir a casa de Anne-Marie Lenormand,[1] costurera, ella también, que leía el futuro en su tarot.

—Deberías venir conmigo a verla —insistía Adélaïde.

Todas aquellas brujerías me molestaban un poco y no se lo escondía.

—¡Rose! Eres siniestra como un capuchino —suspiraba—. ¡Iré con Sagedieu a la calle Tournon!

Versalles y París continuaban viendo sus famosos signos. El propio rey, que se hacía viejo, los veía por doquier. Jeanne du Barry me lo contaba a menudo en plan confidencial. Pretendía que olisqueaba la presencia de la muerte y que se estremecía.

«Ha sentido en su rostro el aliento ardiente de los demonios», decía con seriedad una vieja marquesa, clienta mía, muy atenta a las misas y sermoneos de su predicador, que ya no se alteraba al afirmar que las puertas del infierno se abrirían pronto y se tragarían al viejo rey libertino.

Se rumoreaba que los retratos de Luis XV eran furiosamente atacados por el baile de san Vito. No concedía y sigo sin concederle gran crédito a tales rumores, pero se anunciaba que el delfín acababa de recibir «el» signo. Al pasar por una sala del palacio, una pintura de su abuelo se había descolgado para estrellarse a sus pies con la cara contra el suelo. Un presagio confirmado por los hechos, pues el gran acontecimiento se produjo en primavera.

París y Versalles se ahogaban bajo una lluvia fina y persistente. Durante aquella estación el cielo parecía tener algo contra nosotros;

creo que llovía todos los días. A pesar del cuidado que procurábamos tener, los bajos de nuestras faldas estaban siempre empapados y a nuestro paso el agua que chorreaban mojaba los suelos. En las calles los adoquines desaparecían bajo torrentes de agua lodosa.

Aparte de la lluvia, mi recuerdo se centra en Jeanne y su casa de Luciennes.[2]

Aquel año era importante para todos nosotros, pero sobre todo para ella. Iba a abrirse la caza de la puta real. El final del rey era el final de Jeanne en la corte. Con el viejo Luis, ya huía como un animal acorralado. Un día estaban en Versalles, al día siguiente, en la Muette. Se fueron de Bellevue a Choisy, de Choisy a Saint-Hubert. El rey se encontraba de pronto en Trianon, pero en la mala compañía de ruines achaques y dolores de cabeza que ya no conseguía calmar ninguna dosis de opio. Se había contagiado de viruela, que se lo llevó en mayo.

La plebe es malvada. ¡Lo que llegó a berrear la muchedumbre al paso de los despojos reales! Todavía oigo sus injurias, sus canciones innobles y ese sucio refrán que hablaba de ladrones y de putas:

Luis ha culminado su carrera
y puesto fin a sus tristes destinos.
Temblad ladrones, huid putas,
habéis perdido a vuestro padre…

El rey había muerto, viva el rey y vergüenza para la puta. Jeanne se preparaba para el exilio.

Recuerdo su rostro, bonito para pintar. Ojos magníficos, grandes, azules, qué inmensas pestañas. Una tez sublime, dientes resplandecientes, labios siempre sonrientes. Iba a menudo a llevar mis paquetes a su hermosa casa. Discretamente. Madame Antonieta, «la pequeña astuta», como decía Jeanne, no podía soportar a «la criatura».

Recuerdo también su Luciennes. Un chalé cuadrado, a dos leguas de Versalles, en una campiña arbolada que dominaba el Sena. Todavía me paseo por allí con el pensamiento, a veces. Me deslizo por el vestíbulo sobre el embaldosado blanco y negro, penetro en el gran comedor, donde estaba el retrato de su bienamado, y finalmente entro en el salón oval, atestado de espejos donde se reflejaban las plantas y las flores pintadas del techo. Allí fue donde después nos encontramos tantas veces.

En las paredes lucían obras de artistas famosos, que aprendí a reconocer y amar durante mis visitas.

—¿Cuál de estas pinturas preferís? —me preguntaba.

Nunca me atreví a decírselo. Cuando admiraba la belleza de una de sus telas, mandaba que me entregaran varias varas de largo. Habría hecho descolgar un pequeño cuadro si me hubiera gustado. A decir verdad, me gustaba un cuadro. Creo que se llamaba *La niña del perro*.[3]

Siempre me han gustado los niños y he adorado a los perros.

La pintura tenía un gran valor, seguramente. Era de Greuze, sin igual para evocar la infancia. Mostraba a un viejo perro un poco asustado y a una chiquitina de mirada profunda. Una mirada de mujer perdida en unos ojos de niña, la mirada y los ojos de Jeanne, aunque menos azules.

Por más que dijeran que la Du Barry salía del arroyo, tenía un sentido innato de lo bueno. Digo de lo bueno, no de lo bonito. Lo bueno es verdadero, lo bonito es débil. Jeanne lo ha percibido siempre por instinto. Sólo había que mirar sus adornos, sus objetos de plata, su servicio de Sèvres azul claro. Todo el mundo decía que al frecuentar buenas sábanas se le había educado el gusto. ¿Acaso sabían todos esos chismosos que no todo se aprende?

En casa de Jeanne, todo se inclinaba hacia la gracia. También hacia lo canalla, un poco llamativo, sin duda. Ese derroche de nalgas, muslos, senos, esos hachones brillantes, esos ejércitos de sátiros y de bacantes. No era más que una cortesana marisabidilla, decían sus enemigos. Lo que no decían era que no tenía necesidad de esos artificios para mantener despiertos a los galanes más deficientes. Gustaba de la misma forma que respiraba.

El recuerdo nos conduce por insólitos caminos. Extrañamente, me saltan a la mente dos palabritas. Las mismas que había pegadas en forma de bellas letras inclinadas en el techo de su salón: *ruris amor*. ¡En latín! Como decir en chino, para mí. Aquel techo me interpelaba en cada una de mis visitas, hasta el día en que Jeanne me explicó que cantaba muy alto al «amor del campo». Porque su casa estaba también dedicada a ese amor, precisó. Nos reímos mucho. Era de mala cuna y sin virtud, yo tampoco era de noble nacimiento, un crimen en este país,[4] una razón más, si era necesario, que nos acercaba.

Lo que apreciaba en aquella mujer era tanto su bondad como su gran naturalidad, su atolondramiento, su alegría. Con ella, se podía hablar de cualquier cosa y reír de todo corazón. Decía que mi talento era la moda y que el suyo era el amor. Decía también que aquellos méritos eran desconocidos en la corte y que éramos exóticas.

Apreciaba su gusto firme por las telas. Las flores crecían en ellas sin moderación y todo un jardín cubría sus sofás, rodeaba sus ventanas. Todavía veo aquellos damascos de Génova de color verde de las Indias, aquellos gros de Tours verde manzana, aquellos gorgoranes verde clavel… ¡Y las rosas! Las había por todas partes.

Muchos tejidos procedían de Barbier Tétard, una casa muy querida para mí y a la que eché con gusto una mano. Barbier ¡era mi buena Victoire! ¡Mi primera patrona, la marchante de modas de Abbeville! Había venido a París y se había casado con un tal Isaac Tétard, comerciante de tejidos.

Me he acercado a los personajes más importantes de este siglo, los he vestido y a menudo los he comprendido a través de su inclinación por la violencia o la insulsez de un color, la suavidad o la rigidez de una tela. Contar estas tonterías me expone al ridículo, lo sé, pero como hace tiempo que eso ya no mata, añadiría que a Jeanne sólo le gustaban los colores suaves. Como a la reina. Con una inclinación marcada por el blanco, el gris perla, el gamuzado y las telas de una gran flexibilidad.

Era ligera como los encajes de Buffault, tierna como las flores de Vallayer Coster.[5] Libre y libertina también, como esos ejércitos de Venus culonas y ninfas desnudas, dormidas en el mármol blanco de sus escultores. En realidad, aquella primavera, no se había parecido nunca tanto a su Luciennes. Bella y aislada.

He hablado mucho de ella y todavía hablaré. También acude cada noche a caminar por mi memoria. Con los demás, todos los demás…

El año de su desgracia, el país se ponía a soñar. Decían que el mañana sería mejor, más justo, que el nuevo rey era bueno, que se iba a rodear de grandes ministros, como ese Limousin Turgot.

Al principio, todas las historias empiezan bien. Éramos veinticinco millones de ingenuos y creíamos en ello. ¡El futuro sería próspero! Puse en los tocados gruesas espigas de trigo, signo de abundancia.

Nuestra moda acusaba ya un ritmo infernal, incluso en período de duelo o semiduelo.

Preparé el peinado a la Ifigenia.[6] Le puse flores negras dispuestas en corona, con una media luna de Diana encima rematada con un velo. Oscuro y sobrio, pero muy elegante y con un éxito sin igual antes de que impusiera el «*pouf* a la circunstancia». Se murmuraba que aquél no era más que una obsequiosidad cortesana ante el nuevo soberano. Las lenguas se desentumecían. Me reprochaban su principal defecto, pero yo no era más aduladora, ni siquiera igual. ¡Demasiado difícil!

¡Ah! ¿Cómo olvidar aquel *pouf*? De entrada, sólo se veía un gran ciprés adornado con caléndulas negras. A sus pies, un crespón oscuro simulaba numerosas raíces. Una gran gavilla de trigo descansaba sobre una cornucopia, de donde escapaba una retahíla de frutas imitadas a la perfección. Uvas, melones, higos; todo enmarañado con plumas blancas. No era más que una alegoría y todos sabían entonces descifrar sin dificultad aquel lenguaje arcaico; mientras se lloraba al difunto rey (cerca de un ciprés, huésped de los cementerios y símbolo de eternidad), cuando el dolor hundía sus raíces profundas de crespón negro en el corazón de estos sujetos (las flores oscuras en traje de duelo), se vislumbraban ya las riquezas prometidas por el nuevo reino (el trigo, la fruta, la cornucopia). Una variante proponía el mismo *pouf* en una versión menos opulenta y a menor precio. Un sol naciente (el nuevo rey, bisnieto del Rey Sol) iluminaba un campo de trigo (las riquezas que vendrían).

—¡Campo donde se cosecha la esperanza! —precisaba siempre a la clientela mademoiselle Véchard, la encargada de mi tienda.

Poco después, lancé otro *pouf*, éste a la inoculación. Tenía la inspiración de la medicina, que me llegó de la manera más sencilla del mundo. El aire del tiempo, siempre el aire del tiempo. El rey acababa de ser inoculado contra la viruela y se desarrollaban las vacunas.

En aquel *pouf* deslicé una serpiente, la de Esculapio (la medicina), que sostenía una maza florida (la buena fuerza capaz de vencer al monstruo virulento) y se enrollaba alrededor de un olivo encorvado bajo el peso de los frutos (símbolo de la paz y la tranquilidad recuperada del alma, una vez eliminado todo peligro de enfermedad). Como tenía sentido del detalle, no ahorraba en cintas, que tuve grandes problemas para encontrar. Estaban irregularmente moteadas de pequeñas manchas oscuras. ¡Para evocar las pústulas de la viruela! Mi primera clienta se volvió loca por él. Era madame Antonieta. Aquellas cintas la trastornaban de alegría. Madame de Noailles encontraba el tocado sin gracia ni moderación, pero sus suspiros ante un *pouf* nos divertían a todas.

¿Fue entonces cuando imaginamos el matiz de «suspiros ahogados»? Sin duda.

—¡No entendéis nada! —exclamaba riendo la reina a «la Etiqueta».

La moda estaba en el aire, esperando que la recogieran. Justo después, cuando la calle soleada canturreó en provenzal, yo saqué provecho y mis peinados también. *Qùes aco* por aquí, *qùes aco* por allá, el refrán, inspirado por Beaumarchais, se cantaba en todos los tonos. Lo sorprendí hasta en boca de la reina. Después de haber corrido por todos los labios, *qùes aco*[7] se instalaba en todas las cabezas. Coloqué tres penachos en la parte posterior de los moños e hice arreglar el pelo en una combinación ingeniosa. Elevado en la frente, el pelo se rizaba en la punta y formaba, por detrás, varias filas de bucles enormes. Llamábamos a este arreglo pelo de erizo, imagino que a causa de los punzantes alfileres de siete a ocho pulgadas que exigía. Mi buen Léonard, «peluquero fisonomista», se jactaba de lograrlo de maravilla.

—El peinado es un arte —profesaba.

Y el caballerito decía entender de eso.

—Mi peine es el arco del virtuoso, el pincel de Jean-Baptiste Greuze.

A menudo era gracioso, aunque tenía la lengua demasiado suelta. ¡Se vanaglorió injustamente de haberse beneficiado de mis favores en el pasado a cambio de mi presentación a la delfina!

Al inicio del nuevo reinado, por lo que a mí respecta, los tiempos se anunciaban mejor que bien. Los nombres más importantes del Armorial de Francia se inscribían en mis libros: la marquesa de Bouillé, la condesa de Duras, la duquesa de Vauguyon, la princesa de Guéméné; y, sobre todo, ya no era la proveedora habitual de la delfina sino de la reina. Modifiqué el nombre de mi comercio. Todavía me trataban de «mademoiselle Rose», pero mi nueva dignidad exigía que me llamaran sólo «mademoiselle Bertin». Cuando se acercaban a El Grand Mogol, se leía en hermosos caracteres: «Bertin... y reina de Francia».

Creo que a partir de aquel momento trabajé todavía más. Aprendí a reducir las horas de sueño y viajé más de El Grand Mogol a la corte y de la corte a El Grand Mogol.

Con frecuencia, me sentía agotada pero, en realidad, ¡nada me ha procurado nunca tanto solaz como trabajar! Lejos de mí la idea de quejarme por ello. Me gustaba, incluso creo que sólo me gustaba eso.

Estaba saturada de orgullo y de satisfacción. La única sombra del cuadro era que me faltaban los míos cada vez más. A pesar de la amistad de Adé y del trabajo que me apremiaba, a pesar de mi mosquetero, me sentía muy sola y estaba preocupada por mi madre.

Creo que por eso me hice la promesa, si la buena fortuna continuaba sonriéndome, de establecer a toda la familia cerca de mí. Aquel pensamiento me calentó el corazón durante mucho tiempo.

Pienso en aquella época y sólo se imponen y vuelven a mí colores graves y oscuros. Una pacotilla de garganta de paloma, de regaliz, de escarlata pizarroso. Luto riguroso, medio luto, los tiempos se habían ensombrecido y ese fondo oscuro es lo que tengo pegado en la memoria.

Me veo recorriendo la puntillosa gaceta de los «anuncios de duelo», que indicaba el día de inicio del duelo, el tiempo que debía durar y la forma en que debía llevarse.

Lo habíamos visto todo negro durante mucho tiempo, pero nunca lo lamenté. Las marchantes de modas de Versalles tampoco. Todas cortamos popelina y *raz-saint-maur*, y empujamos la aguja. La Casa Real proporcionaba las prendas de circunstancia a todas aquellas y aquellos, numerosos, que dependían de la Corona. Había trabajo.

Recuerdo aquella curiosa primavera y aquel singular verano.

Versalles se apagaba. Era el principio de una larga noche que echaba su velo de tinta sobre los muebles, las ventanas, los espejos, los equipajes, las mujeres y los hombres. Las únicas luces del palacio eran el rey, con traje violeta, y la reina, vestida de blanco y de gasa bordada, pero solamente para el semiduelo.

Para los tres primeros meses, le confeccioné un tocado de etamina negra y un traje de corte pespunteado de encaje negro con mangas de crepé blanco.

Era extraño, el palacio bañado de tinieblas. Los rostros demasiado empolvados destacaban en el negro de los trajes y los decorados, perforando obstinadamente la oscuridad. La joven reina parecía casi irreal. Una aparición, una máscara de plata. Su rostro irradiaba una claridad suave como la de una Madonna, una santa María de las nieves, una Virgen en majestad. Si pienso en ella en aquellos días, sólo veo un rostro. Una mancha demasiado pálida ahogada en oscuridad. Una cabeza, solamente una cabeza.

Capítulo 8

En Versalles, hay una pequeña habitación entre todas que aprecio mucho. No es ni la más bonita ni la mejor orientada. Sus ventanas dan a un patio feo, triste y sin sol, pero en ninguna parte del palacio se siente tan bien la presencia de la reina. Quiero hablar de nuestra habitación, la meridiana.

A veces, tengo la sensación de que todavía me espera allí, donde tanto conversamos. Iba para recibir órdenes, para presentar mi trabajo y hablar de moda con la reina.

Algo de ella debe quedar allí.

Algo de mí también.

Al principio, las damas de compañía de la reina y las recamareras, indignadas por mi presencia, tan contraria a la Etiqueta, me ponían mala cara. Incluso los mozos de guardarropa me miraban mal. Después se acostumbraron. ¡Se inclinaban ante la voluntad real y mi presencia negociante y plebeya! Reverencias y más reverencias. Un campo de trigo azotado por la violencia del viento...

La reina era de lo más amable conmigo. Nunca caímos en una familiaridad vulgar, pero me atrevo a decir que, con mucha rapidez, me sentí amiga suya. Mostraba una deferencia que me impresionaba más que otra cosa. Pronto adquirió la costumbre de defenderme contra los que me herían. Los había.

Como Jeanne Quinault. Una actriz de teatro, muy famosa, convertida en duquesa gracias a una unión marital inesperada, que intentaba hacerme volver tarumba. Hasta el punto de que un día me puse enferma por su culpa y tuve que guardar cama durante más de un mes. No obstante, se necesitaba mucho para vencerme, aunque mis nervios siempre fueron frágiles y la Quinault tenía el don de enloquecerlos. Aquella vez me infligió una humillación de lo más mordaz, que se convirtió en suceso en la ciudad.

Después de una ausencia forzada, me restablecí. Y la corteza de olmo piramidal de ese astuto de Bouvard, entonces muy reputada para los nervios, no tuvo demasiado que ver. Volví a reunirme con la reina, que me había reclamado varias veces.

—No nos prive más de su talento —me había rogado al final de nuestra entrevista— y vuelva pronto a vernos.

Poco a poco le tomaba gusto a nuestras citas.

A raíz de eso, empezaron a llamarme insolente y descarada.

La verdad es que, en mi corporación, todas teníamos un carácter fuerte. ¡Siempre discutíamos! Lo contrario habría parecido singular y grotesco. De hecho, no me da miedo decirlo, no hacíamos más que imitar las maneras de los grandes. De los grandes a los que convenía obedecer, y doblando bien el espinazo. Todas las marchantes temblaban ante la idea de disgustarlos y se deshacían en obsequiosidades repugnantes. Yo no. Sin duda, mi vivacidad ha prevalecido a menudo sobre las conveniencias.

Tengo un carácter insumiso, rebelde, que se ha vuelto más obstinado con los años. Aunque Dios sabe que lo he combatido.

Curiosamente, creo que ese aspecto de mi naturaleza es lo que más sedujo a la reina. Le gustaba esa especie de libertad que ponía en todo. Esa espontaneidad que gobernaba mi naturaleza y que no encontraba en ninguna parte en su palacio de vanidades. Decía que tenía el alma «refrescante».

No cabe duda que también veía en mí esa misma voluntad de no sufrir que tanto nos han reprochado. Creo que mi aplomo la tranquilizaba infinitamente. Pero que no se me imagine sin modos ni maneras. Éstos eran un salvoconducto inevitable del que nunca prescindí.

Franqueé lo infranqueable y rechacé las fronteras impuestas a las mujeres de mi condición. Me mostraba educadamente áspera con las marisabidillas, eso es todo. Pero cada día era la guerra y, si unas veces tenía la educación replegada, las otras mostraban una ternura rasposa. Una palabra de la reina, una sonrisa, un signo de interés bastaban para desencadenar las maledicencias. Se puede imaginar el efecto producido por las entrevistas en la meridiana.

En cierto sentido, la revolución, Su Majestad y yo la hicimos a nuestra manera y en palacio. Trastornamos las convenciones, los guardarropas y la Etiqueta. ¿Era eso un crimen tan grande?

Muy deprisa, su entorno empezó a vilipendiarnos. Yo estaba extenuada, pero ella todavía más. Los oía conspirar en voz baja. No desconfiaban de mi presencia. Una tendera no era nada, y además la reina quizá se había encaprichado de mí, pero no por mucho tiempo.

Incluso sus damas y, entre las cercanas, las que tenían acceso por sus cargos a lo más íntimo de las dependencias, la criticaban violentamente. La reina era elegante y, por lo tanto, forzosamente malgastadora y voluble. Además, su matrimonio no era tal. Cotilleaban sobre sus expediciones campestres y sus fiestas nocturnas con su banda de cabezas locas, Vaudreuil, Artois... Aparte del color de sus cintas, le suponían dos preocupaciones: hacer arrumacos en los matorrales y ver la salida del sol.

—¿Qué dirán si queda embarazada? —sorprendí una vez en una boca supuestamente indulgente.

Y fue madame Tía, la amarga Adélaïde, quien se descolgó con una respuesta:

—¡Dirán que el rey y Francia son unos cornudos!

Por aquel entonces fui admitida en la intimidad de María Antonieta. Su gusto por la ropa no dejaba de aumentar. A pesar de la costumbre, que alejaba a todas las mujeres de mi clase, fui pues admitida en Versalles, doble revés a la Etiqueta. El vulgo rodeaba a los príncipes, y la reina ya tenía costureros y costureras a su servicio. Gente inamovible que debía servirla en exclusiva. Que la reina me compartiera con otras mujeres era inconcebible. Que me atreviera a conservar, por insistencia real, mi comercio de la calle Saint-Honoré también.

Madame Eloffe, madame Pompée..., las creadoras de Versalles, eran artesanas muy honestas, pero estaban muy ancladas en la rutina. Sólo la vieja corte, las señoras Tías y los Siglos[1] se felicitaban por sus servicios. Para una mujer joven, las modas debían inventar, sorprender, y se decía también que nada como París para imaginar los rasgos galantes.

La reina adquirió la costumbre de recibirme de las once a las doce de la mañana y era de buen tono considerar que Versalles ya no era Versalles.

Yo era aquella con la que llegaba el escándalo. Era el tropiezo, el doble tropiezo, que dislocaba ese viejo cuadro, y los más feroces proclamaban el fin del mundo. Sólo que gozaba del favor, el apoyo, el oído atento de Su Majestad y ganaba un prestigio loco. Me envidiaban y me detestaban.

Ahora dedicaba mucho de mi tiempo a Versalles.

Contrariamente a la costumbre, ya no podía hacer entregas a domicilio. Avisé de ello a mi clientela y les indiqué los días de presencia en El Grand Mogol. París y Versalles se conmocionaron, me tildaron de presumida y cosas peores.

—En realidad, mademoiselle Bertin, ¡no la creía tan tonta! —me susurró Sophie Arnould, una de mis parroquianas actrices, protegida como yo de la princesa de Conti.

Me consideraba atormentada por los ambientes pérfidos y me animaba con sus comentarios.

—Siga mi ejemplo, ¡ríase de todo el mundo! Tenga el mismo coraje, le sentará bien.

Aquella mujer era una graciosa mezcla de inteligencia, insolencia y belleza.

Un alma de fuego y un cuerpo armonioso, decían los hombres. Y las mujeres. La vida amorosa de la bella Sophie se había llenado más allá de lo posible. Tenía un gusto pronunciado por las damas, incluso por las grandes damas, que pagaban muy caros sus servicios para ser iniciadas en ese tipo de placeres.

Recibí sus consejos y decidí aplicarlos. Tanto más cuanto que mi tendencia natural me inclinaba a ello sin contemplaciones. Decidí también alejarme de Sophie, que me confesó que se estaba enamorando de mi persona. Era encantadora. Un rostro adorable, un talle proporcionado, un airecillo inocente, ojos maliciosos, pero ¡a mí sólo me gustaban los hombres!

Después del *Quès aco*, un peinado efímero que no duró más de un mes, con madame Antonieta, trabajamos el *pouf*.

El virtuoso del rizador nos habría prestado un buen servicio en este asunto, aunque pretendiera que eran mis modas las que asistían a las suyas. Antes de que yo me metiera, el *pouf* no era más que una combinación de peluquero, pero yo imaginaría una rareza divertida, el *pouf* sentimientos.

Nuestras modas eran muy extravagantes. Sólo puedo mirar aquellos años con una sonrisa. Aquellos *poufs*, Dios mío, aquellos *poufs*... ¡Todas las mujeres los querían! Hasta aquella joven viuda cuyo nombre se me escapa que se precipitó un día en El Grand Mogol.

—Mademoiselle Bertin —me rogó—. Hágame uno con cintas y encajes. ¡Me gusta!

Tiernos cupidos por aquí y por allá, rosas rojas abiertas, tímidas flores de azahar, sin olvidar la representación en una u otra forma del novio, un mechón de pelo, un botón del chaleco, ¡y el *pouf* de una viuda que deseaba volver a casarse había nacido!

Todas querían uno y mi duquesa de Chartres no fue la última en reclamar el suyo. Era el más sorprendente de todos los que hicimos. Véase si no, en el fondo del *pouf*, había una butaca. En esta butaca, una nodriza con un bebé en los brazos (el pequeño duque de Valois, hijo de la princesa). A la izquierda, su querido loro picoteando una cereza. Más a la izquierda, su pequeño «negro» al que tanto quería. Lo demás se adornaba con mechones de pelo, los de su marido, el duque de Chartres, los de su padre, Penthièvre, y los de su suegro, el duque de Orleans...

¡Cuánto boato en la cabeza de las mujeres! Mil juguetitos y recuerdos de familia se instalaban sobre las cabezas. Hasta retratos de amigos, maridos, amantes, difuntos. ¡Incluso llegué a meter retratos de perros en los huecos de mis sombreros!

Tan extraordinario como el *pouf* de la duquesa de Chartres era el de la duquesa de Lauzun. Un pedido que no dejó de dar que hablar, hasta en la tertulia de la Deffant.

—¡Qué delicioso *pouf*!

—¡Cuántos detalles admirables!

Su paisaje en relieve ofrecía una visión sorprendente; un mar agitado, patos chapoteando, un cazador al acecho, listo para abatirlos.

En lo alto, un molino. Al mirar mejor, se percibía una bella molinera
—inteligencia en el escote, conversación en el arqueado— cortejada
por un abate. Cerca de la oreja, en el borde del sombrero, el moline-
ro avanzaba, tan dócil y apacible como su asno, al que conducía tranquilamente.

Aquí y allá, oía algunas voces en contra. Celosos, quisquillosos.
La baronesa de Oberkirch era una. Pretendía que mis creaciones
eran buenas para las fiestas de carnaval. Lo cual no le impedía llevar
un *pouf,* y de mi casa, además. Pero por más que me criticara, todos
valoraban mis arreglos. Sólo se hablaba de los *poufs* Bertin y de la modista de la reina. Era de buen tono venir a mi casa, en la calle Saint-
Honoré, para pasar el rato, comprar, exhibirse o para robarme las
ideas.

Cuanto más acudían más me evadía. Me reunía con la reina cada
vez con mayor frecuencia.

La veo… un poco rígida pero graciosa, con sus pequeños hombros rectos y su cabeza de porte tan digno. Uno de sus pajes, al que
no le gustaba, decía que estaba triste y que cuanto más triste estaba
más alto ascendía su pelo. La «subida al cielo» era el apodo que pronto le encontraron para fustigar la altura de su peinado. No obstante,
estaba resplandeciente. La seda, el satén briscado, la gasa de Italia. El
resplandor de la juventud. Los colores le subían entonces fácilmente
a las mejillas, un rubor que le quedaba de maravilla y que los hombres
apreciaban en sus bailes. Como el apuesto sueco.

No sé qué le encontraban todas a ese Fersen, desde madame Antonieta hasta la hija de Diderot. Es cierto que no era un pajarraco; alto,
moreno, delgado hasta la obsesión, ¡pues sólo comía fruta o verdura!
Era refinado, cuidadoso con su aspecto, preocupado por el cuero de
sus botas, pero había en él un no sé qué de femenino que no me gustaba. Creo que era demasiado guapo. Demasiado fino, demasiado elegante, demasiado perfumado. Demasiado todo. A mí me gustaban los
hombres, no los grabados de moda. Iba bien encaminada porque un
animal tan bello nunca se habría rebajado a mirar a una modistilla. En
cualquier caso, la corte deliraba por él.

Le gustaba mucho el azul, el color de los dragones suecos. El color preferido también por la reina.

Sé que a él le gustaba cuando ella se adornaba con mis arreglos. La encontraba emocionante y turbadora, alegre. Decía que Francia tenía el genio de la moda y que el sombrero inmenso, desmesurado, achicaba el cuerpo hasta hacerlo adorablemente frágil. Se reía al ver desfilar las cabezas de Versalles, tan cargadas de pájaros, plumas, frutas, flores. Con un peso, comentaba, que hacía la vida más ligera. Decía que en el mundo no había más que Versalles, aquí, y solamente aquí, la vida podía ser bella y divertida.

Madame Antonieta estaba muy a gusto. Le gustaba que la amaran y a mí me gustaba verla contenta. Esto la hacía mejor y más atractiva.

Una vez me confío que lo que le gustaba por encima de todo, tanto del atractivo sueco como de mí, era nuestra manera de ser y de servirla. Natural, sin hipocresía ni obsequiosidad fuera de lugar.

Buscaba sinceridad, la verdadera. Vi cómo la saludaba Fersen repetidas veces y así era; se inclinaba con gran deferencia pero sin exagerada afectación. Unas maneras que sabían ganarse la confianza de nuestra reina, unas maneras que escaseaban a su alrededor.

Lo que más le molestaba era la obstinación de las mujeres en imitarla. En cuanto se hacía un arreglo, toda la corte lo quería. ¡Las mujeres copiaban sus vestidos, y los comerciantes, mis modelos!

He conocido a varias María Antonieta. La primera desapareció con bastante rapidez. La pequeña cazadora voló en traje frambuesa. Cedió el lugar a una mujer esbelta, fina, más coqueta pero más caprichosa. Podía irritarse de repente y parapetarse en un silencio glacial. Su rostro se arrugaba en una mueca desagradable y apretaba curiosamente la boca. Sólo en aquellos momentos me parecía fea y dura.

Sabía encender el fuego de unas mejillas con una simple mirada, aplastarte de desprecio y ponerte en tu lugar, sin una palabra. Entonces era el desdén, la tormenta. Imprevisible e inquietante.

El tiempo borra o deforma poco a poco los recuerdos. Sin embargo, conservo en la memoria lo esencial e incluso lo inútil. Me sumerjo de nuevo en aquellos años y respiro su aroma, vuelvo a ver sus colores. Azules, un océano de azules. Azul dragón de Suecia, azul pupila de reina, azul Sèvres de Luciennes… Eran los años azules.

Capítulo 9

Dentro de poco, me adormeceré en la butaca de seda gris frente a la ventana. Hacia las seis, Marie-Ange me traerá un té muy caliente, como a mí me gusta. Las cosas tibias nunca han sido de mi agrado, ni siquiera el té.

Adélaïde también vendrá. Reanudaremos el té y los buenos sorbos de antaño. Sólo somos dos viejas parlanchinas. Me gusta Adélaïde y me gustan sus visitas.

Adé..., quizá nunca la he necesitado tanto. Hay mañanas en que todo me aburre, todo me agota, pero mientras que la algarabía de los demás me aturde, su conversación me calma. Incluso sus silencios me reconfortan.

El otro día me propuso instalar una cama pequeña al lado de la mía para quedarse a mi lado y no dejarme sola por la noche. Sabe que ya no duermo mucho y que los viejos fantasmas me atormentan. Nunca le he dicho nada, pero lo sabe. Adé siempre lo sabe todo. Hace tiempo que hacemos camino juntas.

Al principio de mi gran fama, cuando reorganicé El Grand Mogol, quise nombrarla encargada de la tienda. Nunca aceptó, con el pretexto de que no se sentía ni con las ganas ni con las competencias suficientes. Había que mostrarse severa y ella decía que no sabía cómo hacerlo. Sin embargo, tenía, y todavía tiene, una especie de dulce autoridad que fascina a las serpientes más malvadas. Creo que se dejaba impresionar fácilmente por los caracteres fuertes del taller.

Cuando empecé a tratar a la reina, ya tenía una treintena de empleadas. Buenas trabajadoras pero cabezas huecas en su mayoría, es cierto. A pesar de esta gran tropa, los encargos nos desbordaban, los pedidos de la realeza y todos los demás.

En la corte se insinuaba que la tarea me venía grande. ¡Pamplinas! Pero el entorno de la reina se inquietaba, decían que la moda cambiaba a una velocidad vertiginosa, que los deseos reales no soportaban retrasos y que era necesario disponer de los servicios de otro gran nombre de París. Esas damas, con la Campan en cabeza, que nunca me pudieron soportar, decidieron actuar.

Yo sabía que la competencia acechaba y todos esperaban mi primer paso en falso. Estaba Valentine y monsieur Saint-Fé de la calle Saint-Honoré, madame Alexandre de la calle de la Monnaie y también monsieur Labbé de la calle Saint-Denis, mademoiselle Fredin de la calle de la Ferronnerie, madame Quentin de la calle de Cléry, Richard de la calle del Bac, madame Prévoteau y sus Trois Pucelles de la calle Saint-Denis, Labille de la calle Neuve-des-Petits-Champs… Y además los Monthier y los Danican Philidor. Campan y sus chinches sólo tenían que tomarse la molestia de elegir, pero el más peligroso de todos estaba en la calle Saint-Nicaise, y ése fue y no otro el que eligieron. ¡Beaulard! Jean-Joseph Beaulard.

Una elección que no debía nada al azar. Me lo olí de entrada sin saber de dónde venía el golpe. El animal había maniobrado como un loco y desde hacía mucho tiempo para introducirse en la corte. Yo veía esta llegada con recelo, porque el hombre estaba dotado y era ambicioso.

¿Me suplantaría ante Madame? ¿Se había cansado ya de mis servicios? Mortificada, pensé en lo peor y algunas malvadas zorras de Versalles no se alteraron al susurrármelo al oído.

Sin ir más lejos, acababa de pasar aquella misma mañana dos horas enteras en la meridiana con la reina. Nada me había alarmado. ¿Intentaba de verdad sustituirme? ¿Qué había hecho yo o que había dejado de hacer para merecer aquel descrédito? Yo, que me dedicaba por completo a aquella mujer; yo, que temía no hacer nunca lo bastante para su servicio. Yo, que tanto adoraba amarla, estaba a punto de sentirme traicionada. Sin duda, la amistad se nutre de estos malentendidos, de estas heridas, pero el corazón me latía fuerte. ¡Además, tenía que poner buena cara ante ese Beaulard!

Su fama era grande. Sus capas tenían mucho renombre y su último tocado, al estilo madrecita, era sencillamente fantástico. Estaba provisto de un sistema mecánico oculto que lo elevaba o lo bajaba a voluntad. Bastaba con accionar un resorte con el dedo. Algo que gustaba a la vieja corte y a las buenas mamás, que desaprobaban los peinados con muchos elementos, y que embelesaba también a todas las *Monte-au-ciel*. Las mujeres se volvían locas. ¡Y hete aquí que aquel osado competidor llegaba a Versalles!

Estaba rabiosa, sobre todo cuando me enteré de que debía su presentación a una de mis propias madrinas. Era mi dulce Lamballe quien había introducido a aquel lobo en mi redil. Aunque creyendo actuar bien e imaginando que había suficiente trabajo para dos. Nunca pensaba en el daño ni en sus consecuencias. ¡Yo sí! Yo sabía que Beaulard podía barrerme; en realidad era su intención, se había jactado de ello en la ciudad.

Confieso que, en un primer momento, estaba furiosa. Puse mala cara a la princesa y me negué a servirla mientras Beaulard se reunía con la reina y le ofrecía su pequeña obra maestra: una rosa imitada a la perfección, además con un perfume de rosa. Cuando se accionaba un minúsculo botón oculto en el cáliz, la flor se abría y dejaba ver una miniatura: el retrato de la reina.

Yo temblaba. De inquietud y de cólera. También de despecho, por qué ocultarlo. Sin embargo, mis temores se esfumaron deprisa. La reina me aseguró su adhesión y me conservó a su servicio. Beaulard desapareció de mi camino, sin que yo intentara apartarlo. Vejado, el señorito se vengó divulgando por todas partes con acritud:

—¡Esa Bertin! ¡Esa serpiente! Tiene aires de duquesa y ni siquiera es burguesa.

Encontraba un oído atento y una lengua chivata en Oberkirch, que se aprovisionaba de vez en cuando en su casa de la calle Saint-Nicaise. Pero la reina seguía confiando en mí y las deferencias hacia mi persona se multiplicaban. Reverencias y más reverencias, ¡el campo de trigo se inclinaba de nuevo!

Hasta Léonard, el autoproclamado «académico de peinados y modas», me prodigaba elogios y galanterías. Aquel asunto en realidad nos acercó, pues no apreciaba a Beaulard más que yo. Seguramente tenía buenas razones, que siempre he ignorado.

Si lo pienso, me doy cuenta de que nos detestábamos todos. En especial los marchantes de moda y los peluqueros. Por suerte, incluso diría que por milagro, Léonard y yo nos llevábamos bien. Lanzamos juntos modas insensatas con gran aparato de lazos, trenzas, postizos y gasas.

Aparte de la competencia y de las señoras Tías, ¿quién podía tener algo que decir? Madame Adélaïde era la más tiñosa. Juraba que nuestras extravagancias no eran de su gusto, que nunca seguiría el ejemplo de «la reinecita» cubierta de encajes y plumas.

—¡Plumas dignas de un adorno de caballo! —señalaba.

No obstante, madame de Béon, la dama de honor encargada de su guardarropa, sólo se abastecía en El Grand Mogol ¡y había algunas plumas en los tocados de la solterona!

Todo era demasiado grande en madame Adélaïde. Las manos, los pies, la nariz y la impertinencia. Una cabeza de caballo con lengua de víbora, ése es su justo retrato, por no hablar de los dientes que le faltaban, que por desgracia no le impedían morder. «Adornos de caballo», decía. Pues estos adornos me los reclamaban por todas partes. Hasta del extranjero, que me miraba con ternura, y Versalles, ¡que no me abandonaba! La reina daba el tono y la nobleza la imitaba. La víspera de las fiestas, con mis chicas, trabajábamos hasta el agotamiento.

Pretendían que la reina vilipendiaba la etiqueta y debilitaba el prestigio real, se decía también que Versalles nunca había sido tan brillante.

Con Léonard, no escatimábamos esfuerzos. Él trenzaba la cadeneta y yo entregaba dominó. A la reina, también le gustaba. Era el encargado de los tocados de gala y su hermano se ocupaba de los peinados más ordinarios. Lo cual no impedía a mi Léonard estar casi cada día con la reina. Había comprendido lo esencial de la vida de la corte: mostrarse asiduamente, estar allí, siempre allí, y trabajar para hacerse notar. Alto, delgado, de mirada viva, era un hombre apuesto y muy bromista. Yo detestaba sus caprichos y sus maneras demasiado afectadas, pero me reía con toda el alma ante sus divertidas ocurrencias.

—¡Al diablo las infames combinaciones de ganchillo o de crepé! —afirmaba.

—No a los tocados que trepan antes de aplastarse.

Pretendía poner alas a los suyos para que se elevaran hacia el cielo. Había algo de Cagliostro en su habilidad manual, ¡magnetismo a la Mesmer! Bajo su mágica influencia, el pelo, «vuelo celestial», «prolongación del alma», practicaba la levitación.

Esta algarabía arrancaba fácilmente sonrisas a la reina y a sus damas, pero Léonard estaba dotado, de talento y de experiencia. No en balde había peinado y empolvado a Francia entera y a las cabezas más bellas de la Ópera, la Comedia Francesa y de la Comedia Italiana.

Pero la reina no tenía la exclusiva de los servicios del «maestro».

Con nosotros dos, el aire de París y las noticias de actualidad entraban en sus salas doradas para distraerla. Decía que éramos sus gacetas preferidas.

A veces nos topábamos con el rey.

Una mañana lo vi intervenir durante una sesión que Leónard se apresuró a olvidar muy deprisa. Le sugirió al mozo fuerte y apuesto que sería mejor que sirviera en el ejército y tirara del moño del enemigo en lugar de rizar el de las damas...

Todavía veo a Madame, molesta, levantar los ojos al cielo. La mirada se le endureció y frunció los labios. Yo adivinaba los pensamientos malévolos que le pasaban por la cabeza. Además de cazar, preparar yeso o arreglar viejas cerraduras, ¿qué le gustaba a ese rey de manos sucias?,[1] pensaba, sin duda. Sólo encontraba gusto en los placeres ordinarios, ¿qué podía comprender de las sutilezas de la vida distinguida?

Verdad es que nuestro rey era un poco torpe. Su hermosa sencillez y su elevada estatura tendían en aquella época a la elegancia. Era un príncipe erudito y bondadoso, un diamante en bruto que Madame tomaba por una vil piedra. Su tez era demasiado rosada, sus ojos azules demasiado miopes, la boca y la nariz gruesas, pero era alto, fuerte y en su interior no tenía defectos. Era un hombre culto que conocía las matemáticas, la geografía y hablaba varias lenguas, cuando la sola idea de abrir un libro producía migraña a la reina. Para sus oídos, ella sólo admitía estribillos de baile, trinos e improvisaciones. Ecos antiguos o más nuevos de los señores Mozart, Couperin o Glück, su querido Glück.

Por supuesto, el rey no tenía el genio de la música y todavía menos el brillo de su galante abuelo. No era ni brillante ni superficial, solamente instruido y profundo, ni siquiera libertino, incurablemente fiel e incluso, creo, muy enamorado. Un enamorado torpe y poco experimentado, por desgracia. Siempre me pregunté lo que hacía un hombre así en el linaje de un Luis XV y un Luis XIV. Lo sé, hay cosas que merecen ante todo pudor y de las que nunca se debería hablar, aunque Versalles las cantara:

Todo el mundo se pregunta por lo bajo.
¿Puede el rey o le cuesta trabajo?
Unos dicen que no se le yergue.
Otros, que no da con el albergue.
Otros más, que es flauta atravesada.

El futuro de la dinastía tomaba un mal camino. Ella había leído en los libros que los hombres besaban, mimaban. El suyo no tenía esas inclinaciones.[2]

A falta de príncipe encantado, tenía un guardarropa seductor, que renovaba sin parar. Pero se metía en él con el corazón triste y a cuerpo descubierto, como si se ahogara. Sí, se ahogaba, en un remolino de placeres que todos se afanaban por reprocharle. Porque todos teníamos ojos para no ver nada. Me tomó mucho tiempo comprender. Sólo me parecía que continuábamos pareciéndonos. Las dos teníamos amores difíciles y guardarropas atiborrados.

Cuando estaba apenada, se encerraba en un pesado silencio, sus ojos miraban al vacío, se le arrugaba la boca. En la meridiana, había una tristeza que podía cortarse con un cuchillo. Yo sabía que aquel humor no iba dirigido contra mí, pero me oprimía el corazón. Me habría gustado devolverle la ligereza, la alegría. Sin mentir, creo que yo y mis perifollos lo conseguimos a menudo.

Pero no era mujer que permaneciera mucho tiempo abatida, cómo habría podido cuando me ensañaba en inventarle las extravagancias más encantadoras: el sombrero color fuego de ópera, el tocado a la egipcia, el sombrero de hechicera; todos adornados con los colores más insensatos: «suspiro de Venus», «ave del paraíso», «rosa carmelita» y «pecado mortal», «agitación momentánea», «deseo marcado», «bésame preciosa», «chocolate ligero»…

¡Cuánto añoro aquellos tiempos!

Quien no haya conocido el Antiguo Régimen nunca sabrá lo que fue; este mundo hoy desaparecido era el placer de vivir, agitado por ese pequeño toque de sinrazón que reinaba entonces. En la calle, en nuestras vidas, en nuestras cabezas y en nuestros tocados, en todas partes.

Treinta y seis pulgadas,[3] y no exagero, una altura considerable. Hay que imaginar plumas, gasa y postizos sobre una cabeza para juzgar los tocados de la época. ¡El pelo se elevaba hasta calar el rostro en el centro del cuerpo!

Qué espectáculo en los salones, en las calles… En las carrozas, las mujeres se colocaban como podían, colgando, con la cabeza en la portezuela o en posición arrodillada, finalmente muy cómoda. ¡Se aprovechaba el viaje y se ahorraba tiempo si no se había olvidado el libro de rezos! Todo era desmesura y también refinamiento. Sólo importaba lo fútil y efímero. La vida era ligera, llena de gracias. Las personas aburridas siempre son una mala influencia para el frívolo. Pero ¿acaso éste no disuelve la tristeza y el aburrimiento?

Recuerdo que después del *pouf* vinieron los penachos.

Sobre los sombreros crecían montañas, prados, ríos plateados, bosques, jardines a la inglesa y plumas, muchas plumas. Enormes penachos, diferentes cada día, a los que se añadían flores, plumas, cintas, joyas. La reina llevaba un adorno todavía más alto que los meses anteriores. Su atuendo era un perpetuo tema de críticas, pero oíamos sin escuchar y a decir verdad no nos preocupaban.

Creo que a partir de aquel momento dejaron de llamarla «la austriaca».

¡Cómo llovían entonces los reproches! Aquella moda empenachada exasperaba hasta a Viena. La emperatriz, su madre, sólo veía desvergüenza ruinosa. Nuestro rey compartía esta opinión, pero la expresaba con suavidad. Madame debía de gastar mucho. Menos de lo que se decía, pero mucho de todos modos. La esencia de violeta, las sesiones de peinado, las joyas, las cintas y los vestidos tenían un precio tan elevado como los tocados de moda. Sin hablar de los gastos de juego. Se decía que el rey era débil ante Madame. Yo creo que le daban miedo sus enfados, aunque estoy convencida de que sabía resistirse a ella a pesar de que daba la impresión contraria.

Además, ¿cómo mostrar poder delante de una mujer que conoce las propias debilidades...?

Las plumas se calmaron el invierno siguiente.

Las puertas de las salas reales se me abrían a todas horas. Con la reina, hacíamos y deshacíamos allí las modas. Tenía el sentido de los colores y las materias. ¡Habría podido ser de las nuestras, de la «comunidad de fabricantes y marchantes de modas, plumajeras, floristas de la ciudad y de las afueras de París». Una vez que mi reserva se fue evaporando, tuvimos verdaderas conversaciones. Las recuerdo con nostalgia.

Los aduladores sostenían que la moda poseía dos reinas. La primera estaba en Versalles, la segunda, en la calle Saint-Honoré. Como la época no era parca en títulos y dignidades, ¡pronto me dieron el de madame la ministra!

Divina, incomparable, única, después reina y al final ministra, ¿cómo no sucumbir ante tantas caricias? Confieso que la cabeza se me iba un poco.

Tenían razón; aquella cartera de la moda me gustaba y estaba orgullosa de ella. Aunque me trataban de «ministra» como quien da una bofetada, pero me había acostumbrado a tragarme su quina, ¡incluso ponía cara de encontrarla buena!

En lo referente a este asunto de ministra, en realidad todo se originó en El Grand Mogol. Problemas con una o dos clientas. Reclamaciones de pedidos cuya entrega se alargaba. Repliqué con altanería, insistí en mis reuniones con la reina y repetí a los que me prestaban oídos: «¡Vengo de trabajar con Su Majestad!» Mis frases sonaban invariablemente como «la reina y yo hemos decidido», «hemos decretado que», «en mi último consejo con Su Majestad»... ¡Sólo hablaba de mi consejo con la reina! En realidad, es inútil dar rodeos, me hacía la importante. Adé me ponía en guardia; decía que estaba cambiando, pero yo no escuchaba nada. Era todo orgullo. De hecho, no he cambiado. Aunque ahora tengo más conciencia de ello.

En la ciudad, Oberkirch insistía en que había que atarme corto, que me volvía rápidamente insolente si no me ponían en mi lugar. La baronesa no siempre se equivocaba, pero mis réplicas daban la vuelta por los salones, controlaba la moda y me ganaba un nuevo apodo. ¡Es la verdad, así fue como me convertí en ministra!

Esta distinción, lanzada como un desplante, no me molestaba. Creyendo que me enojaba, me coronaban con un título adulador y yo me decía que decididamente mi barrio padecía un buen contagio de ministras. ¿Acaso madame Geoffrin, que todavía regentaba un salón en mi calle, no había sido promovida también, por la gracia de las víboras parisinas, a ministra? ¡Ministra de la sociedad! Una vieja ministra en aquel tiempo, pero que en su época había sido graciosa como un ángel. Un ángel que frecuentaba las altas esferas y las élites, artistas, filósofos, testas coronadas. Se la había visto en Petersburgo, en la corte de Polonia, en la de Austria, pero no en la de Luis XV ni en la de Luis XVI. Por más que la tildaran de ministra, no era más que burguesa y, por lo tanto, no tenía acceso a la corte. Y pensar que, sin ningún conocimiento de artes o de letras, a mí me recibían con tanta frecuencia...

La reina se divirtió mucho con mi nuevo título.

—¡Pues sí! Mademoiselle Bertin es mi nueva ministra de la moda! —respondía riendo a los impertinentes. Porque muchos se burlaban, como tenían por costumbre. Yo seguía los consejos de mademoiselle Arnould y estaba encantada. Ministra de una reina, ¡qué honor, que remate! Lo más extraño es que mi nombramiento dio lugar a otros igual de curiosos. ¡A cada cual su turno y los verdaderos ministros iban listos! Se les reprochaba una falta de seguimiento de las ideas. Eran inconstantes como los perifollos, cambiaban de opinión como de camisa. De ahí a tratarlos de «marchantes de modas» no había más que un paso, que se dio deprisa. Y Versalles desbordaba de «marchantes».

Por más que cloquearan, a los ojos de la reina, yo era más importante que un verdadero ministro. Mi cartera era su preferida y, durante toda la mañana, nos sumíamos en nuestros «dossieres». Cada vez le gustaban más los tejidos ligeros y los colores suaves, los reflejos cambiantes del muaré. Aquellos tejidos respiraban, se movían, estaban vivos. A mí también me gustaban. Las telas eran muy bellas. Los comerciantes desbordaban de ideas, sobre todo los de Lyon.

Recuerdo laureles rosas, peonías, fresas, granadas, palmetas desgreñadas como girasoles, casas chinas y pagodas que brotaban por todas partes.

Veo a Madame patalear de impaciencia ante la lentitud de un marchante al desembalar sus muestras.

A veces, recibíamos a los proveedores. Sí, la recuerdo, inclinada sobre un tafetán glaseado grueso azul y violeta. Primero lo valoraba con la mirada y después con los dedos. Lo rozaba antes de tocarlo a manos llenas, como para estimar su fuerza después de haber catado su suavidad. Los tonos violeta y malva le gustaban entonces infinitamente.

Todavía conservo su sonrisa de aquellos días. Su «sonrisa de tejidos». Los rozaba, los acariciaba y tenía aspecto de felicidad. Nunca la he visto tan satisfecha. Excepto con sus hijos, por supuesto.

Nuestras reuniones eran como pequeños reductos de felicidad, como un viaje inmóvil pero lejano. Era tiempo robado, un refugio, una burbuja suspendida sobre el vértigo de Versalles.

¡Así pues, había pasado a ser «ministra»! Hermosa caricia y exceso de honor. Exceso de indignidad también. Se sostenía que yo costaba más cara que un secretario de Estado, que, de todos los comerciantes de coquetería femenina, era la más golosa.

Debía a la reina buena parte de mi fortuna, es cierto, y, de todos sus proveedores, tengo la debilidad de creer que era la más escuchada y amada, pero nunca he sido el pozo sin fondo que decían. Incluso pienso que he beneficiado al país y dorado el blasón de sus modas.

Creo que fue en aquel momento cuando mi nombre trascendió todavía más las barreras. Europa entera descubría «la gran marca» gracias a mis Pandoras.[4] Por todos lados, mis muñecas, vestidas con las últimas novedades, partían cada mes a la conquista de clientela más lejana. Eran valiosas embajadoras, pero la mejor de todas seguía siendo la reina, por supuesto. Un modelo viviente, que llevaba a las mil maravillas la ropa y encauzaba hacia El Grand Mogol una clientela abundante. En los grabados de moda, que se multiplicaban, no sólo se podía reconocer su silueta, sino también su rostro.

—¡Aquí está la muñeca Bertin! —rezongaba la competencia.

Estaba entonces en lo mejor de su esplendor, bonita sin ser realmente bella. Lo que seducía desde el primer momento eran sus maneras vivas y su gran mirada asombrada. La animaba un encanto curioso, difícil de traducir en pintura. Muchos lo intentaron, sin éxito.

Sus retratos no le hacían justicia.

A fuerza de querer embellecer, el pincel del artista se vuelve mentiroso. Ese aire meloso que le daba madame Le Brun e incluso madame Vallayer. La reina era de una belleza móvil que no se podía capturar. Cómo plasmar la gracia de sus gestos, el brillo de la mirada... La belleza es quizá también una manera de moverse, de arrugar los ojos, de sonreír. Es el timbre de una voz, el perfume de una piel, todas esas cosas invisibles, vibrantes, tan rebeldes al arte del pintor.

En realidad, no era tanto el rostro de la reina lo que admiraban, sino su silueta ¡vestida por la Bertin!

Cuánto había crecido en belleza desde nuestros primeros encuentros. Pero de qué servía ser agradable cuando se era mal amada.

Madame Antonieta, no sé, pero yo siempre esperaba confusamente alguna cosa o a alguien. Era joven, era bella, era afortunada en la amistad y bendecida en los negocios; estaba cerca de los poderosos y de la reina, y esperaba.

Capítulo 10

Una sensación intensa de protección se apoderaba de mí cuando estaba en el centro de las dependencias de la reina. Me parecía que allí nada malo podía sucederme.

Al final de su fila de habitaciones, estaba el gran despacho interior, donde a veces me recibía. También lo llamaban el salón dorado y no por que sí. Siempre me gustó estar allí, con ella o esperándola, en compañía de la encargada de cambiar las flores o rodeada por sus costureros o sus bolsas de lana para la tapicería.

Le gustaban las labores de costura y estaba dotada para ellas. Era un gran privilegio bordar cerca de ella. Madame de Lamballe estaba loca por aquellas sesiones. No dejaba de ofrecer a la reina encantadores dedales de coser que enloquecían a Madame. Como agradecimiento, la reina le daba pañuelos bordados que me hacía preparar por docenas. Yo los entregaba en cajas forradas con papel de seda, del color preferido por la dama que los recibiría. Para madame de Lamballe, era siempre el azul. Vinca, glaciar o verónica, pero siempre azul, sólo azul y perfumado con violeta.

¿Qué ha sido de aquellas dulces horas?

La reina tenía una inclinación obligada por la pompa, pero en el fondo le gustaban las cosas sencillas. En invierno, para embelesarla, bastaba con una partida de bolas de nieve en el parque y, en primavera, una rama de rosa o una nueva lana de tapicería le devolvían la sonrisa. Su caja de costura encerraba tesoros: lila, tilo, fresa aplastada...

Tocados nuevos de inspiración campestre nacían de nuestras reuniones. Tocado estilo campesina, tocado estilo lechera...

Además estaba el sombrero a lo Enrique IV, que no ahorraba en el penacho. Lo que daba la oportunidad para que los panfletos y las canciones nos ofendieran un poco:

Sí, en la testa de nuestras damas,
dejemos los penachos flotar.
Son iguales a sus amas,
los tienen que llevar
...

De las mujeres conocemos la maña,
¿os hacen algún juramento?
Fiaos como de la pluma,
que también se lleva el viento.
...

Mientras con un penacho en Francia,
un esposo adorna a su media naranja,
con otro, en agradecimiento,
ella le gratificará.

Había diversas variantes para este estribillo: ¡sólo cito la más decente!

Recuerdo los ritornelos que mis chicas repetían a voz en grito mientras tiraban de la aguja. Me gustaba su música.

En Trianon, a Madame también le gustaban los estribillos de los trabajadores. En sus dependencias, la veía a menudo prestar atención a lo que cantaban las lavanderas, o las planchadoras, tantas manos aplicadas a su servicio —con las que nunca se cruzaba— y que tarareaban con inocencia las cancioncillas de moda. Aquel año había otra canción que se oía a menudo:

A la pluma,
debemos a menudo su felicidad...
Encantadoras plumas,
cubrid las frentes, los corazones turbad...

La reina solía pedirme que le completara las palabras que no había podido captar.

En el secreto de la meridiana o en Trianon, Versalles recogió a menudo nuestros dúos improvisados. ¡Oh!, no eran armonías eruditas a lo Guétry. Ésas también las cantaba, pero con madame Le Brun durante las sesiones en las que le mostraba los nuevos modelos. No, lo nuestro era más ordinario, más familiar.

Cantábamos y llovían... plumas, ¡muchas plumas!, que se fijaban sin contemplaciones en los peinados. Las mujeres imitaban a la reina y no se cansaban de mis tocados, que llevaban con un infinito sentido del equilibrio —se necesitaba— y un derroche de plumas cada vez más elevado. En la Ópera, hasta en las iglesias, la capital no era más que un bosque de plumas, y empezaron a declararse algunas alergias. En el espectáculo sobre todo e incluso en Versalles, en casa de las damas de la reina. Como la vieja corte, la Campan consideraba severamente nuestras construcciones emplumadas o floridas; ridículos edificios, decía.

—Sólo son buenas para arruinar los hogares y doblar en dos a las mujeres en sus coches.

Estaban las *Monte-au-ciel* y las *Rase-pâquerette*. ¿Es necesario precisar el campo favorito de la primera doncella de María Antonieta? Siempre fue de las que consideraban de lo más molesta mi admisión en las dependencias de la reina. Nos detestábamos cordialmente.

En la meridiana, no estaba ni al abrigo de las lenguas bífidas ni de las malas noticias. Aquella primavera me lo demostró. Por boca de madame de Lamballe, me enteré de la triste noticia; madame la princesa de Conti acababa de morir. A sus más de ochenta años, la primera de mis protectoras nos abandonaba y, para aumentar mi pena, la corte y todo París murmuraban que me detestaba, que se había cansado de mí y ya no me concedía ni su clientela ni su amistad desde hacía mucho tiempo. Mentiras.

Hice llevar brazadas de rosas para sus exequias. Amarillas, sus preferidas.

Aquella estación nos enviaba mucha desdicha. Mis modas, que se hacían eco, aportaron el tocado a la rebelión. Una composición enguirnaldada de rosas y acacias de cincuenta libras la pieza. También elaboré el tocado *negligé* estilo reina. Dos peinados, dos éxitos.

Quizá fue en aquel momento cuando el país empezó a agitarse realmente. Eso es lo que a menudo pensé después.

Por lo que yo podía juzgar, la cólera aumentaba en los alrededores de París. Beaumont y Pontoise protestaban con fuerza. Otros pueblos pequeños les siguieron. Méry, Mériel, Auvers, L'Isle-Adam. Lo recuerdo porque la encargada de mi tienda era originaria de Méry, un pueblo cercano a Auvers. Élisabeth hablaba de él con ternura, allí tenía a toda su familia. Vivían en una gran casa cerca del puente, en el camino de Pontoise. Pontoise…, otro lugar que se agitaba. Élisabeth decía que los rebeldes robaban a todo el que pasaba por el río y sobre todo los grandes barcos cargados con harina.

El país no iba bien. ¿Acaso se daban cuenta en Versalles? Y nuestro rey parecía no ver nada. Miope de ojos, miope de cerebro. Y sus ministros, todos esos grandes «sabios», ¿a qué diablos jugaban? ¿Chaquete, lansquenete? En espera del *émigrette*.[1]

Se sorprendieron cuando la agitación ganó terreno. Alrededor de París, en el propio París, los mercados, los convoyes de mercancías, las panaderías, saqueos en todas partes. Se tocaba a rebato en el campo y los motines llegaban hasta nuestras puertas.

Era la guerra de la harina. Como un ensayo general, antes de la próxima, la verdadera, muchos años antes de los acontecimientos. Sin embargo, los tumultos se calmaron y todo regresó al orden. O eso se creía.

Abro un poco más la ventana de mi habitación.

Siento el aliento de la noche sobre mi mejilla. Como una caricia de abanico o de encaje que viniera de lejos…

Toinette, que sostiene que el viento no siempre es el viento, pretende que sólo son roces de fantasmas. Dice que sus manos invisibles vienen a consolarnos algunas noches.

No debería animar sus pequeñas locuras, pero siempre hago como que la creo. ¡Ah!, qué otra cosa imaginarás, pequeña, para acunar a tu tía abuela de Épinay, esa anciana dama que no deja de llenarte de caramelos y que se traga con delicia tus historias con las manos llenas de caricias.

Cuando yo ya no esté, ¿vendrás a vagabundear por la calle del Bord de l'Eau? Como yo, ¿te instalarás, Toinette, en esta butaca frente a la ventana? Cuando ya no esté, siempre te quedará la caricia del viento. ¡Qué sencillo es todo desde tus cinco años!

La historia continúa ahora hacia Reims, hacia la ceremonia de coronación.

A pesar de los ruegos de la reina, me quedé en París. A ella le gustaba que la acompañara a todas partes, que diera el toque final a sus atavíos, pero aquella primavera mis asuntos me mantenían atada a la calle Saint-Honoré como una cabra a su estaca. Léonard la escoltaría. Me había confiado que proyectaba un peinado a una altura razonable. Por una vez.

Yo también había hecho muchos trajes. Recuerdo un vestido de corte profundamente escotado, todo de seda, ribeteado en oro y plata, con un plisado y un cuello de Chantilly. Una maravilla.

Después de Reims, las mujeres recordaban los atuendos de la reina y querían encargar unos idénticos o lo más parecidos posible. ¡La pesadilla de madame Antonieta! Detestaba que la copiaran y siempre exigía el mayor secreto en sus vestidos. Como todas las mujeres. Sobre todo la víspera de un baile había que mantener el misterio. En el taller o en palacio, convenía tapar nuestros trabajos con un generoso tafetán. Recuerdo las noches anteriores a las grandes veladas, la impaciencia de las clientas, la fatiga de mis chicas, la fiebre del taller, el susurro de las telas que también había que tratar como a princesas, so pena de arrugarlas. El volumen de nuestros vestidos de entonces… Siempre tropezaban con la estrechez de los pasillos, incluso en las casas más amplias. Todavía veo en palacio su baile incesante. ¡Dios mío, qué espectáculo! Los salones y los corredores veían desfilar misteriosas siluetas que viajaban veladas y que se trataban con todo tipo de miramientos.

No, a Madame no le gustaba que la copiaran. Pero en cuanto aparecía todas las mujeres se la bebían con los ojos, para impregnarse de su imagen y no buscar otra cosa que reproducirla.

Entonces empezó a pincharse las primeras plumas de pavo real en el pelo, un arreglo que abandonó con mucha rapidez. No dejaba de verlo en la cabeza de las demás. Pronto le propuse uno nuevo. Tan deprisa copiado como despreciado. El ritmo de la moda se volvía infernal. Los negocios, tanto los míos como los de la competencia, no se

quejaban por ello. Me parece que los asuntos del reino tampoco tenían que deplorarlo.

Mis creaciones, fiebre contagiosa, eran adoptadas en las naciones
vecinas. Todos decían que la reina y su ministra Bertin daban el tono
en el extranjero. Francia se convertía en la patria del buen gusto. Con
un giro más elegante, la fórmula no es mía, «nosotros dictábamos en
este ámbito las leyes del universo».

No sé si en aquel momento me daba cuenta del alcance de este
asunto. Era realmente inconcebible. En el fondo, todavía era la pequeña Jeannette de Abbeville, que no quería inclinarse demasiado hacia sí misma ni hacia su camino por miedo a verse atacada por el vértigo, por miedo a que los bonitos sueños acabaran por desmoronarse.

Al final del verano recuerdo a la reina más alegre que de costumbre.
Creí comprender que intentaba honrar a su fiel proveedora de dedales de costura, nuestra querida Lamballe. La instó a aceptar el cargo de superintendente de su casa, un nombramiento controvertido.
Marie-Thérèse de Lamballe era una princesa, pero a medias. Aquel
puesto de superintendente era un honor excesivo para la nuera de
un bastardo de Luis XIV.

—Ese puesto es para mí —afirmaba la condesa de la Marche, la
noble de mayor edad. La hija del príncipe de Condé continuaba, re-
cordando siempre que tenía oportunidad, que mademoiselle de Clermont, su tía, era la última superintendente y que este puesto le correspondía pues por derecho. Siempre que estuviera excelentemente
remunerado.

Discordia, complots, Versalles resonaba como de costumbre con
sus pesadas querellas. Todos tenían unas pretensiones insostenibles,
todos. Desde el último criado, que disputaba al portador de abrigos
el derecho a llevar el vestido de la reina, hasta los señores más importantes. Tampoco éstos tenían pelos en la lengua, de la que hacían un
uso violento. Los animaban incesantes desacuerdos, pero se jactaban
de tener mundo y se disputaban sin cesar los acuerdos. Todos tenían
la boca dispuesta a morder.

Nuestra época era insolente y todos teníamos buenas disposicio-
nes. Me incluyo en el lote. Yo también tenía un carácter amante de la

pelea, pero lo reivindico todo, tanto mi parte oscura como mis briznas de luz. Las dos me han servido, para bien o para mal, pero forman parte de mí. Son mis dos mitades de naranja y todavía soy esa fruta, medio amarga, medio dulce.

Claro está, el puesto de superintendente fue para madame de Lamballe.

—Una victoria para la austriaca —se lamentaban las princesas de sangre.

Juraron vengarse de la pobre Lamballe y empezaron por atribuirle una reputación de necia.

De todo aquello sólo salió una cosa buena: la marcha de la Etiqueta, aquella pedante Noailles, que no soportaba desempeñar un papel secundario detrás de Marie-Thérèse de Lamballe. Una vez convertida en mariscala de Mouchy, abandonó Versalles con el pretexto de seguir a su marido, nombrado gobernador de Guyena. Nadie la retuvo.

Entonces vi a Marie-Thérèse de Lamballe mudarse, muy alegre, al primer piso del ala sur, a una inmensa vivienda —doce habitaciones, once entrepisos— que acogió a una sociedad y unas veladas de lo más divertidas, aunque antes de terminar el año, madame Thérèse perdió allí su sonrisa. El invierno se anunciaba glacial en todos los sentidos. Menudo legado, aquel nuevo cargo. A decir verdad, un servicio muy complicado y para el cual no estaba demasiado armada. Había tanta gente como lágrimas de agua en el Gran Canal. El intendente, los secretarios de los mandos, el maestresala, las doncellas, cientos de funcionarios, sin contar las damas de palacio de alrededor, una colonia de gorgonas en perpetuo desacuerdo. Entre los montones de cuentas que había que comprobar, las quejas domésticas, la contratación de personal y las fiestas que se organizaban, sucumbía ante las contrariedades que le consumían lo más valioso que tenía a los ojos de la reina, su buen humor. Marie-Thérèse lloraba mucho y se quejaba un poco, y madame Antonieta arrugaba cada vez más la boca y emitía pequeños suspiros de hastío. Las lágrimas la irritaban.

No obstante, aquel invierno todavía se las vio pasear cariñosamente. Con abrigo de armiño y cisne, y toca eslava con penacho de garza, pasaban veloces en sus trineos a lo largo de los Campos Elíseos. Los príncipes y los señores de la corte seguían este ejemplo. Se oían sonar en el parque los cascabeles de los arneses, se percibía el brillo dorado de los trineos que arremetían contra la nieve.

Fue el último buen invierno de madame de Lamballe. Nadie lo sospechaba, pero aquel puesto de superintendente tan codiciado, aunque era un regalo, era el regalo de la ruptura.

La reina se cansó poco a poco y prefería a su nueva amiga, la Polignac. Mi madrina Lamballe, por una vez, vio llegar el golpe, pero ¡qué podía hacer! La competencia era temible. La otra, la Jules, era muy astuta. Veintisiete años y veintisiete malas pasadas en su haber. Una verdadera gata, cariñosa, insinuante, fina, muy fina y además hermosa. Madame Thérèse le encontraba una cabeza de Rafael. «Una expresión espiritual junto a una dulzura infinita.» Lo admito; era de una belleza admirable, de aquella belleza curiosa de las morenas de ojos azules.

—La figura más celestial que se pueda contemplar. Una mirada y unos rasgos angelicales —decía el duque de Lévis, que se sentía en el paraíso ante la contemplación de la nueva favorita.

Para hacerle justicia, ninguno de sus retratos, ni el de madame Le Brun ni el de Beauvarlet u otro, reproducían su frescor y su gracia. Su rostro era agradable, sí, pero su manera de andar la ponía en evidencia. Exhibía un inquieto desparpajo de orgullo y vanidad. En efecto, aquella mujer tenía una desfachatez de todos los diablos y mucho talento, el de hacerse querer y mimar por la reina. Mi pobre Lamballe sería sólo un bocado para ella.

Capítulo 11

He vivido horas excepcionales. Mi condición era modesta, pero mi situación privilegiada. Tenía acceso a intimidades que los más importantes me envidiaban. Me había convertido en una «gigante» a mi manera.

Cuantos más años pasaban, más sentía como un regalo las horas pasadas cerca de ella. No he echado la cuenta, pero fueron muchas. Fui su sombra y su cómplice durante muchos años.

¿Quién mejor que yo puede pretender conocerla?

No era la reina fría y despreciativa que a menudo pintaban. Por otra parte, para mí, la reina se difuminaba. Bajo la máscara, percibía a la mujer. Buen talante, temperamento íntegro, amor por la vida, un hermoso pájaro en una jaula dorada.

Mi destino era estar allí, cerca de ella, con ella. Quizá para dar testimonio un día.

Desde el fondo de mi butaca, vuelvo a hacer todos los viajes. Cierro los ojos y me remonto en el tiempo.

Me gusta recordarla en Trianon.

Me veo con ella cerca de la rotonda y las glorietas de rosas blancas. Las bolas de nieve... Cuántas plantas hicimos crecer allí, ella y yo. Sus damas decían que Trianon ya no era un jardín sino nuestro «laboratorio de ideas», el laboratorio de la moda.

Trianon eran los días felices. Horas claras, blancas, nuestro color. Preferí durante mucho tiempo los matices intensos. Los rojos fuertes, los cerezas y los leonados, apreciados por Jeanne du Barry. También los brillantes, de oro y plata, después me gustaron los silenciosos y los sutiles, sedosos, empolvados y perfumados. Azul lavanda, lila, verde tilo... Los colores están en todas partes, a flor de blanco, en el corazón de los oscuros más oscuros, en la sombra violeta de la higuera, en el turquesa del atardecer.

—¿Se ha dado cuenta —decía madame de Lamballe, que siempre nos sorprendía con sus observaciones finas—, se ha dado cuenta de que se dice negra noche cuando una noche, incluso sin estrellas, nunca es negra?

Marie-Thérèse de Lamballe fue quien nos enseñó el color de la noche. Azul, como el silencio y la calma, y tanto en el castillo como en Trianon era un gran mérito notarlo, con tanta iluminación que transformaba las noches en días.

Mi memoria corre todavía por allí. Recupera una noche de verano de gargantas redondas y hombros desnudos, una noche de muselina clara en que Madame había dado el tono y fijado el color de la fiesta. Recuerdo los perritos que también quería vestir de lila. ¡Trajes para perros! Sus deseos eran órdenes y me doblegué sin sospechar el peso del ridículo. Aquella mujer tenía el don de la ligereza, todo era mucho más divertido con ella. Todo se convertía en juego. Entre todos, mi preferido era el de los colores.

Cuando Madame decidía divertirse «con los colores» —un juego que consistía en dar nombre a los matices—, no soportaba que me alejara de ella. Por lo que recuerdo, inventamos nombres sublimes y ridículos, algunos monstruosos. Color «leche cuajada», «tristeamiga», «vientre de no-enano», «cara picada de viruelas», «culo de mosca», «flor moribunda». «Tiempo perdido», «por no mear», «viuda rejuvenecida». «Rosa culo de vieja»[1] y tantos otros. De todos, aunque no éramos las autoras, el «pulga» era el más famoso.

¿Se sabe que fue el rey quien lo pronunció un día?

Todo empezó una mañana con madame Antonieta a causa de «composición honesta», un vestido de tafetán marrón claro. El rey pasó mientras estábamos en ello. No le gustaban demasiado mis perifollos, pero siempre me dirigía una palabra amable.

—Este vestido es del color de las pulgas —exclamó ante mi tafetán castaño.

Todo el mundo se echó a reír. A partir de entonces, aquel color oscuro hizo furor ¡y la corte se cubrió de pulgas! Para gustar, había que presumir de marrón. Desfile de pulgas en Versalles: pulga vieja, pulga joven, espalda de pulga, vientre de pulga, muslo de pulga, interior de muslo de pulga, cabeza de pulga, vientre de pulga en fiebre láctea, pulga de blanco… Una epidemia que amarronó rápidamente la corte, hasta el día en que la reina se cansó. No nos engañemos, no fue un capricho. Había una buena razón para ese repudio. Circulaban tonadillas malintencionadas en *Nouvelles de la Cour,* que se apresuraron a mostrarle:

> *… la gran familia coronada*
> *está de la palabra pulga enharinada;*
> *cada uno lo está a su modo,*
> *la reina tiene la pulga inherente,*
> *el rey el prepucio adherente;*
> *es el «prado» que estropea el asunto…*

¡Y fue así como Versalles expulsó a la pulga! Pero ya se apasionaba por un satinado ceniciento que debía su nombre al hermano del rey. La competición en el juego de los colores.

Había algo infinitamente distinguido en aquel gris. Vestía admirablemente a la reina. Le gustaban los azules, los violetas y los blancos, pero quizás era el gris, y también el verde claro muy pálido, el que la vestía mejor. A ese verde casi celadón, a ese temblor de musgo, lo llamaban en el taller el «verde María Antonieta».[2]

Fue pues el rollizo Provence quien bautizó la última moda. Con Artois, asistió a nuestro consejo cuando yo sacaba de las cajas el adorno gris que iba a marcar el nuevo tono y sacudir a las pulgas hasta eclipsarlas.

—Este matiz es el color del cabello de la reina —había observado con su voz de miel.

¡Ah! la vieja lengua de perdida, chismosa, malintencionada. Por una vez, chasqueaba sin hacer daño. Madame Antonieta no se daba cuenta, pero yo sabía que nos vapuleaba. Nos llamaba tortilleras. Eran él y su horrible mujer, su bizcocho de Saboya frustrado, los que extendían las habladurías. ¡Qué sabía Provence del amor! Le daba igual carne que pescado, aunque en su cama había un monstruo peludo al que debería haber molestado de vez en cuando, para asegurarse la descendencia. Otro Borbón que no tenía mucho de sus antepasados ¡y no había peligro de que su adefesio de Saboya le abriera el apetito!

Con Léonard, llegamos al extremo de mandar a Lyon un rizo de Su Majestad. Los tintoreros nos lo reclamaban para reproducir de la forma más ajustada posible el pelo de reina, nuevo color fetiche exigido por la moda.

A la reina sólo le gustaban los colores suaves. Daba importancia al menor detalle. Incluso a los que no se veían. Quizá todavía más. ¡Signo de elegancia perfecta, pero con un inconveniente infinito para la modista! Cuando se lanzó el «pelo real», se le metió en la cabeza llevar las medias y los zapatos fielmente a juego. ¡Qué calamidad para encontrar en las pieles ese matiz concreto! En los contrafuertes de los zapatos, recuerdo que le propuse colocar piedras y sus *venez-y-voir*[3] se alegraron con esmeraldas. Le gustaba el verde y sólo quería este color con el pelo de reina. Gris y verde, una pareja de bonito tono bien escondida que admiraban casi exclusivamente sus refajos.

En la calle Saint-Honoré, aquel entusiasmo por las piedras preciosas me obligaba a tomar precauciones. Instalé a mis bordadoras en un salón cerrado con doble llave. Sabía que algunas de mis chicas eran muy sensibles a la perla y a las piedras bonitas. Antes de tomar las medidas adecuadas, habíamos tenido que deplorar algunas desapariciones. Era mejor no tentar al diablo. El registro de final de jornada acabó por hacerme impopular en el taller.

Había mucho verde aquel fin de año.

El año 1775 se retiraba todavía con explosión de penachos, pero también de verdor.

—¡Estudiando tus tocados, uno se puede convertir en un botánico pasable! —se burlaba Bellemain-Noël.

¡Sí! Mis sombreros estaban llenos de humor bucólico. Se inspiraban en invernaderos, jardines, huertos, tiendas de herboristas. La mata de grama crecía copiosamente en la cabeza de las mujeres. ¡A falta de la mano, tenían la cabeza verde y el campo se instalaba en la ciudad! En mis tocados, todavía colocaba, en el hueco de sus pliegues, una paloma, imitada a la perfección. Plumas, más plumas, pero matiz pelo de la reina.

Las mujeres decían que mi moda seguía llena de *esprit*,[4] sus maridos la consideraban cada vez más ruinosa y, según los libelos, mis penachos amenazaban las fortunas más sólidas.

Aquello tampoco lo comprendí enseguida.

Yo no era el único blanco de estos reproches. Apuntaban a la reina a través de mí. Finalmente, me acusaban de vaciar las arcas del país y de vender a precio de oro mis cintas y mis servicios. ¡Qué sabían en realidad todos aquellos parlanchines rizos de oro! ¿Acaso mis honorarios se publicaban en *Nouvelles de la Cour*? Se dice que Versalles lo sabía todo. La verdad es que sabía inventárselo todo o deformarlo todo. Por supuesto que María Antonieta tenía unos gastos de vestimenta elevados, por supuesto que mi moda tenía un precio alto. La reina se vestía a lo grande y los principales comerciantes sacaban partido de sus servicios, ¿era eso nuevo en el país? Recordaba a la Pompadour y a Jeanne du Barry gastando fortunas hasta la náusea sin que se les hiciera el más mínimo reproche. Mis precios eran ni más ni menos elevados que los de la competencia. Todo aquello no era más que ganas de camorra. Los grandes estaban obligados a realizar gastos de etiqueta y la etiqueta tenía un coste, ¿quién no lo sabía? Incluso el pequeño corso lo dijo:

—No a todos les es dado vestirse de forma sencilla.

Para terminar con los gastos, debo señalar con toda justicia que la moda no era la única que roía la bolsa. Madame tenía otra pasión: el juego. Una inclinación prohibida por la Etiqueta, pero alentada por su entorno de cabezas locas y bolsillos agujereados. Todos estaban acostumbrados a aquella manía y tenían sus deudas. Arrastraban a Madame.

A decir verdad, si la reina se permitía tantos gastos era porque creía poder permitírselos. Estaba muy segura de su fortuna. ¡Cuando pedía un anticipo, se lo concedían sin pestañear y multiplicado!

Después de la coronación, hermosa sorpresa, mi corporación me nombró síndica.

Presidiría durante un año los destinos de la profesión. Un nombramiento que alimentó las conversaciones y me elevó un punto más en la estima general. Era una carga de trabajo suplementaria, pero en realidad nunca habría consentido ceder mi puesto. ¡Sobre todo por uno de una noble! Se aburrían todas a muerte, empezando por madame Antonieta. Hay que admitir que padecía una gran languidez. Lo comprendí simplemente por el color de sus vestidos.

Sólo me encargaba vestidos oscuros.

Casada sin estarlo desde hacía seis años, soportaba los desaires de las cortes de Francia y de fuera. Todas las lenguas desenfrenadas, palabras indignas… A veces, encontrábamos en el salón dorado o bajo un cojín de la meridiana notas malintencionadas. Un alma caritativa y anónima que no quería dejarnos en la ignorancia de las últimas burlas. Una mañana de Epifanía recuerdo una nueva cartita, bien doblada, que nos esperaba en la pequeña meridiana:

A Luis XVI, esperanza nuestra,
todos decían esta semana:
«Señor, una noche como ésta
no juguéis con reyes, tiraos a la soberana».

Esas cosas afectaban a nuestro rey.

Una mañana lo vi reunirse con Madame. No se dio cuenta de mi presencia. Lo miré deslizarse detrás de ella y presionarle suavemente el hombro. Una vez más, les habían herido espantosos libelos. Madame tenía la cabeza un poco ladeada, luchaba por no llorar, y él tenía un aspecto muy desamparado, muy perdido.

En aquellos momentos, era cuando ella más lo amaba, porque lo amaba, lo sé. Estaría contenta de saber que lo hago público. Imagino su sonrisa… La siento, enternecedora, hasta ponerme la carne de gallina.

Me pregunto cuándo nuestros muertos se deciden realmente a morir. Es como si se hubieran quedado, como si habitaran en nosotros.

Cuanto más avanza mi edad, más caprichosa me vuelvo —sin duda—, pero más segura estoy. Es como si un cordón invisible me uniera para siempre a mi madre y a madame Antonieta también. La siento muy presente e incluso muy pesada a veces.

En Versalles, ponía buena cara ante todos, pero estaba muy afligida. Como madame de Lamballe. La Polignac había suplantado a madame Thérèse ante la reina y estaba anonadada. No era más que media desgracia, pero el tiempo de su buena estrella había pasado. Una hermosa amistad se había marchitado. Quizás un día yo también conocería el mordisco del descrédito... No podía ocultármelo, en cierto sentido me preparaba para ello, pero no podía creerlo.

La reina lloraba mucho y sin razón, después se encerraba en silencios graves. Sus grandes accesos de melancolía sólo se calmaban con la Polignac, que sabía distraerla. La favorita tenía aplomo y una gran libertad de lenguaje. Se había ganado fácilmente la confianza de la reina. Pobre madame Thérèse. Pobre madame Antonieta también, lo ciega que podía estar a veces. Se encontraba bajo el hechizo y seguramente la Jules era una hechicera. Ella también me encargaba ropa, que yo ejecutaba sin olvidar presentarle mis honorarios. No me faltaban las ganas de pegar en sus tocados rojos o amarillos ardientes y pequeños cuernos de diablesa. Ella adormecía a su gente, pero yo desconfiaba como de la peste.

Su único mérito era saber distraer a nuestra reina. En realidad, la Jules y yo éramos las únicas capaces de devolver la sonrisa a su rostro. Le gustaba nuestra alegría, nuestro aplomo, extraía fuerzas y, cuando mi corazón también lloraba, me guardaba mucho de mostrarlo. Por pudor y sentido común. La reina me habría barrido como a la demasiado blanda Lamballe si hubiera puesto cara de viernes. Nos quería fuertes y alegres, lo necesitaba.

Después de varios años de una unión sin hijos, ¿qué le podía pasar por la cabeza? ¿Soñaba con hacer anular su matrimonio? A veces, tenía miedo de que regresara a Viena. Con Adélaïde, creo que la habríamos seguido hasta allí.

Los días transcurrían. La reina seguía invadida por la melancolía y pasaba por momentos de abatimiento que me asustaban. Sólo le gustaban los tejidos oscuros, los violetas moteados de terciopelo negro, el azabache, los encajes y las perlas negras. Los bailes, el juego, ya nada la divertía.

Cuando la condesa de Artois dio a luz a su segundo hijo, la vi hundirse todavía más en el dolor y entonces temí que su desesperación rozara la locura. Cruel cosa la languidez... ¿Y cómo combatirla? Nunca escapa la menor queja de los labios de las reinas; están acostumbradas a tragárselas, otro mal para agravar el primero. Hablar es liberarse un poco. No seré yo la que esta noche diga lo contrario.

Después hubo aquella mañana en Saint-Michel.

Para luchar contra el aburrimiento, había ido a pasear en calesa descubierta. Pasó por esa aldea cercana a Luciennes cuando el cochero detuvo el coche gritando como un condenado. Acababa de evitar por un pelo a un niño que había en el camino. Madame de Lamballe me contó que la reina se había levantado como una sonámbula, mirando fijamente, fascinada, al chiquillo de cinco años que san Miguel ponía en su camino.

—La providencia me lo envía, ¡este niño es mío! —murmuró.

—¿Tiene madre? —preguntó preocupada.

Pero no la tenía. Su pobre madre había muerto el invierno anterior dejando cinco pequeños a su abuela.

—Me lo llevo y me encargo de todos los demás, con su permiso —explicó a la pobre mujer, que aceptó y le dio toda clase de información.

—El pequeño se llama François Jacques Gagne. Es muy travieso...

El niño berreó como un asno y pataleó en la calesa de camino al castillo, entre la reina y sus damas. «Marianne...» Entre dos sollozos, pedía ayuda a una misteriosa Marianne. Su hermana mayor, sin duda.

A la reina no le gustaba el nombre de François y se lo cambió por el de Armand.

Al día siguiente, me convocó y, al cabo de dos días, entregaba los primeros trajes del pequeño Armand. El niño se quitaba los andrajos para convertirse en un verdadero principito. Se acabaron los gorros de lana que rasca y los zuecos llenos de barro, se acabó tener el vientre vacío. Comía hasta hartarse y la reina lo cubría de zalamerías. Sin embargo, durante mucho tiempo, lloró y reclamó a su Marianne.

Adé y yo siempre adoramos a los niños, pero aquél nos produjo inmediatamente una sensación extraña, una molestia, casi un malestar. ¿Eran sus maneras salvajes, su mirada? La reina se enternecía al verlo vestido de satén blanco, de encaje, con un echarpe rosa franjeado de plata y un sombrerito de plumas. Es cierto que era guapo y ahora iba bien vestido, pero no lo encontrábamos agradable. No obstante, causó un efecto impresionante sobre la salud de madame Antonieta. Su amor por los tonos lúgubres desapareció como por encanto.

¿Quién había salvado a quién? Se escuchaba reír y cantar de nuevo a Madame. Sólo por eso, habríamos tenido que quererlo más, «al pequeño Greuze». Marie-Thérèse de Lamballe también había rebautizado al niño a su manera. Ella adoraba una tela de juventud del maestro de Tournus en la que se veía en un decorado austero a un muchachito, con la mejilla sobre la mano, dormido sobre un libro.[5] El impresionante retrato de Armand, decía. Armand, el pequeño Greuze...

Así fue como Madame se convirtió en madre por primera vez. Un acontecimiento que no ocupa mucho espacio en las memorias.

¿Fue en aquel momento cuando sentí violentamente la necesidad de un pequeño yo también? Sin duda. Me acercaba a la treintena, una edad en que ya no se conciben tan fácilmente los hijos, pero madame Antonieta acababa de mostrarme otro camino con su Armand. Me guardé la idea.

Aquel chiquillo había eliminado los accesos sombríos de su nueva madre y también los matices oscuros de los adornos y la moda. Volvía a encontrar a mi reina de antes, más alegre, más viva. En nuestros consejos, decidíamos sin parar sobre el tocado «perro tendido» (o «el misterio»), sobre el «conquista segura» (o el «heroismo de amor»), sobre el «tocado con copete», el «nuevo coliseo»...

Capítulo 12

El verano del pequeño Greuze pasó como una bandada de estorninos. Tanto por la prontitud como por la belleza. En las transparencias azules de todas aquellas madrugadas. En el oro cálido de aquellos soles que salieron y se pusieron tantas veces cuando yo sólo dirigía los ojos sobre otros oros u océanos de muselina y satén briscado. Mi único horizonte, mi línea de vida, era el trabajo, siempre el trabajo.

No obstante, la cuenta de mis años de existencia estaba a la vista y era ventajosa. Conocía a la reina y ella me conocía. Sobre todo me amaba. Los poderosos me hacían reverencias, mis negocios prosperaban más allá de lo posible. Por el lado sentimental, mi mosquetero gris estaba lejos de colmar mis expectativas, pero entonces estaba convencida de que todos los hombres se le parecían. Adé compartía esta opinión. El amor, los violines y las rosas… eran buenos para las novelas baratas y las pimpollitas soñadoras. Tenía treinta años, no era desgraciada y creía conocer la vida.

Mi tiempo transcurría entre París y Versalles, pero empezaba a viajar, a menudo más allá de nuestras fronteras. Tenía las mañanas llenas de citas. Los nombres más importantes de Francia y de Europa, las mujeres más hermosas, las actrices más famosas… Personajes refinados y exigentes, atractivos y detestables, que sólo soportaban mi habilidad para hacer sus lazos.

Para ellos, mi moda era de sabios y extravagantes, algunos decían que de excéntricos. Eso si no la tildaban de lujo ruinoso, de «carcoma de la época», de «desvergüenza del gusto femenino»…

Pero yo sólo captaba el aire de los tiempos para fijarlo en mis tocados. Cantora de los aires de los tiempos, sí, eso era. Una embellecedora que cantaba las modas por todas partes y en francés. ¿Quién lo comprendía? ¿Quién lo comprende ahora? Y quién lo recuerda. Siempre oigo los mismos reproches. Futilidad, despilfarro... ¡Qué falta de imaginación!

En aquellos tiempos, mis grandes tocados continuaban ocupando el espacio y las cabezas de las mujeres. Eran altos, considerables, inflados, inmensos.

—¡A caballo entre arquitectura y botánica! —decretaba Sophie Arnould, que no siempre mantenía la lengua quieta, no más que mademoiselle Raucourt, su nueva pasión. Una criatura hecha para ser pintada, que cantaba ópera de maravilla, con una voz un poco velada, capaz de extasiar a Versalles y a las naciones vecinas, que se peleaban por venir a escucharla. Françoise y Sophie eran mis parroquianas, por supuesto. Les gustaba la audacia de mis sombreros.

«Arquitectura», «botánica»... No lo sé, pero quizás intervenía la audacia en realidad. La de colocar, como Richard o Ledoux, las masas y los colores. Un pequeño tulipán perdido tiene algo de conmovedor, de sugerencia, pero ¡veinte juntos! Mis sombreros, los edificaba como un andamiaje, un emparrado, los llenaba de flores pensando en los jardines de Antoine Richard, en los exuberantes jardines de Antoine, en la opulencia de sus parterres, en sus anfiteatros de verdor, en sus anémonas, sus tubérculos, sus alhelíes, sus narcisos, sus robles melenudos, sus ojaranzos, sus magnolias. Pensaba también en sus pájaros, en los conejos blancos de Trianon, en los perritos lilas. Entonces imaginaba sin problemas el tocado «erizo» o «marmota», el sombrero «perro tendido» y tantos otros. El tocado «comadrona», el «silueta», el sombrerete «polaco», el sombrero «caprichoso»...

Seguramente por eso vine al mundo, ¡para imaginar sombreros y tocados!

Con los años, mi moda supo tomar un camino más moderado, con tendencia a una forma depurada, que estaba lejos de detestar. A riesgo de sorprender, me gusta ante todo la simplicidad y recomiendo su originalidad y grandeza. Para mí es la elegancia máxima.

Aquellos años, mi moda tendía apenas hacia lo más refinado, pero no siempre hacia lo menos costoso. Mal que le pese a José, el hermano mayor de madame Antonieta en visita a Versalles.

—Esta tela es excelente, pero debe costar cara —soltaba mientras se le iban los ojos tras los vestidos de su hermana.

Un imbécil, él también, por más futuro emperador que fuera. Elegir vestidos pobres era perjudicar a la reina y su aspecto, era condenar al cierre a los talleres de al menos doscientas casas comerciales, sin exagerar. ¡Cuántos dependíamos de la ropa! Costurera, sastre, modista, ropera, tintorero, quitamanchas, comerciante de moda, peletero, plumajero, florista, bordador, fabricante de muselina, gasista, encajera, alfiletero, bonetero, pañero, galoneador, cintero, y además pasamanero, cinturonero, bolsero, sombrerero, guantero-perfumista, zapatero, fabricantes de gorros, peluquero. ¡Por no hablar de los traperos y revendedores!

¡Qué más se necesitaba para convencer al austriaco!

La conversación sobre modas que siguió a su partida fue muy alegre, a pesar de la presencia de la diablesa, la Polignac. A partir de entonces, me gustaba llamarla así. Madame había elegido telas extraordinarias para la ropa destinada al pequeño Greuze. Rosas y amarillos paja. No se cansaba de su muchacho.

Había algo perturbador en aquel niño. Era su mirada sombría, sus gestos un poco bruscos, o quizá aquel silencio testarudo en el que se escudaba. Era un principito de alma salvaje. En el fondo, creo que estaba triste. Como si la languidez de Madame la hubiera abandonado para poseer ahora al pobrecito Greuze.

Con alegría, la reina me anunció durante aquella reunión una sorpresa que pronto me visitaría a domicilio. Conocía aquella sonrisa traviesa. Me intrigaba, pero no quiso decirme más. La semana siguiente descubrió el misterio.

Tengo motivos para creer que existen mil maneras de amar, mil razones para dejar de amar y más de un hombre a quien querer en una vida. Ya lo he dicho, yo no era ni lesbiana ni insensible, pero tampoco era enemiga de los placeres.

Lo demuestra la aventura que tuve entonces. Un asunto extraño en el que a falta de armonía de las almas se imponía la de los cuerpos. Bonito lenguaje, a fe mía, que descubrí a los treinta años pasados gracias al hombre más complicado y más divertido que he conocido nunca. ¡Gracias también a la reina, puesto que fue ella la que lo mandó a mi salón!

Fue una noche del mes de agosto. Yo llegaba a casa desde Versalles, destrozada. Mi «sorpresa» me esperaba desde hacía tiempo, con una nota en la mano que llevaba el sello real. No recuerdo bien lo que respondí después de leerla. Sin duda, estaba tan desconcertada como embarazada por la extraña misión que me encargaban. Me contestó una gran carcajada. ¡Acababa de conocer a Charles!

Tuve el corazón oprimido desde el preciso instante en que lo vi. ¿Por qué?, todavía no lo sé. Recuerdo su mirada sombría, que me atravesaba con agudeza bajo unos párpados medio cerrados, su voz, su hermosa voz, y su risa. Lo veo de pie en mi salón.

«¡Por fin! —me dije—, ¡por fin lo conozco! Esta persona extraordinaria, el enigma viviente…»

Madame me había mandado a Charles de Beaumont d'Éon, el famoso personaje que intrigaba a todo el reino e incluso más allá, y del que todos se preguntaban si había que tratarlo de «mademoiselle» o de «monsieur».

Regresaba de Inglaterra.

El marqués de Bombelles pretendía que su conversación era fatigosa, pesada y de mal gusto. Decía que tenía una cabeza activa, pero una figura ridícula. El marqués se equivocaba de medio a medio, puedo prometerlo. Éon era tan agradable de contemplar como de escuchar, y escucharlo fue lo que hice con atención aquella primera noche. Me explicó el motivo de su visita. Un asunto de honor que le imponía llevar ropa de chica.

—Una formalidad poco molesta —le había asegurado ese fanfarrón de Beaumarchais—, sólo os compromete por seis semanas.

Era falso, pero creo que pensaba que el disfraz era adecuado para Éon y el castigo ligero, pues suponía que Charles era más caballera que caballero. Menudos ojitos dulces le dedicaba Beaumarchais… ¡Que me corten la lengua si miento, pero sigo convencida de que Beaumarchais estaba muy prendado de Charles-Geneviève!

En realidad, Éon venía a mi casa para trocar su uniforme de capitán de dragones por un buen vestidito.

—Conviértame en su muñeca —me dijo, con los ojos llenos de malicia, mientras yo giraba a su alrededor, atareada con las medidas.

Olía bien, a perfume de vainilla y lavanda, y hablaba bien, con una voz cálida, muy bien timbrada.

—¡Transfórmeme! —me había rogado—. Después del cielo y el rey, sólo usted puede jactarse de mi milagrosa conversión.

Es un caballero, me decía yo. Lo confieso sin rodeos, después de haberle tomado medidas lo tenía claro. Quién puede mentir a su costurera… Mandé a una de mis chicas a Versalles para que eligiera proveedores discretos. Un peluquero de la calle de la Paroisse, Brunet, que trabajaba muy bien a precio honesto, madame Barmant, para emballenar los corsés… El primer vestido del caballero llegó, totalmente negro. Charles se lo probó sin convicción, diciendo que no se consolaba por la pérdida de su calzón de piel de la casa Fantin y el viejo cocodrilo se deshacía en lágrimas.

—¡Callaos, vieja roñosa! —le espeté.

El bribón venía a quejarse a mi casa, pero corría a vestirse con la competencia. Primeras infidelidades, primeros reproches.

—Pobre damisela —le decía—. ¡La pérdida más cruel, la que os arranca lágrimas, no está a la altura del calzón, sino quizá en la zona del bolsillo!

Le pedí noticias de mademoiselle Maillot, una fabricante barata de la calle Saint-Paul, a la que encargaba sus nuevos trapos.

—¡Diablos! —me respondió—. ¡O las noticias van deprisa o tiene usted buenos confidentes!

Yo ya no era su proveedora habitual; eso no me alteraba, pero estaba contenta de hacérselo saber. Era una falsa coqueta, pero un verdadero tacaño, y prefería a otra costurera, Antoinette Maillot, menos reputada pero menos cara.

Así fue como nos conocimos. Primero me sorprendió y después me provocó. Nuestra historia se inició cojeando, pero se inició.

Pero nada era triste con Charles. Hasta Versalles lo constató en su presentación oficial.

Su vestido era color «ala de corneja», como exigía la costumbre, excepto cuando me permitía una fantasía en color. La Etiqueta reclamaba el negro para el traje de gala, pero yo deslizaba de vez en cuando un verde azulado o bien un lila matizado de verde. Colores que multiplicaban el precio de la prenda, que entonces rozaba al menos las cuatro mil libras. Un monto elevado que habría terminado de liquidar a Charles, aunque satisfecho del vestido que yo le cortaba, y más satisfecho aún porque fue Madame la que lo pagó de su bolsa.

La cintura se marcaba bien y el escote estaba cubierto hasta el mentón, para que no se viera lo que faltaba. Con el abanico en la mano, chorreando diamantes —prestados por la reina—, estaba listo para el gran día, con la boca escarlata, los pómulos muy maquillados, el pelo empolvado, adornado con rosas y los dedos sobrecargados de anillos llamativos. Siempre llevaba los dedos llenos de anillos cuando iba de caballera.

Hizo una entrada llamativa, pero en la capilla empezaron las molestias a causa de su peinado de tres pisos, que era como un castillo oscilante. La peluca empezó a deslizarse junto con el tocado. Charles se lo ajustaba despreocupadamente, imperturbable. La famosa sangre fría del agente secreto… Nos reímos mucho.

A partir de entonces, nos veíamos a menudo.

Le gustaba cenar en la calle Saint-Honoré. La primera vez le hice compartir la mesa con mi amigo Léonard. La velada fue encantadora y la conversación fácil, brillante.

—¡Universal! —Según la opinión de mi peluquero, que sin embargo al día siguiente me mandó decir que mi oficial de dragones era bastante feo de cara, pero de un mérito muy amplio, y que sería un buen marido. Mucho mejor que mi Bellemain-Noël, con quien todavía estaba enojada. ¡Léonard se imaginaba que el dragón había pedido mi mano y que yo me disponía a dejarme llevar al altar! Al día siguiente, los dos cenaban de nuevo conmigo.

—¿La madre de vuestro prometido? —preguntó mi peluquero, al ver a la imponente dama que se parecía mucho al oficial de la víspera.

—¡Vaya, para ser un hombre ligado a la corte, estáis muy poco enterado de lo que ocurre allí! —respondió de repente la dama, con una voz grave y viril.

Dimos a Léonard la clave del enigma. Aquella cena fue de lo más alegre. Sobre todo porque nos sirvieron aquel Chablis que el caballero me hacía traer de su Borgoña. Un Montée de Tonnerre, seco y aromático.

Nos volvimos a ver a menudo con Charles. Pasé veladas deliciosas, de vainilla, de lavanda y de vino blanco. Creo que le gustaba mi carácter, pero todavía más mi naturaleza franca, mi alegría.

Lo que primero me fascinó de él... no sabría decirlo. Quizá su misterio, su buen humor también, y además me gustaba porque gustaba a todas las demás. En la corte, tenía un éxito enorme. ¡Tanto entre los hombres como entre las mujeres! Muchas estaban locamente enamoradas de él, pero era a mi casa adonde iba por la noche...

Cuando lo conocí, yo viajaba mucho. Los negocios me llevaban a Versalles, Choisy, Marly y más lejos. En aquella época, me parece que llegaba hasta Estocolmo. Desland, peluquero y ayuda de cámara de la reina de Suecia, me reclamaba allí, a mí y mis tocados «erizos».

Nunca se glosarán demasiado las virtudes de la ausencia y la espera. A mi regreso de Suecia, reiniciamos inmediatamente nuestras cenas con Éon. Sentí amistad por él desde el primer momento, una amistad que iba a extenderse hasta mi dormitorio y teñirse con los pequeños placeres del amor, solamente los placeres. El calor sin la llama. Sin embargo, estaba lejos de ser desagradable.

Aquella unión trastornó más mis sentidos que mi mente. En verdad, me gustaba mucho Charles, pero no lo amaba. ¿Quizás a fuerza de frecuentar a Bellemain me había convertido también en una enferma del sentimiento? No debía de estar hecha para unirme, en cualquier caso por mucho tiempo. Estaba segura.

Con Charles me divertía, tanto horizontal como verticalmente. Teníamos en común el gusto por las bromas y el juego. Al frecuentarme, él también se contagiaba de la moda. Mi peinado estilo «Insurgentes» atraía sus comentarios traviesos. Era una alegoría de la situación de Inglaterra con América del Norte. La primera se representaba en forma de una serpiente. ¡Parecía auténtica! En la ciudad, ante la mínima aparición del sombrero y de su ruin bestia, las damas de nervios frágiles se desmayaban. Fue Charles el que me contó que se había reunido un comité en casa de madame la marquesa de Narbona, dama de madame Adélaïde. Todas esas remilgadas habían decidido que el adorno debía abandonarse a causa de los ataques de nervios que provocaba. Estaba claro: Francia lo repudiaba, pero ¿y el extranjero? Todos estaban tan ávidos del tocado francés que me proponía expedirles mi bonita creación. En cuanto lo anuncié en los periódicos, el gobierno me lo prohibió. Decidí sin titubear más exponerlo en la tienda. Charles se sorprendió antes de elogiarlo. Dijo que era muy astuta y que la competencia se moría de envidia. La verdad es que la tienda siempre estaba llena. Todo el mundo acudía para ver el sombrero de la serpiente y de paso hacer sus compras. Corría el bulo de que la serpiente expuesta era de verdad. ¡Un argumento que multiplicaba la curiosidad! Charles estaba jubiloso. Mi moda era mucho más divertida de lo que había pensado. Los meses siguientes, valoró todavía más la inspiración marina de mis creaciones. ¡Decía que llevaba el mar a París! Bonito, ¿no? Repetí la expresión a Madame, sin confiarle la identidad del autor. Quería discreción, y Charles también. ¿Era posible? Resultaba difícil guardar un secreto en Versalles y difícil callar aquella relación cuando madame Antonieta se ponía a interrogarme. Siempre quería saberlo todo.

La mañana que le presenté la *Belle Poule,* me preguntó de sopetón si ya había visto el mar.

—Seguramente, ¿verdad? —había concluido con pena en la voz.

Otra vez, me rogó que se lo describiera. No sé qué respondí. No cabe duda que el mar no puede contarse. Había que verlo, sentirlo, escucharlo y tocarlo, incluso saborearlo, para descubrir su sabor salado de lágrimas.

—Entonces creo conocerlo un poco —respondí.

Le habría gustado viajar. Creo que me envidiaba. ¡María Antonieta de Lorena-Habsburgo envidiaba a Marie-Jeanne Bertin de Picardía! Tal vez el mundo empezaba a girar al revés.

Cuando regresaba de mis «giras», exigía que se lo contara todo y yo lo hacía con gusto. La llevaba conmigo por grandes y pequeños caminos. Abordábamos juntas y con el pensamiento todos aquellos países que ella soñaba con conocer y a los que nunca iría. Era su manera de viajar.

Los tiempos se distinguían por victorias marítimas, que mis sombreros proclamaban muy alto con los peinados «Boston», «Filadelfia», «Granada», *Glorieux d'Estaing.* El más extravagante se convertiría en el más famoso. Era aquel que, según Charles, llevaba el mar a París, el peinado *Belle Poule*. En Ouessant, la marina real había vencido a la flota inglesa, hecho que me inspiró. Mi nuevo sombrero estaba adornado con una maqueta del navío. Sobre el pelo ondulado en olas regulares, para imitar los rulos del océano, la *Belle Poule* navegaba con audacia, encaramada por los aires y sobre la cabeza de las mujeres, que podían jactarse de ello.

Era la gran «época Bertin».

Era influyente y adulada. Pero me hacía mayor y me gustaban cada vez menos los espejos. Si el orgullo crecía cual montaña en mí, las redondeces no se privaban de apuntar como colinitas. Sin duda, seguía siendo apetecible, a juzgar por el número y la calidad de mis pretendientes. Qué diablos podían encontrarme todavía… Adé, siempre tan fina como un barrote de jaula, me hacía rabiar. Decía que el atractivo no se juzgaba por el peso.

—¡Gordo pero bonito!, ésa es tu nueva divisa. Para embellecer, para meditar —glosaba, pero sin malicia alguna.

¡Y la verdad parecía entonces surgir directamente de la boca de Adélaïde! ¡Hasta el cuñado más joven de la reina sucumbía a mis encantos y mis redondeces! Artois era un príncipe de sangre y buen conocedor en asuntos de mujeres hermosas, según se decía. Charles tuvo la inteligencia de no tenérmelo en cuenta. Verlo celoso no me habría disgustado, lo confieso. ¿Quizá lo estuvo, en silencio? Era un hombre muy acostumbrado a ocultar.

También era un buen amigo, un buen tío, un buen hijo. Tantas razones para amarlo más. En realidad, estábamos de acuerdo en lo esencial. ¿Faltó poco para que aquella amistad virara a amor? No lo sé.

Me gustaba que amara a sus sobrinos, tres muchachos que servían en la Marina Real, a su anciana madre, que visitaba a menudo en Tonnerre, a mi Adélaïde y a mis «muchachos», Claude-Charlemagne y Louis-Nicolas, a la reina y mis sombreros… Lo amaba por sus defectos también. Era obstinado, secreto, imprevisible, desvergonzado. Antes de fin de año, jugaba a los caballeros invisibles y me dejaba mucho tiempo sin noticias.

Lo más triste es que sobreviví sin ningún problema.

Capítulo 13

Nunca me han gustado los combates inútiles y dedico mis horas a revisitar un pasado que nada puede cambiar. Lo recupero, lo reanudo, me destrozo cosiendo juntos todos esos pedazos de ayer. Extraña manera de darme conversación, lo sé.

No puedo relatar todo lo que pasa por mi cabeza, pero tampoco puedo decir que mi discurso me disguste, pues todavía camina por los años buenos. La reina sigue ahí…

Mi vida se encerró poco a poco en la suya. Cuando hablo de mi historia, hablo de ella. Estaba en mi vida, era mi vida. Ella la guió. Es raro, y me tildarán una vez más de pretenciosa, pero aquella mujer era como mi hermana, mi alma gemela, mi doble. Era yo en mejor, en bien nacida.

Ella también era una «exótica». En realidad, ella, la de Austria, y yo, la de Picardía, sólo fuimos extranjeras en aquel Versalles que primero nos reclamó y después nos repudió. A los quince años, nos metió a una en una diligencia y a la otra en una carroza. Primeros pasos, primeros pasos en falso y la vida pasó deprisa.

El acontecimiento más importante de toda su existencia de reina llegó finalmente, como un bonito regalo, justo antes de Navidad. La de 1778, un año que no olvidaríamos.

Fui una de las primeras en darme cuenta. ¿Se puede esconder durante mucho tiempo un vientre que se redondea? ¡Madame estaba embarazada! Como noticia, era toda una noticia. Siete años esperando. Sorprendió y se comentó. Las buenas almas reunieron sus recuerdos, confrontaron las fechas y llegaron a la conclusión de que la proeza no se debía al pobre Luis.

Barrigona y tetuda, los vestidos que le estrangulaban la cintura y le apretaban el pecho indisponían a la reina hasta el punto de provocarle mareos. Estaba incómoda y no se atrevía a pasar por delante de un espejo.

—Ese ensanchamiento de las caderas y del pecho —suspiraba.

Entonces inventé una nueva especie de levita cómoda pero elegante que la sorprendió:

—¿Una levita? Eso no tiene nada de nuevo. ¡Qué idea tan descabellada e incluso anticuada! —decía la Polignac.

La detestaba. Quería controlarlo todo, hasta mis conjuntos. Bajo su eterna sonrisa, yo sólo veía dientecitos puntiagudos, listos para morder. ¿Creía que me intimidaba?

—Madame —le dije mirándola fijamente—, a menudo es nuevo lo que se ha olvidado y nosotras vamos a reinventar la levita, modificándola.

Inventar es quizá reinventar y aquel año, a pesar de lo que pensara la diablesa, reinventamos la levita. Era una prenda amplia de interior al estilo oriental.[1]

—¡Un *pet-en-l'air*![2] —insistía la Polignac.

—Un «aristóteles» —decía suavemente la condesa de Adhémar, muy al corriente de la moda y muy devota de la mía.

Dios sabe por qué aquel *negligé* respondía también a aquel nombre. En cualquier caso, alargué la falda, ajusté un gran cuello chal y un echarpe muy suelto, drapeado en el talle y anudado al lado, muy por encima de la cintura. La reina podía esperar a su pequeño con elegancia en aquel vestido cómodo que pronto se pusieron todas las mujeres. Impusimos aquel atuendo como traje de calle y Sophie Arnould[3] fue la primera que se enamoró de él. Le gustaba la holgura y la libertad de movimientos, ¡aquella levita estaba hecha para ella! Ahora Madame encontraba sus redondeces menos molestas.

Un detalle que no se le habrá escapado a nadie: la línea de aquel modelo, con la cinturilla muy alta, justo por debajo del pecho, recordaba a otra. Los vestidos actuales que se fruncen bajo el pecho tampoco han inventado nada. A su manera, nos rinden homenaje. ¿Acaso no reproducimos sólo lo que admiramos?

La reina tenía miedo del final de su embarazo. Cuanto más se acercaba el término, más se preguntaba cómo había podido su madre soportar todo aquel calvario tantas veces. Si no me equivoco, quince o dieciséis veces, una cifra impresionante que en cierto sentido no aumentaba la admiración de su hija ni la mía. Quince maternidades... Tener menos hijos, pero ocuparse mejor de ellos; monsieur Rousseau había lanzado la idea antes de desaparecer y a mí también me parecía de lo más fundado.

Recuerdo aquel verano... Nos agobiaba un calor espantoso. El ritmo de nuestras vidas iba a marcha lenta. El tiempo se tomaba su tiempo. Veo aquel cielo gredoso, siento el tufo seco de aquella estación cálida como el infierno. Para conservar el frescor, sus dependencias permanecían día y noche con los postigos cerrados.

Antes del final del verano, llegó un alegre pedido a El Grand Mogol. Versalles quería trajes de Venus, de Tritón, de chino, de beduino, de druida, de visir, de sultán, de derviche... El rey, lleno de atenciones hacia María Antonieta, le organizaba una sorpresa.

—El carnaval no será nada para mí este año —me había confiado tristemente. Tenía ganas de ver máscaras y las veía. ¡Hasta Sartine, que representaba a Neptuno, y Maurepas, a Cupido! Pero de todos los disfraces, el de Vergennes era el más conseguido. Hay que imaginarlo, con un globo en la cabeza, un mapa de América del Norte delante y otro de Inglaterra en la espalda. ¡Iba bonita la política exterior del reino!

La reina tuvo un buen final de embarazo, con una imponente barriga, pero con el rostro ni siquiera estropeado, como el de tantas mujeres que se acercan al término. Durante nuestras citas, no hablábamos de otra cosa que de aquel gran acontecimiento. Sus inquietudes aumentaban, pero ¿qué podía yo responder ante tanta angustia? Ni siquiera una vez había sufrido aquel tormento.

Monflières y su madona me vinieron entonces a la memoria. Con convicción, le expliqué a la reina los milagros atribuidos a nuestra Virgen de Picardía desde siglos y le aconsejé que se pusiera bajo su protección. A ella le gustó la idea y, extremo signo de favor, me eligió para hacer su peregrinaje. La costumbre exigía que se ofreciera un atuendo y yo cortaría el vestido-ofrenda en un magnífico brocado dorado.

Todavía me veo yendo a ver al señor Huet, en la calle Saint-Denis, en la oficina de la diligencia, para reservar mi plaza y comprar el billete. Todos los viernes, a las once y media de la noche, una diligencia partía hacia nuestra tierra. Tenía el tiempo justo para organizarme con Adélaïde y Élisabeth Véchard, que se ocuparían en mi ausencia de la tienda.

Heme aquí abandonando París por la Porte de la Chapelle, dejando Saint-Denis a mis espaldas, trotando hacia Luzarches y Chantilly. Una parada en el albergue del Soleil d'Or y seguimos camino. ¡Fustiga cochero! Clermont. Breteuil... Me acercaba. En Beauvais, siempre se detenían en la Grande Rue, en casa de Berny, para desenganchar. Me moría de impaciencia, pero todavía tenía que soportar una noche en Amiens. Compartí durante unas horas mi cama con molestas chinches y me adapté a las corrientes de aire fresquito. Incluso en los días buenos, hacía frío y humedad en aquellos albergues, a cual más malo. De madrugada, la diligencia continuó su camino y rodó dando tumbos por el valle del Somme, por Picquigny y Flixecourt. Todo estaba como antes. Los campos, los bosques, las cabañas... Al salir de los pueblos, los niños nos escoltaban un rato gritando, los perros tragaban polvo, persiguiendo a la diligencia con sus ladridos.

Final del trayecto en el barrio de Saint-Gilles.

La sucursal de las diligencias todavía la regentaba la señora Thévenard. Le tomó un tiempo reconocerme. Fue extraño. Yo la saludé cortésmente y ella me respondió con desdén. Y es que había corrido mucha agua bajo el Pont-Neuf de Abbeville desde mi partida. La pequeña Jeannette había cedido el lugar a Rose, una verdadera dama.

Cuántas veces volví a Addeville... A menudo regresé para ver a la familia, los niños, las vecinas..., mi madre. ¡Ah!, mi madre, no tengo palabras para expresar la felicidad de volver a verla.

En Monflières, mi visita se convirtió en un acontecimiento. El padre Falcominier me esperaba a la cabeza de sus fieles. La hija de Desgranges, la nueva marchante de modas, me devolvió el cumplido y me tendió tímidamente un gran ramo de rosas.

—De parte del taller... de parte de...

—¡De parte de todos nosotros, Marie-Jeanne! —dijo mi buena y vieja corneja—. ¿Puedo llamarla todavía Marie-Jeanne?

Cuando desembalé el traje de brocado, la sorpresa de todos fue mayúscula.

—¡Un vestido de oro!

Ajusté el atuendo añadiendo mucho encaje, regalo de una feligresa de Abbeville. La Virgen me miraba con sus bonitos ojos de madera negra. Como antaño, cuando iba con mamá y mis hermanas. Le recé algunas plegarias, por supuesto, encomendándole a nuestra reina y a su pequeño, y deposité flores blancas a los pies del altar.

Cuando me marché, estaba deshecha. Una vez más. Inclinada en la ventana de la diligencia, veía la silueta de mamá Marguerite encogerse al final del camino y me decía que pronto desaparecería por completo y de verdad. En las diligencias que me llevaron a París, la lloré mucho antes de tiempo.

A mi regreso, lancé el tocado redondo picardo. Ahora las marquesitas se parecían a nuestras campesinas con toca.

El tocado de linón blanco embelesó a la condesa de la Salle, que se dio prisa en adquirirlo ¡por el razonable precio de nueve libras! Si *Nouvelles de la Cour* hubiera querido publicarlo…

Rousseau y el viejo Voltaire no soportaron el calor del verano. Lo recuerdo porque los chalecos se apresuraron a rendirles homenaje. Los bordadores los habían puesto de moda en una última campaña en que los bustos de los grandes hombres se instalaron en un paisaje de álamos. Fue muy acertado y le gustó a la reina, que me encargó una chaqueta azul cielo para el pequeño Greuze, con una fila de botones divertidos delante, de colores vivos y con el retrato del famoso Jean-Jacques. Decía que así el pequeño tendría cerca del corazón a un padrino de buena compañía.

El recuerdo de Monflières se borró y el parto llegó en diciembre. Un parto de reina, un espectáculo. Hasta en esto se acechaban sus menores defectos y se le encontraron, puesto que no daba al país el delfín tan esperado, ¡sino solamente una niña! Una pequeña María Teresa Carlota pronto apodada Muselina. Pálida y ligera, se parecía a la tela de algodón claro que yo utilizaba para sus vestidos.[4]

Aquellos días, la Campan pudo darse importancia. Sus aires de grandeza, sus frases grandilocuentes… Tenía la manía de exagerar las cosas.

—La reina ha rozado las puertas de la muerte —declaró, moviendo sus grandes ojos pardos.

Los dolores habían sido penosos, pero la reina se encontraba bien, ¡jugaba al faraón en su dormitorio!

Tener un hijo representa un trastorno para la vida de una mujer, incluso para la de una reina. Así pues, de un día para otro, la moda se puso a cambiar, porque Madame había cambiado.

Su pelo se había vuelto ralo, así que propuse con Léonard la *coiffure à l'enfant*. Era un peinado bajo y ancho, dejaba la frente despejada y recogía el pelo apenas empolvado en un moño plano terminado por un rizo en espiral. El tocado perdía considerablemente altura. No era más que una simple toquilla de gasa drapeada, adornada con dos o tres plumas de avestruz.

La reina tenía un tipo de cabello frágil, y los peinados altos y el parto no lo habían mejorado. Los nuevos perifollos se imponían y caían bien a todo el mundo. Todas las mujeres estaban hartas de viajar de rodillas en las carrozas, con la cabeza en la portezuela. Además, aquellos peinados pesados producían muchos sinsabores. Una se dejaba la piel, eternamente afectada por picores y heridas.

Cuanto más pienso en ello, más veo aquí los primeros gérmenes de nuestro mal. El país ya no la quería.

En la ceremonia religiosa después del parto, con motivo de las fiestas, París no se lo ocultó. Había mucha gente por las calles, pero faltaba vida. Sobre todo porque la policía había olvidado contratar pregoneros.

Fue en aquella época cuando empecé a ver a Jeanne. Después de su desgracia, había regresado y me había elegido como modista.

—Sólo ella sabe imaginar ropas perfectas —decía hablando de mí.

Querida Jeanne… Adoraba venir a El Grand Mogol. Ver cosas bonitas, decía. Conservaba la misma pasión por los encajes, que encargaba ella misma, generalmente en la calle de Roule, a Gruel.

Cuando venía, habíamos adquirido la costumbre de reunirnos en un saloncito ante una taza de chocolate caliente. Un hábito agradable, pero poco razonable, ya que se acompañaba de pastas. ¡Con sólo respirarlas ya nos salíamos de nuestros vestidos!

Sin embargo, Jeanne permaneció bella hasta el final, como en su último retrato,[5] en el que entra en cuerpo y alma en el otoño de su vida, risueña, con un marrón pálido doradillo como a ella le gustaba. Le diseñé un vestido, sencillo, sin mangas, con un corpiño escotado de muselina blanca debajo, cerrado con quince botoncitos a lo largo de sus brazos regordetes. Un largo echarpe blanco le sujetaba el pelo y le caía hasta la cintura.

Pero no es ésta la imagen que conservo de ella. A Jeanne sólo me la imagino joven, como en su pintura más bella,[6] *en gaulle* y sombrero de paja con penacho gris.

Manteníamos la discreción sobre sus venidas. La reina la detestaba y podía tener palabras muy humillantes respecto a ella. Jeanne también… En realidad, creo que estaban destinadas a entenderse. Por otra parte, ¿acaso no se reconciliaron años más tarde? Muselina debía de tener entonces doce o trece años… Al nacer la pequeña, madame Antonieta todavía no tenía los veinticinco. Los años habían pasado, sin estropearla demasiado, pero había tomado una gran decisión.

—A partir de ahora, reformaremos los adornos de nuestra ropa que sean de una juventud extrema —exigió.

A mí, me parecía que su nuevo estado de madre la ponía patas arriba por el lado malo. Yo la encontraba todavía joven para renunciar a los artificios de la moda, pero obedecía, suprimía poco a poco las plumas, las guirnaldas de flores, el color rosa. Ella decía que quería más simplicidad. La mujer daba paso a la madre, decía la gente. Se trataba sólo de la era de las excentricidades que cedía y esto no me molestaba. Ya lo he dicho, mis afinidades me llevaban hacia líneas más sobrias.

Pensándolo bien, todo cambiaba a nuestro alrededor. Hasta en nuestros jardines y nuestras casas. Los parques soñaban con lo rústico y lo salvaje. Lo regular y lo geométrico dieron por finalizado su reinado. Las ideas de monsieur Le Nôtre, el orgullo del gran Luis, incluso la gracia de Luis XV, ya no se llevaban. Los muebles olvidaban las curvas para pasar a líneas más rectas y rayas. El aire de los tiempos —una vez más— cantaba a lo natural, ¡y yo cantaría con él! La temporada de las extravagancias moría, llegaba la de la simplicidad, y fue Muselina, pronto apodada madame Seriedad sin que se pudiera establecer una relación, la que me dio la señal.

Las páginas deben leerse antes de pasarlas. Yo, en aquella época, creo que me harté de arrancarlas. ¡Adoraba liberarme de las modas antiguas y reinventar otras nuevas!

Prendas frescas y ligeras empezaron a salir de mis talleres. Un remolino de percal y florencia blanco, pañoletas de gasa y sombreros de paja revoloteaban por las avenidas de Trianon. Según la opinión general, las mujeres no habían estado nunca tan bonitas.

—Graciosas campesinas de seda surgidas de un Watteau —decía madame de Lamballe.

Imaginé para ella su sombrero más bonito. Todo de paja fina, recubierto de gasa blanca y coronado de rosas pálidas, miosotis y jazmín. Para no olvidarlo nunca, porque le gustaba mucho, se le ocurrió hacerlo pintar.[7]

El gusto por el blanco liso también lo impuse muy deprisa.

Qué cambio en mis talleres. Las nuevas telas eran mucho más ligeras, mucho más cómodas de trabajar. El lino, el linón, el percal, el calicó, blancos o a rayas finas, suplantaron a los otros tejidos y mis chicas salieron ganando.

La tela de Jouy[8] era muy apreciada. ¡Qué conmoción, aquellas telas pintadas! Aquellas indianas flexibles, más dóciles de trabajar, más suaves de llevar, nos impulsaban hacia lo cómodo. Las chicas las llamaban las telas con historias, a causa de su decoración. Un desfile en colores de pastoras y pastores, de marqueses y marquesas, de escenas bucólicas, exóticas… Muchas clientas estaban tan entusiasmadas que me encargaban telas idénticas a sus vestidos para los asientos de su salón.

Pero, en medio de aquel gran trastorno, lo más destacable era la desaparición de los miriñaques. Todo un acontecimiento, aquel vestido a la francesa que moría de muerte natural. ¡Con su forma de cúpula, nos había dado un aspecto de campana durante muchos años! Ahora sólo aparecía en las presentaciones oficiales de la corte.

Sí, todo cambiaba…

El tocado de la reina se limitaba entonces a un sombrero. Le coloqué adornos ligeros, casi desnudos. Eliminé definitivamente los diamantes. Sólo salían de los estuches para los conjuntos de etiqueta, en las reuniones muy importantes de la corte. Incluso los lunares postizos se durmieron en el fondo de sus cajas. Las asesinas, las coquetas, las alegres, las desvergonzadas, las majestuosas, las besuconas, las ladronas, las galantes, las apasionadas… —estoy segura de que olvido alguna—; los nuevos tiempos las ahuyentaron a todas.

Nuestras reuniones continuaban.

Seguía gozando de los favores de la reina y no me cansaba de aquella felicidad.

Seguía a madame Antonieta a Versalles, a las Tullerías, a Saint-Cloud…, a todas partes donde se trasladara la corte, pero prefería Versalles. Atravesaba con paso vivo el palacio, sin detenerme en los saloncitos donde las damas de más alto rango esperaban su turno. El castillo todavía me abría sus dependencias más secretas, y sin hacerme esperar nunca.

Adoraba verme en los espejos de la Gran Galería o en los del gabinete de los espejos móviles,[9] en Trianon. Estaba loca por aquella pequeña habitación íntima, tan sorprendente, con sus espejos que se elevaban y bajaban a voluntad, como un mecanismo a la Beaulard.

Incluso cuando le di la espalda, las paredes de Versalles me recordaban y todavía me recuerdan. ¿Exagero? Que se miren bien las pinturas del castillo, sobre todo los retratos de mujeres y especialmente sus trajes.

Capítulo 14

España, Portugal, Italia... El clima de estos países, sus colores, no he olvidado nada. Cada día, cada pensamiento me transporta y todavía me paseo por allí. Mis recuerdos galopan, oigo los cascos de los caballos que golpean los adoquines, que huellan la tierra del camino...

Las rutas podían ser malas y peligrosas, los albergues infames, los ladrones numerosos, las camas atestadas de parásitos, pero uno se acostumbra a todo y a mí me gustaba recorrer los caminos, aunque me arriesgara a las sorpresas, en cada desfiladero, en cada curva, en cada campiña. A menudo estaba muerta de cansancio, pero nunca me cansé de aquellos paisajes, aquellas ciudades, aquellas gentes, todos aquellos encuentros que llenaban mi vida durante el viaje.

Cuando recorría el litoral, tenía la deliciosa sensación de caminar por un Joseph Vernet o de pertenecer por completo a los papeles[1] de las manufacturas Zuber, tan apreciados en los últimos tiempos. Si no fuera por esa molesta falta de dinero, soñaría con tapizar uno de mis salones, yo también. Para tener el reino de las Dos Sicilias en mis paredes. Son tan bonitos esos paisajes soleados.

Me doy cuenta de que he tenido más suerte que una reina, puesto que he tenido la fortuna de conocerlos.

Me gustaba también Dinamarca, Suecia, Holanda y Rusia, por supuesto. Me iría...

Partía regularmente por los caminos con dos o tres de mis chicas.

«Lleve el espíritu de Francia», decía Léonard. Trabajé para todas las cortes de Europa, tanto para las pequeñas italianas como para las más grandes, que visitaba por turno según me solicitaban, incluso puedo decir según su insistencia. En aquellos tiempos, me rogaban.

Las empresas de transportes trasladaban mis enseres al extranjero. Estaba Sipolina, en la calle Pizay, en Lyon. Laville, en la calle de detrás del Ródano, en Ginebra. Marchais, en la calle de Grenelle Saint-Honoré, y otros cuyos nombres se me escapan. Yo cumplía con los pedidos y ellos aseguraban las entregas. Lo cual, por supuesto, nunca me libró de los desplazamientos.

Al regreso, la reina exigía que se lo contara todo. Esperaba en especial que le hablara de lo que se decía de ella. La consideraban muy bella y divinamente arreglada. Decían también que era ligera. Un último comentario que me reservaba para mí.

Las bocas más importantes del mundo estaban sin duda en Versalles, pero las orejas más grandes se encontraban en Austria. La corte de la emperatriz María Teresa acogía un número increíble de visitantes. Tenía buenos informadores y nada escapaba a la madre de María Antonieta, nada. Ni un chisme, ni un panfleto, ni siquiera la altura de mis plumas en los tocados de su hija. Plumas y tocados que ella consideraba detestables.

Me enteré por pura casualidad hace poco, pero la emperatriz experimentaba entonces una angustia confusa. Como si presintiera que su hija estaba en peligro. ¿El instinto? ¿O el temor de la terrible profecía de Gassner?[2] Hablaba en sueños. Hacia el final, dicen que murmuraba cosas espantosas.

El rumor decía que su hija era de una gran belleza y ella ardía por conocer su rostro, su porte, su traje de corte. Recordaba su aspecto de niña, pero no conocía ni a la mujer ni a la reina, o muy mal, a través de malas pinturas estropeadas por las plumas. Quería un «buen retrato» y madame Le Brun se encargó de ello.

Cada día, veía los pinceles que se deslizaban sobre la tela y el pedido tomaba forma. El porte de la cabeza, la compostura, la dulzura orgullosa de la mirada, la transparencia de la tez… La reina estaba satisfecha. Era casi Madame, en efecto. Por milagro, aquel cuadro reflejaba mis atuendos. Le Brun era una mujer atenta, pero muy obstinada. Habíamos tenido que pelear duro para que se dignara a representar mi moda. Demasiado «afectada» para su gusto. A ella sólo le gustaban los drapeados, el *negligé* gracioso, el pelo libre y sin polvos.

Terminó la tela justo a tiempo. La madre de madame Antonieta abandonaría este mundo en el mes de noviembre siguiente. A partir de aquel día, sé que la reina pasó muchas noches en blanco. De su madre no le quedaba nada o poca cosa. Sólo las cartas, montones de cartas, que leía y releía, hasta el punto de conocerse de memoria ciertos pasajes. En las Tullerías, años más tarde, me citaba de carretilla fragmentos enteros.

En unos meses, la reina perdía a un ser querido y ganaba otro. Su vientre llevaba de nuevo todas las esperanzas de la corte.

También el mío se redondeó un poco. Desgraciadamente, por razones diferentes. Mis mejores enemigos decían que estaba hinchada de orgullo e hinchada a secas. En justicia, debo reconocer que mi cintura había aumentado un poco más. Sin embargo, la ejercitaba dándole Alí Babas,[3] pastas y peladillas, fresas con azúcar, muscadines, mantequilla de Vanves, vino de Tonnerre. La idea de privarme de estas delicias me sublevaba más que los silbidos de las víboras. Había padecido hambre antaño, ¿tenía que continuar sufriendo ahora que era rica? Rica y un poco rellenita, por supuesto. ¿Existe un castigo más triste para una modista? Tenía el corazón oprimido, pero escondía bien la herida. Era necesario esconder siempre. Lo cual no me dispensaba de los eternos comadreos hasta en mi propia casa. Qué afilados tenían los colmillos algunas de mis empleadas... Adé se irritaba por ello, pero yo no me preocupaba. ¡Que no me faltaran al respeto abiertamente y que trabajaran! No pedía más a aquellas flacuchas. ¿Qué creían todas aquellas bribonas, que las redondeces y las arrugas sólo afectaban a las patronas?

La más virulenta era Charlotte Picot. Yo lo ignoraba entonces, pero proyectaba establecerse a dos pasos de mí, llevándose lo esencial de mi clientela.

En El Grand Mogol, todo el mundo trabajaba duro, todo el día, una parte de la noche e incluso el domingo. El trabajo no faltaba, el buen sueldo tampoco. Me hacía respetar, sin duda me temían. La mayoría de mis chicas no eran jovencitas y la tienda se habría convertido rápidamente en una pajarera peligrosa sin los límites de un rigor justo. Sin embargo, algunas me dejaron para casarse o volar con sus propias alas. Como la muy intrigante Charlotte. Se le había metido en la cabeza convertirse en una mademoiselle Bertin bis. Era lista, locamente ambiciosa y muy agradable. Así que, buena suerte, pensaba yo. Después de todo, no hacía más que seguir el ejemplo de cualquier costurera. Se había dejado hinchar la cabeza por esa peste de la vizcondesa de Fars.

—La pequeña Picot une la inteligencia a una bonita figura y mucha maña —había hecho correr por toda la ciudad—. Que deje pronto a la Bertin y se lo monte por su cuenta.

Fue lo que hizo. Sólo que, cuando me enteré de que me calumniaba por la ciudad, creí explotar de rabia y también de vergüenza. Sostenía que yo mantenía a un mosquetero gris, licenciado de la casa del rey, que tenía la costumbre de perder ocho o diez luises cada noche jugando al faraón. Una costumbre que había dado lugar a otra, la de pegarme cada vez que me negaba a alimentar su funesta pasión. No contaré los detalles de la historia pero, que me crean bajo palabra, ajusté las cuentas a la Picot. Un día que me la crucé cerca de las dependencias de la reina, le dirigí la palabra para decirle lo que pensaba de ella. Un buen escándalo, a decir verdad, seguido de un largo proceso. Tomé un abogado, Desnos, y ella otro. No me venía de un proceso, sabía defenderme y la reina siempre me aseguraba su apoyo. Advertencia para todos aquellos que querían destriparme.

Fue entonces cuando se extendió el rumor de mi muerte.

La providencia estuvo a punto de jugarnos una mala pasada tanto a la Picot como a mí. Un castigo ardiente en que La Corbeille Galante de Charlotte y mi El Grand Mogol casi se convierten en humo, a causa del incendio de la Ópera. Parecía haber surgido un volcán en el centro de París que escupía su cólera. Todavía oigo los gritos de la pobre gente que huía, recuerdo el calor insoportable, el olor acre y aquella curiosa columna de llamas de más de trescientos pies de altura que se elevaba por encima de los tejados. Con Adé y Élisabeth Véchard, inclinadas en las ventanas del segundo piso, vimos la columna explotar en colores. Un efecto debido a la combustión de los decorados pintados al óleo y de las doraduras de los palcos. Una visión de fin del mundo.

París y Versalles no hablaban más que del incendio.

El rumor de mi desaparición llegó hasta Marly y me encontré a una reina muy inquieta cuando acudí para nuestro consejo. Se tranquilizó al verme, y yo me puse casi contenta al verla tan atormentada. Sabía que me quería, pero no me cansaba de constatarlo.

La gran noticia llegó justo después.

A finales de octubre, la sucesión de la corona estaba por fin asegurada. En la ciudad, se decía que Muselina era del duque de Coigny y que, para aquel nuevo hijo, sólo había que tomarse la molestia de elegir: Vaudreuil, Artois…

Veo de nuevo a los delfines, de oro, de brillantes, moverse entre sus ropas. Recuerdo mi tocado denominado «misa después del parto de la reina» y por supuesto el conocido como «delfín». Caían en el olvido los tocados «Enrique IV», «Gertrudis», «cerezas», «rorro», «sentimientos replegados», «esclavitud rota» y «Colin Maillard»…

¿Fue en aquella misma época cuando llegó la pañoleta mentirosa? Aquella prenda permitía a las planas sin pecho rivalizar con el escote de la reina, cada vez más vertiginoso. Para hacer desfallecer a su enamorado, ese loco de Castelnaux, y crear emulación. Las mujeres inflaban aquella muselina sobre sus encantos. La pañoleta mentía, pero engañaba al ojo más experto.

Después vino el vestido *en chemise*. Fue un escándalo…

Lo había liberado de todo aderezo incómodo. Se acabaron los cuerpos de ballena, las armaduras de hierro, se acabaron los instrumentos de tortura que supuestamente afinaban la cintura, elevaban el pecho y echaban los hombros hacia atrás. Procedimientos que no hacían más que obligar a una marcha rígida y ampulosa, y yo buscaba la holgura y la naturalidad. Diseñé el vestido *en chemise*, una túnica sencilla y larga de seda o muselina blanca, sin miriñaques, por supuesto, muy escotada y ceñida por un ancho drapeado. Sus mangas fruncidas se animaban con un plisado provisto de uno o dos brazaletes de cinta. Las mujeres lo adoptaron enseguida, la reina la primera. Por desgracia.

A pesar del nacimiento del delfín, su popularidad bajaba. Poco tiempo antes, no la amaban, pero me parece que entonces empezaban a detestarla, a ella, sus incesantes gastos, su ropa. Mi ropa... Hasta le reprochaban el vestido *en chemise.* Aquel bonito *gaulle:*

—Cortado en tejido flamenco...

—¡Para enriquecer a Austria!

Madame Le Brun terminó el retrato *en gaulle,* con sombrero de paja provisto de cinta gris azulado y vestido *en chemise* blanco. Lo expuso en el salón del Louvre, pero pronto lo retiró. Hubo que descolgarlo, y a toda prisa. ¡Se decía que la reina se había hecho pintar en camisa como una doncella de cámara! Algunos tunantillos incluso habían cambiado el título bajo el cuadro: «Francia bajo la influencia de Austria reducida a cubrirse con pana». ¡Creían haber hecho algo original! Los comentarios negativos nunca habían eludido a la familia real. Los más ancianos lo recordaban; París había colgado a menudo pancartas mordaces en el cuello de sus estatuas. Antaño, los del «Bien-aimé» habían conocido una sarta.

Yo no comprendía gran cosa, la reina tampoco. ¿Qué le reprochaban en realidad? ¿Lo que antes le exigían, un aspecto muy sencillo? Cuando llevaba ropas suntuosas, quería «arruinar al país». Al ponerse vestidos más simples, ¡intentaba «degradar a la aristocracia»! Apoyada en sus acciones por mademoiselle Bertin. Hiciera lo que hiciera, dijera lo que dijera, era derrengada y yo con ella.

A partir de entonces, la Campan me miraba claramente con recelo. Tenía motivos para desconfiar de ella. ¡Oh, no se arriesgaba a hacer comentarios delante de mí o de la reina! Demasiado fina, demasiado astuta, pero sus silencios, cargados de desaprobación, hablaban tanto como sus morros arrugados. Si tendía la oreja, la oía confiarse a la Polignac:

—El brillo del trono no está separado de los intereses de la nación... La Bertin lo empaña... Ese amor por la simplicidad, ese nuevo gusto por los adornos... llevados a un grado impolítico... ¡Qué catástrofe!

La diablesa le abofeteó el pico brillantemente. La habría abrazado, ¡en serio! Todavía la veo mirar de arriba abajo a la Campan y ponerse a reír. Antes de alejarse, le habló en voz baja. Nunca sabré qué murmuró, todo lo que sé es que la Campan se puso roja como un to-

mate y que sus terribles migrañas la atacaron durante varios días se-
guidos.

Sin embargo, seguía faltándome visión. Con el tiempo, me digo
que la bonita *gaulle* y aquel año habrían tenido que alertarme.

¿Por qué no fue así?

Capítulo 15

E n la primavera de 1782, crucé «Rusia» por primera vez en mi vida. Aquel año fue muy bueno, a pesar de que Versalles nunca había estado tan desierto. Muchos cortesanos todavía guerreaban en ultramar y Madame pasaba largas temporadas en Trianon con sus hijos.

Nuestros comercios de moda se enamoraban de los nombres más exóticos: Dame Russe, Impératrice de Russie, Russe Galant... Todo el mundo padecía la fiebre eslava. También Versalles, que se preparaba para acoger a los misteriosos condes del Norte, que no eran otros que el archiduque Pablo, el hijo de la gran Catalina, y su mujer, nacida alemana y princesa de Wurtemberg. Habían llegado de incógnito a casa del embajador, el príncipe Bariantinski.

Conocía bien al embajador y a su esposa. Ella era una de mis clientas. Vinieron a menudo, aquí, a Épinay.

Se anunciaban recepciones fastuosas. Las mujeres, con la reina en cabeza, estaban agitadas y exigían ropas sublimes. Sólo la «condesa del Norte», en opinión de su gran amiga Oberkirch, temía las festividades que se avecinaban. Le habían dicho que la reina de Francia era deslumbradora. ¡Qué aspecto tendría ella al lado de aquel sol! Temblaba ante la idea de aparecer en la corte con todos esos franceses burlones que no perdonaban ni la fealdad ni el ridículo, además ¿cómo iba a vestirse?

No se consideraba bonita. Es cierto que estaba rellenita, pero resultaba muy agradable. En realidad, sobre todo la afectaba una eterna melancolía. Un mal decididamente común entre las princesas. Sin duda, había buenas razones para aquella languidez. Su suegra era una bruja y su marido un embrujado, sujeto a extravagancias. Juraba que algunas noches veía a un individuo alto y delgado, cubierto con una capa de corte español. ¡Una sombra que, no contenta con surgir en medio de la noche, se ponía a hablarle! Era su antepasado, Pedro el Grande...

Henriette de Oberkirch fue quien condujo a la princesa rusa a El Grand Mogol. Me había confiado los vestidos de su amiga y quería controlarlo todo; sentía un malicioso placer en discutir la calidad de una tela, el tono de una cinta, la altura de un tocado, como si tuviera un asomo de competencia en la materia. El taller desbordaba de damasco, delfina, briscado, brocados y encajes. Las damas de la corte, intrigadas, se dejaban caer por la tienda para intentar echar un ojo a los vestidos de mi princesa rusa. No había nada más importante que aquel prestigioso pedido, hasta el punto de que la reina estuvo a punto de sentirse celosa.

Para la gran duquesa María hice un traje de presentación de brocado y perlas y se lo propuse en un inmenso cesto, al menos seis varas.[1] Tenía la costumbre de ampliar generosamente las prendas para afinar la cintura. Un artificio que me reclamaban Françoise Raucourt y Rosalie Duthé y que no debía despreciarse para mi modelo rusa. Le proporcioné otros vestidos más y muchos tocados, con la única limitación de los cortes y los colores que le agradaban.

Cenas íntimas, comidas de gala, bailes de disfraces, espectáculos, música... Versalles los trataba a lo grande.

La reina se recuperaba de una erisipela que le había acalorado la tez, pero ya se le había pasado. Le había entregado un primer vestido rosa y plata.

—¿Rosa? —se sorprendió Oberkirch—. Yo creía que era un color repudiado y reservado para la extrema juventud —replicó en voz baja.

Madame Antonieta llevaba en su cabellera a lo niña un poco de polvos y una diadema. En el cuello y las muñecas, perlas y diamantes. Estaba encantadora y, cerca de la imponente gran duquesa, se sentía todavía más encantadora. La alsaciana también había redoblado la elegancia. Estrenaba una idea recientemente aplicada en los sombreros.

—Una cosa muy del gusto de los tiempos, pero un poco molesta —aseguraba.

¿La creación era quizá de Beaulard? Ni yo ni mis chicas le habíamos adornado su sombrero y ella acostumbraba a ir a la calle Saint-Nicaise.

Su sombrero escondía unas botellitas planas y curvadas que se adaptaban a la forma de la cabeza. Se llenaban de agua y se ponían flores de verdad. La moda ya no se cansaba de lo natural y Versalles se extasiaba:

—¡Adorable! ¡Encantador!

—De un efecto sin igual.

—La primavera en la cabeza en medio de la nieve en polvo…

Su peinado era divertido, sí, sembrado de auténticos ramos de flores a su vez metidas en auténticos jarrones, pero no estaba destinado a durar mucho tiempo a causa de las flores de Joseph Wengel. Un comerciante que nos proporcionaba imitaciones de una perfección poco habitual.

Para el baile dado en honor de los «nórdicos», madame Antonieta me había encargado un traje de Gabrielle d'Estrées. Un sombrero negro con plumas blancas, una masa de plumas de garza, atadas con cuatro diamantes y un cordón de diamantes. La parte anterior del cuerpo era también toda de diamantes, igual que la cinturilla que ceñía el talle sobre un vestido de gasa blanca y plateada salpicado de lentejuelas, con pliegues ahuecados de oro, atados —una vez más— con diamantes. Lo que llegué a temblar antes de la entrega. No era un vestido sino una colección de Boehmer y Bassenge. Tenía mucho miedo de que me robaran aquellas joyas.

Las mujeres rivalizaban en elegancia. La Polignac pretendía que se habían olvidado de bailar en la Gran Galería, demasiado ocupadas comparando sus atuendos. Según su amable opinión, el sombrero más bonito apareció en Trianon la noche de la representación de *Zaire y Azor*. Un sombrero Bertin que llevaba María de Wurtemberg en el que se balanceaba, cerca de una rosa de oro, un minúsculo pájaro de piedras preciosas, posado en lo alto de una montaña. El pequeño silbador, montado sobre un resorte, se agitaba y batía las alas al menor movimiento de la cabeza.

—Qué tocado más encantador, cómo me gusta este pájaro…

La reina le había dedicado sus cumplidos. La princesa María tuvo la bondad de hacérmelos llegar. Su sencillez, su dicha, la de encontrarse de nuevo un poco bonita, me enternecían.

Una vueltecita más por los talleres de los señores Greuze y Houdon, una caza del ciervo a la luz de las antorchas, un paseo por Sèvres, Marly o Chantilly y nuestros rusos abandonaron el país de las mil y una fiestas. Antes de partir, la gran duquesa desvalijó las tiendas de la capital. ¡Se llevaba más de doscientas cajas de vestidos y perifollos!, entregados por los mejores fabricantes. A mí me hizo el pedido más importante, por supuesto. En el taller, habíamos trabajado día y noche para prepararlo.

El gusto francés podía tomar impulso; iba a viajar muy lejos y gracias a aquella mujer se disponía a invadir la gran Rusia. Las princesas de Scherbinina y Barantianski, la baronesa de Beckendorf…, todas se apresuraban ya a seguir el ejemplo de la gran duquesa María. La baronesa Beckendorf se descubría una debilidad por los satines azules y plateados de El Grand Mogol y sólo apostaría por la gran marca. Un entusiasmo por los pliegues franceses lejos de ser compartido por todos. La gran Catalina se apresuró a atacar a su nuera y a reprocharle sus gastos.

—¡Podría renovar el guardarropa de treinta y seis princesas rusas! —habría dicho, jurando que todos aquellos perifollos nunca se pagarían.

¡Regreso a El Grand Mogol! Mis cajas de vestidos volvían a Francia y la vieja víbora de la emperatriz invitó en el acto a las marchantes de modas de Petersburgo a rechazar todo lujo en los atuendos, bajo pena de represalias. Pero lo que las damas rusas no pudieron adquirir en su casa, lo encontraron en casa Bertin. Mis vestidos pronto destacaron en aquella admirable austeridad. Las mujeres reclamaban lentejuelas, plisados, colores, cintas y la habilidad de la calle Saint-Honoré. ¡Así fue como la gran marca pudo más que la gran Catalina!

A partir de entonces, mi camino me llevó a menudo a Rusia.

Vestí a la mejor sociedad de aquel país y conocí a su mejor gente. Hasta tal punto que me atribuían increíbles aventuras, a cual más estrafalaria. Inventaban a su manera el «traje al estilo ruso», que finalmente no me fue tan mal. Por qué no decirlo, yo era, sin vanagloriarme, apreciada por el futuro zarevitz.

La primera vez que me vio, la baronesa de Beckendorf tuvo un sobresalto seguido de un largo suspiro. Más tarde, supe que la había sobrecogido mi parecido con Catherine Nelidov, un devaneo amoroso del gran duque. Pequeña, viva, llena de ocurrencias, podía creerse que yo era la sosia de esa Nelidov. En cierta manera, quizá sí. Ella era rubia, yo morena, ella era menuda, yo ya no. Me parece que sólo teníamos en común una gran vivacidad de espíritu y de maneras, una cierta audacia en la mirada y una lengua muy suelta. De ahí a encontrarnos tan parecidas... La baronesa tenía telarañas en los ojos o tuteaba demasiado al vodka, pero no se necesitaba más para tejer historias de alcoba. Petersburgo y Versalles se pusieron a murmurar sobre los amores de Pablo y Rose...

¿Me creían capaces de encapricharme de un pobre Pablo de cerebro maltrecho? Su cabeza era frágil pero coronada, un argumento capaz de fascinarme, según creían, pero era un juicio equivocado. Nunca he sintonizado mis sentimientos con la consideración del nivel de fortuna o de un rango superior. Pretenderlo sería conocerme mal y ofenderme.

Se atribuían muchas aventuras al gran duque, que sólo era gran duque cuando lo conocí. No sabía nada de él quien le suponía apetitos galantes a lo Luis XV. Estaba más inquieto por la necesidad de disgustar que por la de gustar y, si era infiel a la dulce María, lo era sólo con la imaginación. Era un soñador, un lunático, devorado por un mundo interior curiosamente habitado. No había un solo Pablo, sino varios. Todos diferentes y todos sinceros. Uno de ellos estuvo muy enamorado de una francesita, eso es todo. Pero había amor en el aire, mucho amor... Los chismes de unos y otros no se equivocaban. Sólo erraban sobre la persona.

En verdad, mi vida se hunde bajo un secreto que acabaré de confiar ahora mismo, pero se eleva de nuevo alrededor de otro que muy pocos conocen, sólo Adélaïde y los míos, Marie-Ange y Colin, y no es fácil que salga de sus bocas.

Ese extraño vacío, ese sentimiento confuso de espera, que me acompañó tantos años, se disipó un día en el momento en que dejé de esperarlo. Andaba por los treinta y cinco años, todavía me reía de las pollitas lánguidas que suspiraban de amor ¡y yo iba a hacer lo mismo!

A veces, el recuerdo se nubla y roe en la memoria a los seres más queridos. Tengo miedo de olvidar su rostro. Entonces desciendo a la planta baja y la pintura del salón lo resucita. Es como si estuviera allí.

Tenía una manera especial de pronunciar mi nombre, casi sin acento. Hablaba maravillosamente nuestra lengua.

Era ruso y casado. Entre nosotros, siempre hubo miles de leguas y otra mujer. Creo que estas barreras no hicieron más que atizar nuestra atracción.

Tenía unos cuarenta años, un aire grave y dulce, y la dulzura de los hombres siempre me ha turbado. Lo vi por primera vez en el Palacio de Invierno, ese inmenso palacio azul y con columnas blancas, grande y armonioso, como el hermoso uniforme, que andaba hacia mí haciendo tintinear sus espuelas.

La segunda vez, nos cruzamos en el jardín de Saint-Nicolas de los marinos. Saint-Nicolas era una pequeña iglesia de tamaño modesto, pero de colores exuberantes. Un encanto en blanco, azul y oro.

Era un domingo, había música, bonita hasta las lágrimas. Entré en la iglesia. Todavía puedo ver los cirios que brillaban en la oscuridad, el té de los *babushkas* en la entrada, el vaivén incesante de los fieles. No había ni sillas ni bancos. Estaban de pie y se movían libremente o rezaban de rodillas. Algunos besaban el suelo con un fervor que me trastornó. Sin duda, ya estaba trastornada…

Me parecía que todo irradiaba amor. Allí tienen costumbres muy diferentes. Sus sacerdotes son menos afectados. Los fieles les deslizan papelitos en la mano. En ellos, hay una plegaria para leer o el nombre de un ser querido para salmodiar. Yo no tenía papel ni estaba acostumbrada, así que simplemente le hablé al cielo, compré un cirio y recé.

Los planes infinitamente misteriosos del azar o del Señor se habían tomado su tiempo, pero por fin había puesto a Nikolai en mi camino.

Nos vimos una tercera vez. A partir de aquel día, ya no me sentí nunca sola, porque nunca más lo he estado. A pesar de todo lo que nos separaba. Nuestros países, nuestros orígenes, su matrimonio, los acontecimientos que se preparaban…

He amado y he sido amada. He tenido esa inmensa suerte.

Hoy, me aseguran que él ya no está en este mundo. Entonces, ¿por qué no dejo de sentir confusamente su presencia? Sobre todo por la noche, cuando todo está tranquilo en el jardín y en la casa, cuando esperamos con Toinette a los invisibles y los soplos del viento…

«Qué locura haberla dejado partir. ¿En qué me convertiré sin usted?» Fueron las primeras palabras de su primera nota. Las únicas que me vienen a la mente cuando una pequeña corriente de aire me acaricia la mejilla.

Marie-Ange y Colin dicen que es una lástima atormentarse con viejas historias. Se equivocan. Primero porque no son ni tormentos ni historias y porque el recuerdo del amor es también amor.

Capítulo 16

Amar y languidecer. El cielo y el infierno... Éste era el clima que calentaba mi vida después de mi regreso de Rusia. Me puse a acechar cada día el correo, pero era feliz, muy feliz, a pesar de la lejanía y la ausencia. No puedo dejar de repetirlo, ya no me sentía sola y ya no lo estaba. Y proyectaba muchos desplazamientos hacia Petersburgo...

Desde nuestro encuentro, me decían que Nikolai estaba melancólico e impaciente, enfermo o enamorado. Rechazaba las cenas, las cacerías o las funciones teatrales, feliz de encerrarse en sus sueños. Felices, sí, ésta es la única palabra capaz de etiquetarnos a los dos.

La reina me encontró los ojos más grandes que de ordinario y un airecillo lánguido. ¿Acaso no se pueden sacar conclusiones del aspecto exterior de una mujer cuando se la conoce un poco?

Los ojos más grandes y el aspecto lánguido debí de tenerlos más a menudo que a mi regreso aquel año, un año de flechazos.

Había soñado durante mucho tiempo con una gran casa donde pudiera reunir a los míos y descansar el fin de semana y al final la encontré. Aquí, en Épinay, a sólo tres leguas de París. Ya conocía este pueblo de nombre. Mi madre había vivido aquí antaño y todavía teníamos familia lejana.

Aquí sería donde nos instalaríamos todos. Entre Saint-Denis y Argenteuil.

Disponía de una casa en el camino de Senlis a Beauvais, en Cires-lès-Mello. Una casa agradable, pero demasiado pequeña y muy lejos de París. La vendí para comprar sin esperar más mi casa del número 6 de la calle del Bord de l'Eau.[1] Trece mil libras, pagadas al contado. Recuerdo el día de la firma. Hacía sol, yo llevaba un vestido azul, unas babuchas índigo con lentejuelas plateadas, guantes blancos forrados de plumas rizadas ¡y era un 2 de marzo!

En aquella época, todo el mundo quería su casa de campo y buscaba su Trianon. Un proyecto que no me resultaba del todo extraño, aunque mis prioridades fueran todas familiares.

Finalmente, todos imitaban a la reina, algunos incluso a su modista, y elegían como yo Épinay. No pensaban en otra cosa que en su casa de campo. Incluso las señoras Tías se enfrascaron en ello en su propiedad de Bellevue. Madame Victoria no dejaba de extasiarse con las salidas de sol al aire libre cuando madame Adélaïde inspeccionaba sus arriates desde lo alto de su Vizir, con los pies enfundados en tela. ¡Para no ensuciar!

Aquí, en Épinay, fue donde encontré mi remanso de paz.

Esta casa siempre me ha proporcionado una infinita sensación de protección. ¿Es exagerado decir que me ha dado fuerza? Porque me la ha dado y todavía me la da.

Antes que todos nosotros, una marquesita cedió a los encantos bucólicos de Épinay. Madame de Épinay, justamente.

No la conocí bien. Murió un año después de que me instalara. Su última casa no está muy lejos de la mía. Un poco más abajo, después del castillo del Italiano,[2] a orillas del Sena. Se decía que la marquesa había tenido problemas, que su marido la había abandonado sin un centavo. Había tenido que irse de su suntuoso castillo de la Chevrette, en Deuil, y después del de la Briche, para terminar, más modestamente, a orillas del Sena, en Épinay.

Quería una casa no demasiado alejada de mis talleres ni de Versalles. Sin comercio en la planta baja, sin empleadas en la planta superior, sin clientas en los salones ni proveedores en las escaleras. ¡Una verdadera casa! La quería amplia pero no demasiado, acogedora y llena de luz. También quería un buen terreno. No para plantar guisantes y zanahorias; Colin sabía arreglárselas sin mí. No, quería flores por todas partes y árboles, muchos árboles.

A veces, estaba muy cansada. Me parecía que una casa de campo sería capaz de devolverme el vigor. Sentía la necesidad de respirar un poco, de acercarme a mi madre y también de ver más a los niños.

Allí, en aquella casa, me decía que por fin podría hacer como todas las demás. Poner flores en jarrones, decidir el color de un mantel o unas cortinas, organizar la cocina y controlar las mermeladas. Ocuparme de todas esas cosas banales e importantes que mi vida me negaba. A veces, tenía muchas ganas de ser una mujer ordinaria. Este deseo requería un marco, y Épinay me parecía ideal.

Así pues, en los Béatus había una casa que nos esperaba a nosotros, los Bertin. No era el Luciennes de mi amiga Du Barry, ni la propiedad de la Briche, y todavía menos Trianon. Era más sencilla, más arrebujada. Era mejor.

Épinay es un edificio más bien bajo —tres plantas, incluido el granero—, que se extiende a lo largo y tiene adosado algunas dependencias.

Me gustaron los baldosines rojos de la cocina, la palidez gris de las paredes, la madera de las escaleras, el tablero blanco y negro del vestíbulo, como en casa de Jeanne en Luciennes. Quince habitaciones con toda la comodidad, chimenea, cuarto de baño, sala de billar, dependencias en el primero y en el segundo, dormitorios para Colin y Marie-Ange… Tenía dónde alojar a todo mi pequeño mundo.

El jardín tiene siempre los pies en el agua, en el Sena, es su mayor encanto. Me gusta este lugar de frescor y silencio. Todavía voy a menudo.

Me aseguraron que esta orilla siempre había sido muy distinguida. Los antiguos propietarios eran notarios, marqueses, ministros y gente por el estilo. Todo me convenía. Así pues, mi madre, mis hermanas, mis hermanos, mis cuñadas y los niños por fin se reunieron conmigo. La prole Bertin estaba al completo.

Todavía veo a mi madre en la terraza, al borde del agua, en las alamedas del jardín. Oigo sus pasos sobre la grava, en las escaleras. Está en todas partes. Me gusta ir al extremo del pasillo hasta el dormitorio azul, su dormitorio. La encuentro a través de sus muebles, la adivino en sus objetos familiares. El velador de mármol verde mar, el perro de bronce, el cuadro con liebre de madame Vallayer, el jarroncito blanco, el sofá de gro de Tours…

Louis-Nicolas y Claude Charlemagne debían de tener catorce y diez años cuando nos mudamos. Catherine y Louise eran más pequeños. Lo que les gustaba el jardín… Envueltos en encajes y cintas corrían riendo por las alamedas, los domingos después de comer.

Aquí, Adélaïde siempre ha estado en su casa, ella también. Tiene su habitación en el primer piso, la de indiana.

El salón está flanqueado por la más bonita de las chimeneas. Encima he instalado a Nikolai. Desde el fondo de su marco dorado, me sonríe.

Como se acostumbraba, recubrí todas las paredes de cuadros y grabados, casi exclusivamente retratos. Para mantener a la vista a todos los personajes de la antigua corte, a mis parroquianas y mis amigos de antaño, y a Nikolai, que se funde lo más discretamente posible en esta numerosa multitud que habita mis paredes.

En Épinay tenía obligaciones, pero las cumplía a menudo con gusto puesto que consistían en recibir. Vuelvo a ver a mis amigos Houel,[3] Defernex,[4] el abate Pourey, Charles, mi caballero vagabundo…, llegar por el bosquecillo y el jardín inglés para una cena con candelabros alrededor de la inmensa mesa de nogal.

Adoraba organizar cenas. Colin y su mujer nos servían las verduras del huerto con un capón o un pato del corral. Marie-Ange no tenía igual para prepararnos un pato con melocotones y su famoso bollo con jalea de frambuesa.

Tenía una bonita vajilla. Porcelana de Sèvres con fondo blanco y guirnaldas de flores, aguamaniles de cristal de roca, copas de piezas delicadas, cubiertos de plata… Ya no me queda nada. Lo he vendido todo, todo. En fin, lo que no me han robado.

Recuerdo el pasmo de mi pobre madre ante los armarios desbordantes de vajilla y ropa blanca.

—¡Hay suficiente para abastecer diez posadas en Abbeville, querida Jeannette! —exclamó.

Qué buenas veladas organicé…

En los almuerzos, recibía sin ceremonial, pero en las cenas me gustaba ver brillar el cristal y la plata. A partir de las nueve y media, esperábamos a los invitados de punta en blanco, sobre todo las mujeres. Se sabían en casa de «la» modista. Después de comer, pasábamos al salón, a tomar un café fuerte muy caliente y a charlar.

Muchos nombres conocidos venían a regocijarse con el patito de Marie-Ange. Los grandes de este mundo, abogados, artistas, el cónsul de España, el cirujano del rey…, todo lo que París y las naciones vecinas tenían por eminente y muchos príncipes y princesas rusos. Éstos nunca dudaban en darse una vuelta por Épinay. El conde Razomosky y el príncipe Kurakin, el embajador, tenían sus habitaciones en la calle del Bord de l'Eau. Sus mujeres adoraban venir aquí. En la aldea, les dio por llamar a la casa «la pequeña embajada de la gran Rusia».[5] Aquellas personas eran deliciosas. Me trataban como a una reina, o una emperatriz, la de la moda, sin duda. ¡Oh!, nunca me he dejado engañar; mi principal mérito era estar cerca de los poderosos, pero también creo que apreciaban la casa y a su propietaria.

Rusia tenía mesa franca en mi hogar. Acoger al país de Nikolai era en cierta manera honrarlo y acogerlo a él también.

La única sombra del cuadro de aquella casa de campo, tenía que haber una, era la fábrica de aceite de vitriolo de mi amigo Buffault. Gracias a Dios, no duró mucho tiempo. Lo corrompía todo con sus grandes chimeneas.

—¡Qué! ¡Huir de la ciudad para llegar a un campo irrespirable donde te ahuman como a una salchicha! —berreaban a dúo Léonard y Charles.

—Querida, aquí hay un contrasentido, un error…

Charles, siempre dispuesto a decir cuchufletas, a vaciar las botellas de Chablis, a levantar la voz, a buscar camorra. Léonard jugaba al «señorito» y Charles no era más que una corriente de aire molesta que sólo surgía para ver inconvenientes. No servía para nada, pero ¡a veces era muy divertido!

Un día, el agua de Épinay se convirtió en agua de Javel y Charles dejó de hacerme rabiar sobre el aire impuro del pueblo. Con cinco mil de sus libras, los parisinos impulsaron la manufactura a lo largo del Sena, en el llano de Grenelle, en un lugar llamado Javel. Charles tendría que imaginar otro tema para molestar.

Poco después, adquirí otra casa en la Grande Rue. Mucho menos bonita. Un cuerpo de vivienda principal con tres plantas, caballerizas, un gran patio, veintitrés pérticas[6] de terreno. Pretendía alquilarla para asegurarme la vejez. Esto puede parecer inconcebible teniendo en cuenta mi fortuna del momento, pero estaba inquieta por el futuro.

También compré dos mansiones en la calle del Mail, en París. Mis recursos me lo permitían y mi instinto me impulsaba siempre a la prudencia. Lo que veía a mi alrededor no era como para reconfortarme. El comercio empezaba a tener problemas.

Seguía imaginando nuevos peinados; el tocado «Marlborough», el «Devonshire», el «Jacques», el «Charlotte», el «Panurge», el de estilo criolla. Y también el «Fígaro», el de estilo sacerdotisa, «carretilla del vinagrero»,[7] *caisse d'escompte*,[8] «viuda del malabar»... Mis parroquianos no me dejaban. Todavía no.

¡Qué le faltaba a mi felicidad! Tenía amistad, amor, reconocimiento, dinero, salud... Incluso había cumplido mi promesa y reunido cerca de mí a mi madre y a todos los míos.

Coleccionaba cartas de Rusia, que leía y releía hasta estropearme los ojos en espera de mi próximo viaje y de un reencuentro siempre dulce. La reina sólo me veía con aquel aire lánguido que había percibido tan deprisa.

Sí, era feliz, aunque todavía había un lugar vacío en mí, el de un hijo. Aún no podía renunciar a él. Pero ya había cumplido los cuarenta años, tenía amores lejanos y sentido común para dar y vender. Lo sabía, sólo un milagro podía calmar mis ambiciones maternales y ya había habido muchos milagros en mi vida. Sin duda, había agotado el crédito.

Capítulo 17

«¡Es un niño! Quizá será poca cosa, quizá tendrá mucho carácter...»

Pronto no se habló más que de los globos, que monsieur Mouron, un gran físico, comparaba a un niño, pero hay que decir que el invento podía dar que hablar incluso a los menos charlatanes. ¡Hombres que subían al cielo! Aún no lo hemos visto todo, pensaba la gente, sin creérselo demasiado al principio.

En mi cabeza giran y se elevan el tocado «Blanchard», el «globo de Paphos», el «Montgolfier», el «globo de Robert»... Cuando el cielo se llenó de aquellas constelaciones de curiosos ingenios, los abanicos, las tabaqueras, los cestos y por supuesto mis tocados hicieron lo mismo.

En las reuniones con la reina, aquellos nuevos tocados nos impulsaban a hablar de «pelo». Ya habían caído muchos, pero ahora se robaba a los hombres la cola a la inglesa, la coleta. Un préstamo criticado.

Una mañana, vi llegar al rey sin avisar y a madame Antonieta estallar de risa. Quizá no se me creerá, pero es la pura verdad: se había arreglado el pelo a la manera de las mujeres.

—¿Es carnaval? —preguntó Madame.

—¿Os parece feo? —replicó el rey—. Es una moda que me apetece introducir. ¡Yo todavía no he instituido ninguna!

Las mujeres robaban los tocados a los hombres, y los hombres sólo tenían que apropiarse los de las mujeres. ¡Y adelante los moños!

Una vez descartada la coleta, aprendimos la lección y los moños volvieron a crecer en la cabeza de las mujeres. No renunciamos por ello a hurgar en los guardarropas masculinos, tomando prestados los redingotes,[1] los *pierrots*,[2] las corbatas...[3]

Aquel famoso asunto del moño hizo mucho ruido.

Versalles sostenía que Su Majestad preparaba mi despido. En realidad, el rey me quería mucho. No estaba más en desgracia con él que con la reina. Gracias al cielo, porque los tiempos se volvían difíciles. Una epidemia de quiebras reinaba hasta en las familias más reconocidas y por consiguiente entre sus proveedores, incluso los mejor establecidos. El príncipe de Guéméné pretendía conformarse con vivir como simple particular. No está mal. ¡Su bancarrota se evaluaba en más de treinta y cinco millones de libras! Recuerdo la cifra por lo sobrecogedora. El marqués de la Valette llamaba al príncipe con un nombre muy ruin: «el estafador serenísimo». Enumeró también a sus acreedores, más de tres mil, que podían continuar llorando largo tiempo por lo que les debía. Sólo que yo estaba entre ellos, y no era de los menores. Y las bancarrotas continuaban azotando...

Empezaron a llegarme malos ecos. Más que nunca, me acusaban de no detallar los honorarios a María Antonieta y de robar a las arcas reales. Geneviève de Gramont, una de las primeras damas de la reina, se convirtió en una verdadera pesadilla.

Sin embargo, debo reconocerle una gran honestidad, pero era tan razonable, tan poco gastadora, ¡incluso con el dinero de los demás! Hostil a cualquier exceso, se dedicaba a devolvernos las facturas, a nosotros los proveedores, para que rebajáramos los precios. Aquella mujercita apagada y sonrojada, «el enemigo», como la llamaba Beaulard, nos tenía a todos a raya. La reina, que la había ignorado durante mucho tiempo, la apreciaba cada vez más. Miraba con lupa los gastos, pero es forzoso reconocer su gran dedicación. Nunca se le ocurrió ponerme en un aprieto olvidándose de mis honorarios. Todas las marquesas y duquesas entre mis clientas habrían debido tener la inspiración de seguir su ejemplo.

Aquel año del moño todos se pusieron de acuerdo.

Los simples particulares imitaban a madame de Gramont, regateando todas mis facturas. Recuerdo con dolor a un tal monsieur de Toulongeon, que se había casado con una damisela de Aubigné, muy coqueta. Ella se vestía a menudo en mi casa. Su titubeante esposo no encontró nada mejor que conmoverse ante lo excesivo de mis precios. ¡Diablos! Si no disponía de los medios, no tenía más que aprovisionarse en otra parte. En París, había para todos los bolsillos, terminé diciéndole. Toulongeon insistía y yo me enfurecí.

—¿Acaso no se paga a Vernet su tela y sus colores? —le lancé sin más miramientos—. ¿Debo pasaros sólo las facturas del pañero y del pasamanero?

Así es como era y como sigo siendo. No estoy ni orgullosa ni me avergüenzo de ello, pero la gente pesada me produce el efecto de un veneno violento. Su descaro me abruma y replico con un descaro todavía mayor. ¡Soy así! Pero también soy lo contrario, todo depende del humor del día.

Quienes comparaban la gran pintura y «los moños» pretendían un acercamiento vanidoso y, por decirlo todo, inconveniente. Si en algo se parecen el arte de la costura y el arte de la pintura es sin duda en el talento de algunos para sacarles partido. Un talento que yo no quería dejar dormido. ¿Acaso sólo los maestrillos podían regalarse con la sal gorda de sus facturas? Debido a mi renombre, yo cobraba precios altos, pero ni más ni menos que los precios del momento.

Estaba sola al frente de El Grand Mogol, con treinta empleados o más, sin contar mis numerosos proveedores. Prefería arrugar la muselina que enfrentarme a los asuntos de interés, pero ¿cómo escapar de ellos? El dinero ha sido siempre un verdadero rompecabezas, pero era bastante hábil y tenía ideas. Por ejemplo, me decía que, si las parroquianas no venían a la tienda, la tienda iría a ellas. No había que descuidar las provincias. Veía en ello varias fuentes de ingresos. Con todos mis malos pagadores, la idea era seductora. Se trataba de encontrar marchantes de modas que acogieran a «la gran marca» para revenderla. De paso, ellos se embolsaban su beneficio, yo el mío y todo el mundo estaba contento.

—¡Eso nunca funcionará!

—¡Qué estúpida idea! —observaban mis competidores.

Un gran amigo de Bardel, mi proveedor de cintas de la calle del Arbre Sec, fue mi primer depositario. Thévenard..., un «paisano», su familia regentaba la oficina de las diligencias de Abbeville. Vendería, y muy bien, Bertin en Dijon. Sólo quedaba buscar otros relevos. ¡No me endeudé por combinar aquel negocio, perfectamente rentable! La gran marca podía continuar extendiéndose por Francia y mucho más allá.

—¡Una especie de furor universal se apodera de las mujeres de Europa! —decían—. ¡Sólo quieren Bertin!

Nikolai estaba preocupado por mí. En sus cartas me explicaba que en Rusia las autoridades estaban resentidas con las maneras francesas. No era la primera vez… Tampoco eran los únicos que miraban con malos ojos la forma de actuar de la calle Saint-Honoré. En Rusia, en Suecia, en Alemania; por todas partes, enjambres de reglamentos intentaban imponer las modas locales. ¡Buen intento, pero demasiado tarde! Madame y yo habíamos dado el tono, dirigíamos el baile y todos nos seguían. Mis últimas creaciones, los tocados bajos al estilo sacerdotisa, los sombreros barro de París y los vestidos inspirados en las religiosas se amontonaban en los baúles de los carreteros y circulaban a toda velocidad hacia Petersburgo, Viena, Bolonia, Venecia…, que se impacientaban.

El rudo invierno entre los años 1783 y 1784 calmó pronto mis ambiciones de viaje. No me desplazaba mucho en esta estación, pero aquella vez el mal tiempo y el frío nos inmovilizaron muy pronto. La tierra estaba blanca de nieve, como allí, en casa de mi príncipe ruso.

La miseria de la gente daba pena. Lo que nos afligía más que nada era la suerte de los niños. Morían muchos. La reina ofrecía cientos de luises a escondidas y disminuía sus gastos en vestidos. Las mujeres la imitaban y expedían a los curas de las parroquias las sumas que querían dedicar a sus atavíos.

Toda aquella nieve que no dejaba de caer…

En aquel clima feroz, me sorprendí soñando detrás de la ventana. El manto blanco, el frío, era la gran Rusia que se deslizaba hasta mí. En el horizonte helado, me habría gustado adivinar una grande y bella silueta. ¡Sólo una corpulenta bola clara con una nariz de zanahoria y un gorro penoso respondió a mi llamada! Los niños del barrio habían hecho un gran muñeco de nieve, que vi durante mucho tiempo desde El Grand Mogol.

Si a veces prefería París a Versalles era a causa de los niños. El castillo era un lugar muerto. Demasiados viejos, pocos chiquillos, excepto los hijos de los reyes y los pajes. No me gustaban demasiado los pajes. Demasiado refinados, demasiado prudentes, no eran verdaderos chiquillos. Los que berrean, galopan, buscan nidos de currucas. Los que hacen muñecos de nieve...

A pesar de las inclemencias del tiempo, me reunía con la reina para nuestros consejos. Colin tuvo que poner el doble de caballos. Atravesamos campiñas desoladas y mudas, envueltas en nieve. El viento violento había estropeado los tejados, los canalones, las chimeneas. Todo estaba roto. Se necesitaría mucho tiempo para reparar los daños, estimó Madame ante el relato de estas miserias. Decidimos que en aquellos tiempos crueles la moda tenía el deber de ser discreta. Sugerí el tocado «hermana gris». A la reina le agradó, y le gustó a la clientela, que lo adquiría a veintisiete libras la pieza.

Por fin volvieron los días buenos y con ellos un torbellino de vestidos.

En primavera, mi sombrero bohemio, flanqueado por un penacho y una sobria pasamanería, tuvo un éxito loco. A fe mía que era muy bonito. A la reina le gustaba, pero ponía mala cara.

—¡No soy lo bastante joven para llevarlo! —suspiraba.

También fue aquella primavera cuando la baronesa infernal dejó de maldecirme por completo. Todavía la veo moverse por mi salón y deshacerse en exigencias. Hacía una eternidad que no había ido a la calle Saint-Honoré. Desde la visita de su amiga la gran duquesa María. Nadie se quejaba por ello; no nos había dejado el mejor de los recuerdos.

Yo misma le mostré, lo cual era bastante raro, al menos una treintena de tocados, pero parecían ser la menor de sus preocupaciones. Sólo su presentación oficial en la corte, que se acercaba, la absorbía. Por supuesto, era un acontecimiento. Su vestido debía confiarse a alguien de talento demostrado.

Aquella mujer me despreciaba. Se burlaba de mí, de mi acento —que a veces volvía a salir—, de mi guasa, de mis maneras, qué sé yo. Sólo mis méritos de modista encontraban gracia ante sus ojos y se imaginaba que debía mis bondades eternas al recuerdo de su amiga María. Sólo que yo era un animal rencoroso de oreja fina y memoria

larga. ¡Qué se creía la alsaciana! ¿Que iba a echarle los brazos al cuello y cumplir sus mandatos doblando el espinazo? No dejaba de
denigrarme, ¿acaso no se merecía una pequeña lección? La hice esperar tanto que no tuvo más remedio que buscar otro proveedor.

—Esta Bertin, ¡qué descaro! —graznaba—. Iré a ver a Beaulard.

Una presentación era una prueba. He visto a las mujeres entre-
narse con seriedad. Comprimidas en sus molestos trajes, con los cuerpos de ballena que les comprimían la parte superior de los brazos,
debían recordar las lecciones de reverencias del maestro de danza.
Avanzaban y, con un pequeño puntapié por un lado y otro por el otro
lado, apartaban las telas, las volvían a colocar en su sitio, antes de
hundirse, varias veces, y hacer la reverencia. Después, marcha atrás,
bajo los ojos más severos del reino, se marchaban como un cangrejo,
a reculones, y sin engancharse los pies en el proceso.

Cuando pienso que, a pesar de su preocupación por la peluca,
Charles había pasado brillantemente la prueba...

Beaulard sabía enfrentarse a un traje de corte. Hizo el de Oberkirch con no menos de veintitrés varas de brocado de oro, que llenó de
constelaciones de flores naturales. Henriette siempre había tenido debilidad por la flor fresca. Todavía se recordaba su sombrero con flore-
ros. «La primavera en la cabeza en medio de la nieve en polvo»

¡Ah, los grandes cuerpos...! No podíamos sospecharlo, pero sus
días estaban contados. Nuestro mundo se disponía a cambiar y nada
volvería a ser como antes, ni siquiera los adornos.

El último vestido de presentación salió de mis talleres. Era el de
la vizcondesa de Preissac, sin duda. Mis chicas habían trabajado admirablemente. Tanto por el derecho como por el revés, las costuras
eran invisibles. Un trabajo de artistas que justificaba una cuenta de
más de mil libras. Nunca pagadas.

Madame Antonieta cambiaba.

Parecía cansada de la pompa de la corte. Creo que aspiraba a una
vida más tranquila. Pronto cumpliría treinta años. Sus espejos eran
menos indulgentes. Se le estropeó un poco la cintura. Los años, las
maternidades... Detestaba que yo acudiera a nuestra cita acompaña-
da por tres jóvenes trabajadoras. Sobre todo la pequeña Françoise,

fresca como una flor de lis. La reina arrugaba la boca y me recordaba secamente que debíamos reformar —definitivamente— las plumas, las flores y la rosa. Yo opinaba, muy molesta. La reforma se extendería a todas las mujeres, incluso a las más jóvenes. Entonces corregíamos los vestidos e intentábamos —por un tiempo, el del humor pasajero de la reina— prescindir de la prohibición.

Su Majestad repudiaba con todas sus fuerzas los *pierrots,* las camisas, las polacas, las levitas, los vestidos a la turca, las circasianas... Sólo aceptaba vestidos serios con pliegues, todo lo demás estaba proscrito. Las damas vestidas de otra manera no podían ser admitidas sin permiso.

La reina cambiaba, las modas cambiaban, pero seguía habiendo gastos. Decían que el presupuesto destinado a la ropa sobrepasaba gravemente los créditos autorizados. Decían también que de todos los proveedores yo era la más golosa. Si así lo quieren... La condesa de Ossun, Geneviève de Gramont, también pagaba cuentas importantes a la competencia, a madame Pompey, madame Mouillard, madame Noël y Smith, que entregaba trajes a la inglesa para montar a caballo. No sabría evaluar las sumas de los otros gastos, joyas, sin duda imponentes. Suficientes para desatar a los libelistas. Despilfarro desvergonzado, lujo insolente... Sus cantinelas no variaban mucho pero las oíamos sin escucharlas.

Todo el mundo de sentido común deploraba el exceso de lujo que se extendía de forma contagiosa.

—Es el cuadro de este siglo.

—Son las costumbres generales —se quejaban.

Así pues, las modas, las mías, eran una enfermedad contagiosa. Madame y yo éramos los gérmenes malos.

Capítulo 18

¿Se sabe en la vida cuándo las cosas se dirigen suavemente hacia el precipicio? ¿En qué momento preciso el cielo nos abandona?

El tiempo ha pasado, recorro su transcurso con el pensamiento y, si hurgo en mis recuerdos, tropiezo con aquel fin de año de 1784. Tanto para madame Antonieta como para mí, creo que fue entonces cuando la magia empezó a romperse. ¡Oh!, primero muy despacio.

Se me había metido en la cabeza mudarme.

Adé y su damisela Lenormand pretenden que hay calles y casas que son favorables y atraen la buena suerte, de la misma manera que otras son verdaderas dispensadoras de miserias. No soy más supersticiosa que cualquier otra y sólo creo en los signos cuando me convienen, pero no estoy lejos de admitir esas tonterías, que harían las delicias de mi pequeña Toinette si por ventura hiciera la locura de confiárselas.

Mi amiga la condesa de Houdetot, que a menudo se reúne conmigo después de comer, no se burló de mí cuando le expuse el asunto.

—Después de todo, ¿no hablamos de las casas como si fueran personas? —concluyó—. Las hay acogedoras, frías, inquietantes, tranquilizadoras…

Con su felicidad natural, transformó sobre el terreno la idea en juego y decidió registrar todas las viviendas que conocía. Se puso a establecer una clasificación ordenada en siete columnas: con gran barullo, seductoras, encantadoras, neutras, desgraciadas, diabólicas… ¡Aplicó a nuestras casas de Épinay la mejor etiqueta! Es cierto que nuestras casas son bonitas, sobre todo la mía. No es que sea más elegante ni más amplia, pero se está muy bien. Incluso Élisabeth de Houdetot está de acuerdo. Dice, con sus hermosas palabras, que «mi

Épinay» tiene un encanto que te imanta. Nada que ver con la calle de Richelieu donde instalé El Grand Mogol sin la sombra de una reticencia a finales de 1784.

Mi comercio había funcionado una buena decena de años en la calle Saint-Honoré. Habría podido quedarse allí mucho tiempo más, pero me olía un buen negocio. ¡Y nunca me he podido resistir a un buen negocio!

Un viento de cambio soplaba en el barrio del Palacio Real y, desde mi punto de vista, debía beneficiar a la calle de Richelieu. Primero se sorprendieron, después se burlaron de mí y al final me imitaron. Cuando el Théatre des Variétés Amusantes terminó por instalarse allí, todo el mundo soñaba con hacer lo mismo. El lugar se convirtió en uno de los más animados. Había espectáculos, restaurantes, cafés y cantidad de bolsillos que sólo querían aprovechar las ofertas del comercio. La calle de Richelieu era la más solicitada de la ciudad, y yo ya estaba allí.

Primero me instalé en la gran casa del número 13, que había visto desfilar a muchos inquilinos. El edificio debía de predisponer a una estancia corta, puesto que nosotros tampoco nos quedamos mucho tiempo. Ni cuatro meses. Me despedí de mi propietario al conocer el nombramiento de Bochart de Saron, que se convirtió en el primer presidente del Parlamento que se beneficiaba de un alojamiento en el Palacio. Abandonó el palacete cerca de la fuente, que yo me apresuré a comprarle, y El Grand Mogol se movió unos números.

Nuestros inicios en el número 26 se anunciaban de lo mejor. Recuerdo las primeras carrozas que se detuvieron y al embajador que descendía. El conde de Aranda, en persona, venía a confiarme la canastilla de boda de la princesa de Portugal. Un pedido de cien mil libras.

Aranda… ¡Aquel hombre era tan extraño! No podía soportar la idea de que su jovencísima esposa vistiera ropa Bertin, demasiado atrevida, demasiado atractiva, pero me rogaba que vistiera a las testas coronadas de su país.

—¿Entiende usted? ¿Comprende usted? —repetía continuamente. Sí, todavía lo oigo, a él y su irresistible lenguaje parásito, «entiende usted», «comprende usted», que divertía a la tienda, al taller y a una parte de la calle. Tanto el portero como mis chicas ahogaban la risa y a mí misma me costaba conservar la seriedad. Unas horas deliciosas... A lo largo del verano, la infanta doña Carlota Joaquina se casaba también y me llegó el encargo de una segunda canastilla de boda. España y Portugal seguían reclamando la marca Bertin.

Aquél fue el año del sombrero de cuáquero, del sombrero español, del sombrero *en chemise,* y Beaumarchais nos daba sus *Bodas de Fígaro.* Una fuente de inspiración para nuestra moda, con los vestidos a la condesa, el pelo a lo querubín y aquel encantador *deshabillé* al estilo Suzanne, una especie de chambra a la inglesa. Describirlo es bastante sencillo, puesto que aquel *deshabillé* también lo era; un cuerpo blanco con basquiñas y una falda blanca. Además, estaba aquel pequeño tocado que llamábamos toca Suzanne. Los trapitos inspiraron a Watteau, que los inmortalizó tomándose libertades. Añadió un delantal y una toquilla, y despachó la toca para sustituirla por un sombrero estilo Fígaro atestado de flores.

¡Licencia de artista!, decía siempre madame de Lamballe cuando un pintor hacía lo que quería, y siempre hacían lo que querían. Los rostros se parecían poco y los trajes eran demasiado fantasiosos.

Después llegó lo que tomamos por el gran acontecimiento del año. En el Palacio Real, en Versalles, en los pequeños salones, en las tiendas, sólo se hablaba de las reformas de la reina.

El gusto del momento se hacía más razonable y el *pouf* de terciopelo, que ya no abandonó María Antonieta, se convirtió en el tocado habitual de las mujeres. Las gacetas se hacían eco, incluso el nuevo *Cabinet des modes.* Aquel *pouf* les gustaba a todas, excepto a madame Le Brun, una vez más. La reina acabada de encargarle otro retrato y la artista quería eliminar aquel detalle de terciopelo. Soñaba con pintar a Madame con su pelo, sin polvos y al natural. Como acababa de hacer en el retrato de Grammont-Caderousse. Había distribuido el pelo de ébano de aquella mujer en bucles irregulares sobre la frente, ¡y el arreglo le había gustado tanto a la duquesa que había lanzado la moda! Con gran riesgo para Léonard.

—¿Por qué no seguir el ejemplo de madame de Grammont-Caderousse? —preguntó Le Brun.

—Seré la última en seguir esta moda —había respondido la reina riendo—. ¡Dirían que la he imaginado para esconder mi amplia frente!

Le Brun capituló. Yo me marché tranquila, pasando por la calle Villédo. ¿No lo había dicho? Había alquilado en Versalles un apartamento a un tal Bonnevie, para estar cerca de Madame y acudir más deprisa a sus requerimientos. El marqués de Suze, que atribuía los alojamientos en el castillo, a menudo me había propuesto uno. Pero ¡eran tan siniestros! Yo, la «aprovechada», la «desvalijadora de bolsillos», todavía tenía los medios de proporcionarme con fondos propios un apartamento más adecuado. A muchos de los que vivían allí les traía sin cuidado la suciedad. Tenían la detestable costumbre de dejar restos de comida por todas partes ¡y los ratoncillos se regalaban! Los ratones se unían a las chinches y los piojos de dos patas que deambulaban por la corte. Una acumulación de miserias no demasiado de mi gusto. Prefería apañármelas sola. En cualquier caso, no tenía mucho tiempo para andar por mis diferentes casas, en Versalles, París o Épinay. Confieso que a menudo tenía la sensación de ser una nómada. Siempre por los caminos... Pero era necesario y de vez en cuando me resultaba agradable. Como durante aquel viaje a Bretaña que se anunciaba, un extraño viajecito.

Hoy veo en él un signo, una transmisión de relevos, la de la buena suerte.

Entre dos visitas a Versalles, mis asuntos me condujeron a Rennes. El trayecto de regreso me proporcionó la compañía de un joven que acababa de ser nombrado subteniente y se integraba en su regimiento. En Cambrai, creo. Su camino pasaba por París y lo acepté con gusto en mi coche ante la insistencia de sus padres. Mi berlina iba vacía, así que por qué no dejar que la aprovechara aquel pequeño bretón de dieciocho años. A medianoche, los caballos estaban listos y nos marchamos a toda prisa. Se hacía de noche, viajábamos solos y el desgraciado estaba alterado. ¡Se pegaba a la esquina del coche por miedo a tocarme la falda! Daba pena. Farfullaba y rezumaba torpeza. Sin duda, yo era la primera criatura un poco bien arreglada con la que se cruzaba. Creo que la oscuridad de la noche embellecía mi tez y mi silueta, hasta el punto de trastornar al pequeño polluelo...

Al llegar a la bajada de Saint-Cyr, todavía lo veo abriendo desmesuradamente sus grandes ojos de niño, sorprendido por la amplitud de nuestros caminos y la regularidad de las plantaciones. Cuando llegamos a Versalles, su lengua se soltó un poco.

—¡Qué hermoso! —Se maravilló ante la Orangerie—. Y estas escaleras de mármol… ¡Los bosques de Trianon! —exclamó también.

Al acercarnos a París, intentó envalentonarse. Todos los rostros que veía lo asustaban y se abrió a mí.

—Les encuentro a todos un aire burlón —murmuró después de lanzar unas ojeadas turbadas hacia fuera—. ¿Me miran así para burlarse?

Lo tranquilicé. Allí, como en todas partes, había que acostumbrarse y endurecerse. Tenía que dejar de temblar. Yo también, como él, había abandonado mi provincia para establecerme lejos. Así pues, a él le iría como a mí, quizá mejor, le prometí sin creerlo realmente.

Nuestro viaje terminó en la calle del Mail. Antes de despedirme, hablé discretamente con el portero del hotel Europe para que proporcionara una buena habitación a mi joven bretón.

Nunca nos volvimos a ver. Habríamos podido, pero el azar tomó una decisión diferente.

He pensado a menudo que aquella noche algo extraño se organizó a mis espaldas. Una buena estrella en el cielo se desplazó… Me abandonó suavemente para preferir a aquel joven que se convertiría en ministro de Estado, embajador y par de Francia.

En toda mi vida, no mantuve más de cuatro conversaciones seguidas con él, pero nunca se me ha borrado de la memoria. Sé que a él tampoco. ¡Se puede olvidar la primera noche con una mujer!

François René de Chateaubriand la pasó conmigo.

Capítulo 19

Después todo empezó a ir mal.

    Recordarlo me produce terror, hablar de ello me irrita, pero es necesario que hable de esta especie de bisagra, este pernio que articula o desarticula nuestra historia.

Había como una capa triste que se abatía poco a poco sobre nosotros. Invisible pero pesada, casi palpable. Recuerdo una noche, en la calle de Richelieu, en que me desperté sobresaltada. Un mal sueño... Sentía como un velo oscuro que se deslizaba sobre mí y madame Antonieta. La veía vestida totalmente de negro con un enorme collar que le apretaba el cuello hasta estrangularla. Me miraba y lloraba.

Para mí, todo empezó con noticias irritantes de Bélgica. Boullan, un negociante de Bruselas, se querelló conmigo por unas perlas falsas que yo nunca le había pedido. Cuando un informe arbitral lo intimó a que presentara mi carta de pedido, el belga empezó a doblegarse. ¿Cómo presentar lo que no existía? El caso me parecía cerrado, pero los jueces cónsules me condenaron a entregar varios cientos de libras a Boullan, a pesar de que acababa de reconocer la defectuosidad de su entrega. No estaba acostumbrada a perder pleitos, sobre todo cuando la razón estaba de mi parte. Sin duda, había pasado por alto algunas convocatorias y tratado a la ligera aquella historia, pues estaba convencida de que mi buena fe y el aura de la casa bastarían para calmar la situación.

    Empezó entonces una grave colección de decepciones. Adélaïde sostenía que había pasado por otras y que no había motivos para alarmarse. No sé por qué pero, por una vez, no conseguía estar de acuerdo con ella. Quizás a causa de un sueño.

    En un primer tiempo, buena parte de mi clientela dejó de acudir a la tienda para dirigirse a La Corbeille Galante de la Picot, una emigración más molesta que amenazante. Tenía demasiados pedidos y había trabajo para todo el mundo.

` Sin embargo, se decía que no tardaría en cerrar las puertas. En realidad, mi situación sólo era preocupante a causa de los malos pagadores. Estaba abrumada de pedidos que arruinaban mi tesorería. Las parroquianas, después de mil acosos enguatados, pagaban con mucho retraso, cuando pagaban. Sólo sabían firmar recibos de deudas, la moneda ideal para pagar a los proveedores y los empleados. Se necesitaban fondos sólidos para esperar meses e incluso años a que la clienta se dignara pagar.

Me consideraban inmensamente rica. Lo era, pero de una montaña de papeles que me prometían reembolsos lejanos.

Consideré estas preocupaciones pasajeras. La costumbre… Además había sabido ganar dinero y sabría ganar todavía más. No era cuestión de reducir mi tren de vida. Tenía un rango que mantener en la corte, ¡no podía ir en un simple cabriolé ni llevar mis inmensos paquetes sin la ayuda de mis chicas! Así que mis gastos generales continuaron cargándose con un personal demasiado numeroso. Muchos gastos, muchos impagados, muchos proveedores…

Y de repente el asunto cayó sobre nosotros sin que sospecháramos su alcance. París chismeaba, yo echaba pestes contra los malos pagadores, el rey se apasionaba por la geografía y se encaprichaba con La Pérouse, cuando seiscientos cuarenta y siete diamantes se preparaban para complicarnos la vida.

¿Fue precisamente entonces cuando nuestras historias empezaron a agriarse? Tengo la convicción íntima de que así fue. ¡Y todo por un collar que Madame no había encargado ni siquiera visto nunca!

Recuerdo los gritos de alegría en los alrededores del palacio cuando se dictó el veredicto.

—¡Viva el Parlamento!

—¡Viva el cardenal inocente!

Bajo estas palabras había que entender:

—¡Abajo la tiranía!

—¡Abajo madame déficit!

Madame Antonieta estaba anonadada, y aquello no era más que

el principio del vía crucis. Ese asunto del collar… Lo habría roto y le dejó en el fondo de la garganta el sabor mordiente de la traición y la injusticia. De la vergüenza también.

A partir de ahí, todo se encadenó, me parece.

Los rumores no perdonaban a nadie y, en el mismo momento, me consideraban perdida.

—La Bertin, tan altanera, tan arrogante, la marchante que trabajaba con Su Majestad…

—¡Acaba de declararse en bancarrota!

—Una bancarrota de gran dama —señalaba Oberkirch—. ¡No menos de dos millones! Toda una suma para una marchante de trapos.

Sus chanzas me afectaban, pero me enfrentaba a ellas. Mi naturaleza me impulsaba a la lucha. He perdido batallas en mi vida, pero las he disputado todas. Tanto aquélla como las otras.

Oberkirch pretendía que había sido ingrata con la reina y que Su Majestad me había abandonado en mi desgracia. Muchos aseguraban que mis modales habían ofendido a la alsaciana. La verdad tenía un aspecto más vulgar, ¡eran mis facturas lo que había indispuesto a madame la baronesa! Hoy puedo decirlo sin temor a ser poco delicada, París tenía razón al cantar en todos los tonos que la medio alemana también parecía medio pródiga.

La animadversión de la reina contra mí no era más que una fábula. Intentaban perjudicarme ante ella, eso es todo. Las buenas costumbres no cambiaban. Esta vez sostenían que yo la había acusado de mi bancarrota y que me vengaba en la ciudad evocándola sin nombrarla. Los chismes no paraban.

¿Qué pensaba Madame de esto? ¿Que también yo la abandonaba como los demás? Era lo que más me atormentaba. Los rumores enloquecieron cuando un domingo me presenté en Versalles sin poder obtener audiencia. La noticia se extendió como un reguero de pólvora. Según la opinión general, yo estaba muerta.

Los tiempos se volvían difíciles.

El comercio tenía dificultades, incluso los nombres más importantes desaparecían. Hasta mi buena Pagelle y su Trait Galant, hasta

Beaulard, hasta el famoso Gouttière. Llovían bancarrotas. También los particulares se encontraban en la miseria, el príncipe de Guéméné era un triste ejemplo. Bourboulon, el tesorero del conde de Artois, tenía cinco millones de pérdidas. Cinco millones... ¡Y monsieur de Villerange, el intendente de postas y albergues! Su fortuna se pulverizó y él fue ferozmente abatido.

Yo, en medio de todos aquellos naufragios, intentaba aguantar. No pasaba un día sin una quiebra, grande o pequeña, y anunciaban regularmente la mía. Sobre todo Hardy, un librero bien considerado, que incluso protestaba contra la bancarrota simulada. Este señorito sostenía que formaba parte de mis costumbres, cuando mis entregas a la corte se elevaban a cierta cantidad, provocar algo extraordinario que me permitiera obtener entradas de fondos. Era cierto que una vez más los obtendría... Una orden sobre el Tesoro Real llegaba a tiempo y relanzaba El Grand Mogol. Hardy no se equivocaba del todo, pero una se las arregla como puede. Una vez solucionados mis asuntos monetarios, tenía que disipar la única sombra del cuadro, mi pretendida caída en desgracia.

Mi caída en desgracia... A fuerza de temerla, había pensado mucho en el tema. No me daba miedo, no creía en ella.

Las grandes bocas de Versalles habían expuesto en la plaza pública los dos millones de deudas de la reina. Señalar sus gastos —en vestidos considerados fútiles— sólo podía contrariarla. Era una calumnia.

Su nuevo apodo, después de ser vagamente murmurado, se repetía en voz alta en los salones y se gritaba hasta en la calle.

—¡Madame déficit! —berreaban.

Echaban pestes también contra su «ministra», la gran sacerdotisa del perifollo, la «del traje» que la hipnotizaba con sus encajes malditos para arruinar al reino.

Toda alusión a estos gastos y a su gusto desmesurado por la moda era mal recibida. No había que buscar más lejos la causa de su humor, pero yo soy una mujer que se defiende. Nunca había pretendido ponerla en aprietos. Iba a intentar —y conseguir— acercarme a ella.

Lo que encontré fue una mujer herida. Había dado a luz recientemente a una niña para perderla poco tiempo después. Convulsiones… Creo que aquella pequeña, si hubiera vivido, se habría parecido a ella. Tenía la piel y los rasgos finos, una boca bien dibujada, cejas leves y separadas que le hacían una frente alta y una gran mirada azul que nos observó con curiosidad antes de volar lejos.

El entorno real prescindía de la diablesa. La Polignac ponía mala cara a María Antonieta, que sólo encontraba consuelo en su cuñada, madame Élisabeth, y en su fiel Lamballe.

Todavía me crucé con madame Le Brun ante la reina aquellos días. Terminaba un gran retrato.[1] Se veía a la reina —con un vestido rojo bordeado de piel color pulga, con el escote franqueado por una bruma de encaje blanco— y a todos sus hijos, incluso la pequeña Sofía. Oí a Madame rogar a su pintora que dejara la cuna vacía.

La orden se cumplió, pero era como si la pequeña no quisiera desaparecer. Siempre estuvo allí, a su manera. Adélaïde también vio aquella tela, un día que me acompañó para llevar cajas de zapatos. Tuvo la misma impresión.

En aquella cuna vacía, las sombras de las sábanas dejaban adivinar como una forma. La de un niño…

Adélaïde puso hermosas palabras a aquel misterio. Lo llamaba «la huella del ángel». De todos los retratos de la reina, éste es el que más me impresiona.

Madame apenas tenía treinta años. En la pintura de Le Brun no lo parece, pero sus ojos estaban enrojecidos, sus mejillas, a menudo acaloradas, estaban empolvadas y había engordado mucho. Creía esconderlo estrangulándose fuerte la cintura con un corsé. ¿Cómo explicarle sin molestarla que no hacía más que realzar la excesiva opulencia de su pecho? No obstante, si se hubiera sabido entonces qué poco le preocupaba a la reina si estaba demasiado delgada o demasiado gorda, si se ceñía mucho sus vestidos o no lo suficiente. Nadie lo sospechaba, pero la reina era una buena madre, tan buena como experta. Acababa de perder una hija y el destino continuaba ensañándose con ella. El primogénito, Luis José, no estaba bien. Madame lo miraba, impotente, apagarse a fuego lento. Sé que por la noche se dirigía a su habitación para contarle dulcemente un cuento o cantarle una canción infantil de Berquin, acompañándose con el arpa.

Madame de Lamballe me confió estos pequeños secretos.

El arpa siempre me había parecido un poco triste. Desde Luis José, la considero lúgubre.

Si la diablesa se volvía esquiva, madame Thérèse estaba siempre allí, a la sombra de la reina. Discreta, dedicada, desbordante de ternura para los hijos de los reyes. Los quería como si fueran suyos. Cuántas veces, desafiando a las gobernantas, fue a consolar a la pequeña Muselina en su dormitorio.

—De parte de madame Mamá, que lamenta no poder venir —decía. Pues la reina era prisionera de la Etiqueta. Pero madame de Lamballe fue admirable sobre todo con el pequeño Luis José. Se le enrojecían los ojos cuando me hablaba de él. Decía que el niño mostraba una extraña inteligencia y un silencio impresionante ante el dolor.

La reina estaba destrozada en lo más profundo. Sólo Muselina y Chou d'Amour, su segundo hijo, sabían reconfortarla un poco. El pequeño Greuze y Zoé² también le devolvían la sonrisa.

Lo que la trastornaba eran todas aquellas cartas indecentes que circulaban. Escupían siempre las mismas canciones, a las que se añadía un rumor inmundo que la consideraba responsable de la enfermedad del delfín.

Éstas eran las circunstancias cuando se disponía a recibirme. La encontré con un aire grave e incluso malvado. Tenía la boca arrugada… Yo estaba de nuevo a unos pasos de ella, podía oler el perfume ligero de jazmín. Me dejé embriagar por él y aspiré el aire a grandes bocanadas, por la boca, para saborearlo mejor, para que me invadiera más deprisa. Era un poco de la reina aquel íntimo y sutil perfume de crema para el pelo, que hacía venir de la casa Fargeon, en Montpellier.

No sé cuánto tiempo pasó antes de que decidiera interrogarme. Conseguí explicarle que era extraña a aquella cábala destinada a crear discordia. Defendí mi causa y nos encontramos las dos como antes.

Las lenguas bífidas continuaban considerándome en desgracia. ¡Pamplinas! Si éste hubiera sido el caso, Madame me habría privado de su clientela y todas las ovejas de la corte la habrían seguido. En lugar de esto, todos continuaban atropellándose en la calle de Richelieu. Por poco que les gustara a los que me habían enterrado antes de hora, mademoiselle Bertin todavía estaba viva y El Grand Mogol también.

Sin embargo, mi mal sueño me perseguía. Como una sensación confusa de desencanto. La verdad es que nos dirigíamos hacia algo que nos superaba.

Capítulo 20

Dejo correr los años y entro en el período sombrío. Digo que la existencia se volvió mala y no miento. Al mismo tiempo, para mí, era hermosa, doblemente hermosa, y sigo sin mentir.

Quizá la vida es como un país inmenso y, cuando llueve por todas partes, al alejarse la tormenta, quedan, bien escondidos, un rincón o dos que son el paraíso y te reservan el cielo azul más bonito. Los años se iban oscureciendo, pero yo tenía dos grandes soles: Nikolai y Philippe.

Hablar de Philippe será fácil. En cuanto a «mi Rusia», el camino que conduce a ella es siempre largo y complicado.

Un paso adelante, un paso atrás.
Un paso a un lado, un paso al otro lado…

Esta vieja canción que cantábamos de niños resume bastante bien el embrollado camino de las palabras. Querría salir de mi boca hasta los oídos del mundo y se pierde, vacila, gira en redondo. No obstante, quisiera hablar de él, contar un poco nuestra historia.

Nikolai se movía entonces entre Petersburgo y Pavlovsk, según los caprichos del archiduque Pablo. Pronto supe por sus cartas que se dirigía a Gatchina. Un palacio macizo, de larga fachada oscura. Una especie de caserna, en realidad, sin nada en común con el encantador Pavlovsk. Era un mundo cerrado que servía de marco a las extravagancias y los rencores del archiduque y a las malas jugadas de su Alexis Araktcheiev.

Había baile los lunes y los sábados, y Nikolai decía que me encontraba allí cada vez. ¡La archiduquesa María y las grandes damas se presentaban con vestidos Bertin! Incluso la mujer de Nikolai llevaba mis creaciones.

Allí se hablaba mucho en francés. Nikolai se aplicaba sin duda más que otros y, semana tras semana, sus cartas me lo mostraban.

Sus cartas... «Escribo este mensaje más allá de mi tierra... Lo mando a la que no dejará de atraerme como un imán», terminaban siempre. Nuestra atracción era fuerte, irrazonada, pero creo que nuestra unión era extrañamente serena.

En aquel momento, mis amores gozaban de mejor salud que mis negocios. En el reino, el comercio declinaba y todo el mundo decía que las finanzas del Estado agonizaban. El país sufría. Veía crecer las bandas de mendigos que se arrastraban por los lindes de los bosques, por los baldíos comunales. Colin se ponía a dar vueltas y más vueltas para evitarlos. Incluso los campesinos les tenían miedo.

Para empeorarlo todo, intervino el mal tiempo. Después del rudo invierno del 87-88, llegó una mala primavera. El precio del trigo aumentó y no había pan barato. ¡En realidad, el reino se moría de hambre y le recomendaban la patata! Incluso nuestro rey apoyaba este asunto. Los más frágiles caían como moscas. Los curas y las parroquias estaban desbordados. En París, muchas mujeres desesperadas confiaban a sus pequeños a Les Anges.[1] Una noche, de regreso de Versalles, me crucé con una, rabiosa. Saltó sobre la escalerilla de mi coche para insultarme y gritarme unas palabras que me invadieron durante mucho tiempo:

—¡Ha sido bautizado! ¡Ahora que muera de hambre o de frío, me da igual!

Todavía veo sus grandes ojos de agua profunda, su largo pelo castaño, su tez demasiado pálida. Antes de abandonar mi escalerilla, tuvo tiempo de confiarme un pequeño paquete de andrajos, tibio, frágil.

Philippe entró en mi vida.

El cielo depositaba en la banqueta de mi coche a un muchachito que amé y protegí por instinto al cabo de un segundo de tenerlo en los brazos.

¡Cómo quieren que no crea todavía en los milagros de la vida! Pasados los cuarenta años, me convertía en mamá... Y puedo jurar que los lazos del corazón valen tanto como los de sangre. Y no estoy lejos de creer que los superan.

¡Para mi felicidad, incluso llegué a encontrarle al pequeño cierto parecido con Nikolai! Su rostro, su porte, esa sonrisa tierna y la manía de suspirar dulcemente en cuanto me alejaba un poco.

Madame Antonieta tenía a su pequeño Greuze; ahora yo tenía a mi Philippe des Anges, unos ojazos de agua profunda bajo rizos castaños, una boquita rosa y adorables cejas finas y bien arqueadas, que le daban un aire sorprendido. Sólo quería ocuparme de aquel pequeño, sólo deseaba tenerlo cerca de mí, pero lo llevé inmediatamente a Épinay. Me reunía con él cada noche.

Philippe y Nikolai, mis soles… Sigo viviendo en su luz.

Sin embargo, a nuestro alrededor todo iba de mal en peor.

Les Anges desbordaba de inocentes, el campo estaba moribundo y las ciudades no valían mucho más; triste cuadro. Y todos aquellos desempleados que teníamos entonces…

Lo peor es que sólo se veía una culpable, la reina. Todo el mundo la agobiaba con reproches. No era más que una extranjera, una malgastadora, que poseía tantos vestidos que no sabía qué hacer con ellos. Después de aquel lamentable asunto del collar, se atrevían a todo. Hasta a tratarla de pollita que persigue a cualquiera, hombre o mujer, que se acuesta con «suecos» ante las narices de su cornudo, que fabrica bastardos para Francia en la guarida de todas sus «vilezas», en Trianon. ¡Trianon!, un pozo sin fondo para la nación, decían, donde se hacían fechorías a más y mejor, donde las paredes de los salones estaban incrustadas de diamantes…

Era la espantosa madame déficit y yo era su alma condenada. La aprovechada, la vaciadora de bolsillos, la de los trajes. A sus ojos, sólo éramos dos plagas hembras que terminaban de arruinar al país. El sentido común, la moral, la religión, la autoridad soberana, todo desaparecía.

Sí, la existencia era buena y mala; por un lado, doble sol, y por el otro, una noche naciente.

En la corte, el ambiente era hosco.

Cuando cayó Calonne, el abismo bajo nuestros pies se abrió más. El preocupante estado de las finanzas, que la reina nunca había sospechado, la fulminaba. Se puso a recortar sus gastos, empezando por sus atavíos. Los pedidos a El Grand Mogol recibieron una bofetada violenta. No por eso dejaron de llamarnos madame déficit y madame del traje. Sin duda, ya nada podía salvarnos de aquel torrente de barro.

Todos los que se acercaban a ella de lejos o de cerca eran destrozados. Tanto la pobre Le Brun como yo misma. Su naturaleza, más impresionable, resistió menos. Acudía con frecuencia a Trianon, donde terminaba un retrato de la reina, vestida con la gran marca. Un *pouf* de terciopelo rojo, adornado con pieles, un echarpe de gasa bordeada de encaje y un piquete de plumas blancas. Entonces madame Antonieta estaba loca por el rojo oscuro.

Como todos nosotros, Élisabeth se pegaba a las paredes y bajaba su hermosa nariz para llegar a Versalles o marcharse. La multitud se volvía malvada cuando veía damas bien arregladas en coches. Recuerdo al populacho malhumorado. También oigo los sempiternos gruñidos de los comerciantes:

—¡Nadie compra nada!

—Ya no hay crédito en las manufacturas…

Tenían razón; lo sabía demasiado bien. Los nobles y la gente pudiente restringían sus gastos y empezaban a despedir a su personal. Yo hacía como todo el mundo, me debatía, pero a Dios gracias tenía la costumbre de empezar por las naciones vecinas.

Una vez, al regresar de Inglaterra, donde tenía alquilada una pequeña vivienda, descubrí estupefacta un rumor sorprendente.

—¡Han detenido a la Bertin!

—La de los trajes está en la Bastilla…

Aprovechando un viaje a Londres, sostenían que había vuelto con los baúles llenos de horribles impresos contra Su Majestad y que los había difundido en Inglaterra antes de distribuirlos en tierra francesa. Me consideraban confabulada con esa De la Motte del asunto del collar. ¡Pura fantasía!

De la Motte continuaba con sus fechorías y difundía infamias contra la reina con la complicidad de una marchante de modas. Una mujerzuela que se hacía llamar condesa de Anselme. Una tal Henriette Sando, que vivía en París, en la calle des Haudriettes, donde tenía una tienda, Au Goût de la Cour. Sus calaveradas inglesas no eran del gusto de la corte y la policía no tardó en pescarla para ofrecerle una estancia de tres meses a la sombra.

No sé si Madame se alarmó. Quizá ni siquiera le llegó el eco. Nunca me habló de ello. Sólo tenía en la cabeza la disminución del despilfarro, lo cual confieso que era muy importuno. Se volvió de una sobriedad de monja.

En verano, sería en junio o julio, una de sus visitas a los Inválidos estimuló todavía más las murmuraciones. Iba vestida modestamente. Entre madame Royale y madame Élisabeth, las dos en traje de las grandes ceremonias, el contraste era clamoroso.

Ante este fulgurante ataque de simplicidad, ¡Versalles me consideró de nuevo muerta! Si hubieran sido menos perversos o menos tontos, habrían sabido que, aun sin pedidos reales, mi casa estaba lejos de caer en la ruina. Comerciaba con muchas otras testas coronadas... Cofias, sombreros de paja, chambras, casaquillas, no dejaba de mandarlos más allá de las fronteras. A Italia, a España, a Suecia, a Sicilia, a Rusia, a todas partes, y además Versalles todavía daba mucha guerra. De mis talleres salía gran cantidad de vestidos. Mi situación no era mala. Tenía con qué asegurar el futuro de mi pequeño Philippe y grandes bodas a mis sobrinas. Los años se obstinaban en pasar y los chicos en crecer...

Los muchachos aprendían a escribir conmigo, y las muchachas sólo soñaban con establecerse. A la mayor, Catherine, se le había metido en la cabeza casarse con Pierre Ibert, un marchante pañero, proveedor de la reina, propietario de una importante casa en el Palacio Real. Mi segunda sobrina, Louise, ponía sus miras en Jean Mathurin Chasseriau.[2] Una cabeza irascible y un corazón ambicioso. Sus tierras comprendían un castillo —modesto— entre Brie y Champagne, cerca de Sézanne. Bonito pueblo y bonita casa solariega, que había que merecer. Chasseriau aceptó aquel matrimonio bajo condiciones, financieras, por supuesto. Pues me imaginaba inmensamente rica. Al fin y al cabo, tierras, títulos, un castillo y la sonrisa de mi Louise bien valían unos compromisos.

Qué lejos queda todo esto...

Mis chicas, contrariamente a los muchachos, se han casado bien.

Hablo sólo de las ceremonias y de las familias en las que entraban. En cuanto al resto, si hubo tempestades en Sézanne o en la calle del marchante pañero nunca lo he visto ni sabido.

Muchos invitados acudieron a la boda en la calle del Bord de l'Eau. Amigos, cortesanos, grandes comerciantes, los Lenormand, los Leroux, los Delassalle, los Lemoyne, la burguesía en auge, incluso madame la condesa de Ossun, madame de Lamballe... Además, estaba mi primera patrona, con Isaac, su marido. Habíamos invitado también a gente de Abbeville y a no pocos de Picards. El barón y la baronesa Duplouy, los Delattre, los Frémicourt, los Dallier, los Précomte...
   Nuestra madre y nuestras hermanas, que fallecieron demasiado pronto, se habrían sentido orgullosas. Yo también estaba orgullosa, aunque, como era mi necia costumbre, una sensación de tristeza me roía por dentro. Es un secreto sin importancia que sólo Éon habría sabido descubrir. No sé por qué, pero nunca me he sentido tan sola como en medio de una multitud, incluso agradable. Charles, cuando veía que mi sonrisa se hundía, durante una cena o una fiesta, decía que era mi lado salvaje. No lo podía soportar.

Todavía veo a mis muchachas vestidas de lujo...
   Catherine había elegido una toca clara realzada con plumas blancas y flores de azahar. Su vestido de pequín azul, apenas escotado, se adornaba con gasa y flores frescas.
   Louise llevaba un tocado de flores de azahar y cintas, rodeado de encajes y muselina de seda. Su vestido era blanco,[3] como un vestido de reina.

Yo sonreía complacida, feliz de ver a los niños desarrollarse en buena compañía en su tierna edad. Épinay desbordaba de belleza y de música. Philippe crecía y se hacía robusto. Lo miraba, lleno de ardor, juguetear con nuestros perros en las alamedas del jardín, mis pensamientos volaban hacia Nikolai y me decía, todo va bien...

Capítulo 21

Dieciocho grados por debajo del punto de congelación. El año 1789 empezaba de la misma forma que iba a terminar. Mal. Un frío terrible invadía el país y el Sena se encontraba prisionero del hielo. Una tarde, al pasar cerca del mercado de carne, no lejos del muelle de la chatarra, oímos con Colin un estrépito espantoso. Era un molino, roto, caído, contra los arcos. El invierno se disponía a romper mucha madera, barcos, molinos y pobre gente. El ayuntamiento y las parroquias desbordaban de indigentes. En Les Anges, llovían desgraciados como nunca.

Recuerdo los trineos que se deslizaban por la tarde en las calles con grandes bolas de pieles con ojitos a bordo. Damas elegantes, tapadas hasta las orejas. Los teatros permanecían abiertos y querían espectáculo. Serían servidas...

En El Grand Mogol, las clientas todavía iban y venían. Yo no ignoraba las dificultades del gobierno, pero pensaba que todo terminaría por arreglarse. Siempre mi gran confianza.

La duquesa de Croy me había encargado su traje de presentación. Con la nariz en los encajes, mis chicas le daban a la aguja mientras yo corría detrás de las facturas o los proveedores, después de haber retocado un sombrero o un adorno. Nada cambiaba. Sin embargo, la guerra se acercaba. ¿O ya estaba allí? Los acontecimientos no tardarían en producirse, pero nada permitía prever su importancia. Pasábamos los días acicalando las cabezas del reino y, al caer la noche, nos dormíamos tranquilamente.

Y después, poco a poco, empezaron a huir.

A principios de enero, la carta de la condesa Razomowsky apenas me abrió los ojos. Los disturbios en París me han expulsado cruelmente de vuestro reino, me escribía, y eso me aflige. Pero espero no tardar en volver. Se había refugiado en Ginebra y su regreso no estaba cerca. Los ecos de la calle, las cartas de Suiza y de otros lugares, las alarmas eran numerosas, en realidad. Pero ¿cómo vislumbrar lo invislumbrable?

Entre una partida de *creps* y de *cavagnole*, la flor y nata del reino se divertía, reía, saboreaba la existencia como si nada, nunca, pudiera llegar a mancillarla. Los demás encontrábamos los tiempos revueltos, pero no era la primera vez. Así que hundíamos la nariz en la labor y trabajábamos para nuestras buenas parroquianas, que no dejaban de dar bailes. Sus únicas preocupaciones seguían siendo de ropa y nosotras estábamos allí para atenderlas. La fiesta de la marquesa de Menou estaba en la mente de todos.

—Madame Bertin —preguntaba la condesa de Laage—, en medio de estas damas con collares de diamantes y guirnaldas de flores, ¿no pasaré desapercibida con un traje blanco totalmente liso, con una diadema de perlas, una sola pluma grande blanca y un collar de terciopelo negro?

En mayo, propuse a la reina un traje violeta y una falda blanca recamada de plata, que llevaba con una diadema de diamantes adornada con una pluma de garza. Maquillada y vestida, todavía era bastante bonita. Sólo los panfletos la afeaban. La trataban de monstruo hembra, de ogresa de Trianon, de reina perversa... ¿Su gusto por la moda?, decían, era un «signo de su carácter vicioso». ¿Su coquetería?, «la forma más visible de su perversidad», y su locura de gastos, la prueba de «sus depravaciones sexuales». Todo salía: sus deudas perpetuas, su apetito «insaciable» por los vestidos, su inclinación por el faraón, la extravagancia de sus escotes y sus peinados... Caricaturas obscenas empezaban a circular.

Y se pusieron a detestarme tanto como a la reina. Éramos sus «vampiros», yo era «la picarda» que empujaba a «la austriaca» en sus maldades. No miento si digo que estaba contenta de estar todavía cerca de ella, incluso en aquellas circunstancias. No estaba sola en la tormenta; continuaba uniéndonos un lazo estrecho.

El odio estaba en todas las cabezas. Incluso los que se lo debían todo empezaron a abandonarla. Hasta los curas nos reprendían, inclinados como viles cornejas, desde lo alto de sus púlpitos. ¡Valientes veletas! ¡Hete aquí que en Saint-Louis de Versalles descubrían la vida! Se pusieron a condenar las costumbres de la corte y el lujo desenfrenado, con la voz grave y el gesto superior, dejando ver, bajo el negro de la sotanilla, manguitos de encaje capaces de hacer palidecer de envidia a la más coqueta. Con un poco de rojo, se habría jurado que eran mujeres, por lo refinado de sus efectos y maneras.

En medio de este ambiente negro, veo el mármol blanco de monsieur Houdon, que nos reconciliaba un poco con la dulzura de las cosas. Acababa de terminar su busto de madame Antonieta, el único que nos haría.

La verdad de aquella mujer de mármol me cautivaba. Era realmente ella, pura, fuerte. Un simple corpiño realzaba un pecho razonable, dejando adivinar el encaje de la camisa rematado en drapeado. El pelo elevado, que despejaba la frente, se recogía con un cordón de perlas y una cinta, y grandes rizos caían a ambos lados de un cuello esbelto. Su hermoso cuello griego, como decía la Polignac en tiempo de amores.

Aquel mármol la plasmaba toda. Todavía bella, imponente y con el aire de desafiar al mundo entero. Algunos sólo veían arrogancia, simplemente porque no sabían discernir la majestad.

Majestad. Nunca un título de reina fue tan merecido. Era un modelo excepcional. Bella al natural, más todavía arreglada con mi moda. Tengo la debilidad de pensar que su aspecto me debía mucho… Aquella mujer era mi reina, mi obra maestra.

El año había empezado con hielo y frío. Continuó con un deshielo que transformó las ciudades en un cenagal y el verano que apuntaba nos reservaba la peor quemadura. En cuanto llegó el buen tiempo, nos fuimos a Épinay con Adélaïde. Huíamos de la ciudad, sus problemas y sus preocupaciones, su violencia también. Se decía que el país iba cada vez peor, que Necker acababa de ser despedido. No aspirábamos a nada más que a recuperar nuestro Bord de l'Eau y nos largábamos cada fin de semana por el camino de Rouen.

Épinay era una burbuja de paz. Ya no dábamos grandes cenas. Aquellos tiempos habían pasado. Vagábamos por la terraza, cortábamos verduras en la cocina con Marie-Ange, íbamos a misa a Saint-Médard, jugábamos con los niños en el jardín...

Junio pasó demasiado deprisa. Los días horribles ya estaban allí.

Por qué volver a hablar de aquel 14 de julio, de la Bastilla. No quiero y no puedo hablar más de ello. ¿De qué sirve? Empezaban nuevos tiempos, eso es todo, y se presentaban mal. Los desórdenes se establecían y todo el mundo tenía miedo. ¡Ah!, era bueno su nuevo mundo. Tan bueno como sus guiñoles de traje tricolor. Los hombres llevaban chaquetas rojas y medias blancas con rombos azules, y la moda femenina no se quedaba atrás. El azul blanco rojo dejaba su rastro en los moños. Aquello no era moda, era política. Era triplemente mala, pero había que trabajar con ella. Los tocados se llamaban a la Bastilla, flanqueados por una escarapela, o a la ciudadana, «de una simplicidad a la antigua». ¡Sencillamente de gasa blanca! Los buenos tejidos desaparecían, triunfaba lo burdo. Se luchaba también contra las telas, y en aquella guerra Madame y yo estábamos vencidas de antemano. La moda ya no saldría de la meridiana. Ahora se burlaba de las inclinaciones reales como las mías.

Qué extraña época aquélla. Damas de buena cuna empezaban a reclamarme arreglos en azul blanco rojo. ¡Por pura coquetería! En un pasado reciente, yo había unido el blanco, el azul y el rosa, pero la nueva tendencia no me gustaba en más de un aspecto. Todo me desagradaba.

El sálvese quien pueda en el extranjero se intensificaba. Todos se iban, con el corazón pesado y el bolsillo olvidadizo, abandonando deudas y facturas. ¿Cómo resistir estas pruebas? El Grand Mogol estaba cada vez más desierto. Los nobles se fundían en la naturaleza y los burgueses no estaban dispuestos a cruzar el umbral de mi casa, pues no podían permitirse pagar mis precios y, además, pertenecía a una secuaz de la realeza, con el alma condenada por «la pantera pelirroja».

Entre los primeros que se marcharon, se encontraba Jules, la buena Polignac. Se fue a Alemania una noche de julio. El «querido corazón» no tenía tiempo que perder y no lo perdía. La siguieron la princesa de Condé, la princesa de Mónaco y la marquesa de Autichamp, que partieron hacia Coblenza. En septiembre, la condesa de Artois se fue a Turín. Londres, Bruselas, Worms, Mannheim, Estrasburgo, Ginebra... La nobleza se desparramaba.

Versalles parecía vacío y París más ensordecedor que nunca.

La moda se adormecía profundamente. No serían aquellas tontadas tricolores las que podían despertarla. Ya no era de buen tono gastar en perendengues. Ser rico y demostrarlo se volvía criminal. Asnos tontos de capirote... No corríamos el riesgo de hacer alarde de nuestras riquezas. Todos rascábamos desesperadamente el fondo de nuestros cajones y nos hundíamos en la bancarrota.

Los buenos comercios fueron los que cerraron primero, dejando en la miseria a mucha gente. Los trabajadores, incluso los bordadores, los peleteros, los encajeros, una mano de obra antaño muy buscada, se topaban con el desempleo. Algunos desfilaron por la tienda para suplicarme trabajo.

Por supuesto, me dirán: «¿Cómo pensar en el dinero en estas circunstancias?» El dinero es un veneno, ya se sabe, pero desgraciadamente en tiempo de guerra es indispensable. No era en mi enriquecimiento personal en lo que pensaba, sino en toda la familia, en toda la gente que trabajaba para mí, que dependía de mí y por los que tenía que enfrentarme a la situación. La verdad es que nunca ahorré esfuerzos por los demás, aunque me consideraban codiciosa e insensible. Me gusta más dar que recibir, es mi placer y mi naturaleza. Ya está, lo he dicho y no volveré sobre el tema.

Me quedaban las compradoras extranjeras para subsistir. La marquesa de Castel Fuerte, en Sicilia, la princesa rusa Lubomirska, entonces en Ginebra... Y en provincias, en Abbeville, la baronesa Duplouy, la marquesa de Crécy, madame de Hautcourt... No todo el mundo había emigrado todavía. En París, ¡aún estaba la presidenta de Ormesson!

A decir verdad, los pedidos ya no se atropellaban.

—¡Péguese detrás de los cristales como una rentista! —me lanzó una modista del Palacio Real—. No podemos hacer nada más.

Decidí examinar mis libros de cuentas, pero ¡cuántos pagos en suspenso! Me mantenía en un equilibrio precario sobre una montaña de papeles. Reconocimientos de deudas y más deudas se transformaban en impagados. Los acontecimientos apenas empezaban, yo hacía mis cuentas y éstas eran espantosas. Había que reponerse, encontrar el valor y reponerse. Madame Antonieta y yo estábamos condenadas a la misma necesidad, con las debidas proporciones. El cielo continuaba encarnizándose sobre ella.

Un mes largo antes de la toma de la Bastilla, la campana mayor de Notre-Dame llamó a la plegaria a los parisinos, que sin duda tenían algo mejor que hacer. Los Estados Generales les comían la cabeza y la caridad que les quedaba. Había muerto un principito sin que se dieran cuenta ni por asomo. Luis José y sus sufrimientos se habían ido.

Creo que aquel día fue cuando la reina conoció la reclusión. La vi exilarse en sí misma, como en una prisión de tristeza y de silencio. Me encontré de nuevo ante mi María Antonieta de antes del pequeño Greuze.

Fue el último verano en Versalles.

La reina tenía treinta y cuatro años y soltaba gustosa el cetro de la moda. ¿Qué podía hacer con los tocados y los vestidos? Acababa de perder a su hijo mayor, el país se rebelaba. Incluso su contorno de cintura la traicionaba. Desbordaba tanto sus vestidos que parecía embarazada de nuevo.

El odio también crecía y cada día un poco más.

En aquel momento fue cuando arraigó en mí aquella semilla que siempre me atormenta. Porque fui yo y sólo yo la que había imaginado las modas más insensatas y las más caras, yo la que había arrastrado a Madame hacia aquel despeñadero.

Si era una falta, yo tenía mi parte de culpa.

Sólo que no sabía que confeccionar tocados y vestir a una reina pudiera ser tan grave.

En la calle de Richelieu, de repente, empezaron a mandarme mensajeros especiales que entregaban en mi casa paquetes de cartas groseras. Describían, con un lujo inaudito de detalles, mis «amores» con «la austriaca», nuestros «furores uterinos», nuestras «naturalezas lascivas, intrigantes y fastuosas».

Las primeras me hicieron temblar de indignación y hastío, después evité rápidamente aquella literatura. Inspeccionaba más mi tazón de sopa o mi taza de té. Circulaban rumores de envenenamiento contra la reina y sus secuaces. Los Brinvilliers ya no eran de este siglo, pero sospechaba que el relevo estaba asegurado. Madame sostenía que la calumnia era la mejor asesina.

—Por ella nos harán perecer —me repetía.

A las cartas se añadieron pronto las serenatas bajo las ventanas.

—¿La puta de la architigresa? —ladraban—. ¡Haremos escarapelas con tus tripas!

—Y cintas con tu piel…

No sólo la guillotina o el cuchillo pueden matar. Yo creo que entonces fue cuando empezamos a morir. De muerte lenta. Cruelmente lenta.

Capítulo 22

—¡Ciudadana, tu escarapela! Cuántas veces oí este estribillo. Todavía me resuena en los oídos. En las Tullerías, en los Campos Elíseos, en todas partes, nos obligaban a mancharnos de tricolor. Al principio, acomodé aquel trapo a mi manera. Estaba sobre mi tocado, pero enterrado bajo un manojo de cintas. ¡Las consignas eran discretas, pero respetadas! No era tonta. Las cosas habían dado un giro sólo bueno para añadir espinas.

Lo peor es que aquella escarapela era valiosa para las mujeres en mi situación. Nosotras, las marchantes de modas, arruinadas por la partida de los emigrados, estábamos muy contentas de venderla. ¡Y la vendíamos!

La más increíble que he tenido que confeccionar fue aquella del guapo Gaetano, el famoso Vestris. El «dios de la danza», fiel a mi casa, se distinguía como de costumbre y me encargaba una grande como una col toda de satén, violeta, rosa y blanca.

—¡Esto es una escarapela! —se reían mis chicas.

Aquella época carecía de imaginación y gusto. Las gacetas reflejaban «la depuración» de la moda. Escribir declive o desaparición habría sido más acertado. Todo estaba amenazado y todo desaparecía. Nuestras propias vidas estaban suspendidas, como en espera. Cual filigrana frágil, decía madame Thérèse.

El traje estilo revolución, el redingote nacional, el *negligé* estilo patriota, el vestido constitución o el Camila francesa no inventaban nada. Todo lo más imitaban lo que ya había existido.

La reina pasaba todavía pequeños pedidos —cintas, pañoletas, echarpes, tocados— para las damiselas Noël y Mouillard, las señoras Pompey y Eloffe, las Versallesas. Siempre me reservaba los pedidos más importantes. A pesar de los rumores malintencionados, Madame no me había abandonado. Sólo que ya no había moda y ninguna necesidad de vestidos. ¿Por qué jugar a la elegancia? ¿Para celebrar las fiestas bárbaras y sus botines sangrientos? ¿Para desfilar por una corte fantasma?

Una última oleada de aristócratas abandonó el país. El cortesano se volvía raro. Aquella corte antaño tan vistosa, de repente tenía el don de la invisibilidad. Además, antes de partir, los cortesanos evitaban prudentemente mostrarse cerca de los soberanos. Aunque algunos se atrevían, como madame de Lamballe y también Léonard. Nunca lo habría creído. Bajo sus aires ligeros y fanfarrones, era un hombre profundo. Pobre Léonard. Pobre madame Thérèse...

Madame Le Brun siguió rápidamente el ejemplo de sus amigos de la corte. Tenía mucho miedo por su pequeña Julie. Un día de octubre, al volver de Longchamp, el populacho las había abucheado severamente y, al llegar a la calle de Gros-Chenêt,[1] los vecinos las amenazaron con incendiar su casa. Incluso los tenderos de su calle acechaban a Élisabeth para mostrarle los puños. Como yo, ella tenía una clientela real de lo más comprometedora. Eso era lo que le reprochaban, aunque la acusaban de todo y de cualquier cosa. Era encantadora, por lo tanto, forzosamente zorra y voluble, ¡como su reina! Le inventaban amores venales con el antiguo controlador general.

—¡Es una pollita que vive de las liberalidades de Calonne!

—Liberalidades tomadas de los fondos de la nación.

—¿Acaso él no ha pagado su retrato con una gran caja de bombones, cada uno de ellos envuelto en billetes del Tesoro? ¡Y le ha comprado esa casa de la calle de Gros-Chenêt!

Circulaban rumores locos y caprichosos, pero pronto Élisabeth se marchó con la pequeña Julie y su ama de llaves a Turín.

París se agitaba y el resto del reino no actuaba de otro modo. Los pueblos se atrincheraban y se armaban con hoces y guadañas, dispuestos a matar al salteador. Y veían salteadores por todas partes.

El concierto de bajezas contra la austriaca y sus secuaces no terminaba. Los motines se acentuaban cada semana, cada día.

Poner pies en polvorosa, madame Le Brun tenía razón, era la única decisión que convenía tener en cuenta. Un tiempo más tarde, después de encomendar a mi pequeño Philippe, a todos los míos, a mi querido campo de Épinay, yo también me marché, a Alemania. Discretamente. Pero las lenguas de desataron.

—¡Bertin se marchó!

—Sólo las chapuceras se quedarán —señaló un periodista parisino.

Me preparé una vez más para tragar el polvo de los caminos, pero una pregunta quemaba los labios: ¿emigración o viaje de negocios?

Lo recuerdo, era el 18 de junio de 1791.

Una diligencia abarrotada de hermosas muchachas abandonaba Francia. Yo estaba dentro con cuatro aprendices de modistas, sin olvidar quince voluminosos baúles. Dos días después, corría tras nuestras huellas una amplia berlina verde. Llena como un huevo. Pasajeros y baúles, muchos baúles... Sé que el rey vestía un redingote gris y un chaleco marrón y que Madame llevaba un vestido gris en forma de túnica, una manteleta oscura y un sombrero negro a la china, adornado con un velo suficientemente grueso para esconderla. El pequeño delfín llevaba un vestido de indiana con flores. Muselina, madame Élisabeth y madame de Tourzel, no sabría decirlo.

París, Bondy, Meaux, Châlons... Varennes. El desenlace es conocido.

Una vez arrestada la familia real, regresé a Francia a finales de septiembre. Me había marchado por orden de la reina para precederla en su huida. También le pidió a Léonard que la siguiera, sus vestidos y su pelo no podían prescindir de nosotros. Fersen, siempre fiel, había sido muy valioso para la organización de este asunto. Desgraciadamente, todo terminó mal y las rejas de las Tullerías, donde vivieron durante un tiempo, se cerraron tras ellos.

Me desplacé a menudo por negocios, sin por ello emigrar. Mis viajes siempre provocaban comentarios, a menudo impertinentes, a veces divertidos. ¡Mucho antes de Varennes, el rumor me concedía ya talentos dignos de un caballero de Éon! Se murmuraba que era agente secreto de Su Majestad. Una extravagancia más. Hacía pequeños servicios, eso es todo. Madame necesitaba gente fiel sin cargos oficiales o políticos. Era el medio más seguro de comunicarse con el exterior. La ayudaba como podía, como es natural.

Salvar a los suyos y salvarse se había convertido en su única preocupación. La vi poner en ello toda su energía y estropearse brutalmente. Del rubio ceniza, su pelo pasó al gris. Su tez perdió el brillo. El perfil del pecho y de las caderas abandonó suavemente su redondez. Fue entonces cuando empezó a marchitarse.

Las nubes se acumulaban encima de nuestras cabezas. La mía no era ni la más amenazada ni la menos respetada.

Mis finanzas agonizantes me forzaban a viajar. Recorría los caminos, intentando cobrar antiguas deudas o en busca de nuevos pedidos. ¿Tenía elección?

En julio fui a Alemania. Iba con Adé y otras dos de mis chicas a Coblenza, una ciudad que nos reclamaba y donde habíamos viajado a menudo. Allí vivía toda la alegre emigración. Cuántas fiestas, cuántas reuniones. Estaba conmovida. La nueva corte desfilaba y quería hacerlo con toda elegancia, por eso me solicitaban.

No puedo negarlo, esto me convenía. Madame de Caylus, madame de Autichamp, la duquesa de Guiche, madame de Polastron, madame de Poulpry, madame de Valicourt, la princesa de Mónaco; todas reclamaban mis artículos. Debió de ser en aquel momento cuando se enamoraron del satén rojo escarlata. Adoraban llevar aquellos vestidos brillantes que llamaban «a la Coblenza». Como si no tuviéramos bastante rojo sangre…

En el camino de Bonn, las miraba pasear, se contoneaban como en los Campos Elíseos y también se reunían. En el café Sauvage, en el Trois Couronnes. Su vida transcurría tranquila entre un café a la crema y una excursión campestre. ¡Qué vergüenza me daba! ¿Quizá intentaban atontarse para olvidar? Pero con qué facilidad.

Yo pensaba que todo aquello se pagaría un día. Nunca se hablará bastante de la responsabilidad de los nobles sin nobleza. Muchos huyeron como conejos en el primer momento. No les reprocho su huida, yo también lo hice, más tarde. Pero ¿tenían todos el corazón y el cerebro amputado? ¿Por qué no tramaron, desde Coblenza y desde

otros lugares, la liberación de nuestros soberanos? Había que salvar-
los, pero ¿quién se encargó de hacerlo? Sin duda, desconocía estos
secretos, pero sospecho que demasiado pocos se dedicaron a ello.

Sé poco de política, incluso puedo considerarme una ignorante
en este tema. Fui testigo de ciertos acontecimientos sin comprender-
los, pero no dejaba de preguntarme lo que preparaban nuestras mentes tan superiores. Si habían huido, era para regresar mejor, ¡estarían
preparando la respuesta! Esto es lo que me sugería mi gran candor. Y
los austriacos, ¿qué hacían los austriacos cuando la tormenta se aba-
tió sobre su princesa? Sigo preguntándomelo.

Tras despachar mis mercancías y empaquetar algunos libros, regresé
a París para pasar el invierno. Después de mis salidas, lo sé, las lenguas se desataban cada vez.

—¡La Bertin no cambia! —decían—. Sus trapos valen oro.

—Además, se deshace a buen precio de esas viejas mercancías in-
vendibles.

¿Por qué me las compraban entonces? ¿Les obligué ni que fuera
una sola vez? Ni siquiera para exigir pagos de deudas que todavía espero.

Al regresar, vi a madame Antonieta. En las Tullerías, acechaba las llegadas a través de los cristales sucios del viejo palacio.

Madame Le Brun había volado, pero todavía estaba allí madame Vallayer. Madame Vallayer y sus grandes flores suaves y aterciopeladas…

—Flores que parecen salir del cuadro cuanto más te alejas —decía Madame.

Anne Vallayer y yo nos cruzamos a menudo. No solamente en las
Tullerías. Apreciaba a aquella mujer y creo que ella me correspondía.
Siempre era discreta y silenciosa. Las damas de compañía de la reina
decían que era fría; para mí guardaba una distancia elegante y estaba
muy dedicada a nuestra reina.

El viejo castillo estaba de nuevo amueblado. Habían traído de Versalles unos pocos muebles, tapicerías y vajilla. También un espejo. Era
la imagen de otra lo que ahora se reflejaba allí. De la belleza de la rei-

na no quedaba nada, sólo una mujer entre dos edades, con el pelo gris, la boca amarga, el temor en la mirada. El menor ruido la hacía estremecer. Desde Varennes, el miedo no la abandonaba.

Hay que decir también que los porteros y los guardias no eran águilas. Un día, un centinela del huerto, apostado bajo un árbol generoso, tomó unas frutas que le cayeron en la cabeza por piedras que le tiraban. ¡Menudo tiroteo organizó! Otra vez, Madame me explicó que uno de los hombres había dado un grito terrible durante el sueño, sembrando el terror. ¡Zafarrancho de combate y pánico general! De estos ejemplos, había muchos.

Nunca habíamos estado tan cerca.

La máscara caía y percibía mejor a la mujer.

Le llevaba noticias intrascendentes de Alemania. El último capricho de la Polastron, el rojo de Coblenza; todas aquellas naderías que vacían la cabeza y alejan la morriña. Una mañana encontré sus ojos más brillantes que de ordinario.

—¿Cree usted en los sueños premonitorios, mi querida Rose?

—Siempre que sean agradables —le respondí.

—He soñado con usted. Me traía cintas de todos los colores. Cuando estaban en mis manos, se volvían negras. Las volvía a echar en las cajas con una especie de horror. Me echaba a llorar y usted también lloraba…

Madame Antonieta tenía grandes intuiciones, pero sus presentimientos no eran muy alentadores. Después empezó a decir que era ella la que traía la desgracia. Cuando las Tullerías fueron asaltadas, no estuvimos lejos de pensarlo.

¡Qué carnicería! Había cadáveres por todas partes. ¡Y sangre!, como si las piedras del viejo castillo lloraran rojo. La furia había revuelto sus atavíos. Cofias, sombreros, refajos todo terminó pisoteado, desgarrado, lacerado. Poco tiempo después encontré cerca de sus dependencias una chaqueta de gro de Nápoles blanco totalmente bordada con columnas de maya, en seda. Había escapado milagrosamente de la masacre. Como la familia real.

En primavera, vendieron el mobiliario y la ropa reales. En fin, lo que quedaba. El asunto se eternizó seis meses con resultados muy pobres. Sólo había revendedores enfermos de curiosidad y curiosos que se marchaban sin comprar. A partir de entonces, lo que llamaban su gobierno se encargó de los gastos de indumentaria de «la familia Capeto».

A menudo he vuelto a pensar en aquellos días. No sé por qué mi memoria sólo permite filtrar baratijas. Cintas y cinturones tricolores, la escarapela de Vestris, un Rocambole.[2] Todavía veo todos aquellos paraguas rojos, los abanicos ciudadanos y sus viles estampas, sus canciones impresas en papel plisado…

¿Por qué cargar con todo eso? ¿Por qué hablar todavía de ello?

A veces, me digo que debe servir para algo. Quizá los recuerdos agradables se comen a los otros para que los olvidemos. La memoria, buena hija, se duerme un poco, borra lo malo que, con la boca abierta, sólo quiere tragarnos.

Capítulo 23

¿Cómo transcurrieron aquellos años? «Sobrevivir es seguir viviendo», decía a menudo Madame. Pero ¿cómo pudimos?

Recuerdo cosas sin importancia... En las casas, nos acostumbramos a mantenernos lejos de las ventanas y vivir en los rincones de las habitaciones, mal iluminados. Evitábamos salir. Nos daba miedo la oscuridad como a los niños pequeños. Miradas llenas de angustia, de odio también, viajan sin cesar por mis recuerdos. Veo todos aquellos ojos. Me acuerdo de que eran tristes y de que estaban rojos.

Si me pidieran que describiera aquella época, diría simplemente que era roja.

Sólo respirábamos un poco en Épinay. París era opresivo y la avalancha de cartas anónimas nos horrorizaba cada día un poco más. Incluso nuestros valientes vecinos se volvieron hostiles. Me apremiaban, prometiéndome mil dulzuras. Y pensar que creía que me querían...

Con Adé y los chicos, cambiamos a menudo la calle de Richelieu por la del Bord de l'Eau. ¡Cuando podíamos! Había barreras. París se cerraba con frecuencia sobre nosotros como una trampa. Entonces regresábamos a la tienda, infelices, pegados a las paredes.

Los últimos nobles acababan de emigrar. Madame Antonieta sostenía que todo volvería a la normalidad, pero sus ojos contradecían sus palabras. ¿Qué podían esperar en realidad? ¿Y qué hacían las cortes de Europa? ¿Qué hacía su propia familia?

Estaba sola con su Luis, tan impotente, tan abatido, consolándose con la geografía o con un cuarto de pollo asado. Creo que comían como otros bebían. Para olvidar.

Recuerdo que la reina recibía todavía visitas. Vio mucho al conde del rostro picado de viruelas.[1] Y también a otros de los que sin duda no conocí ni el rostro ni el nombre. Me acuerdo de Antoine Barnave; también estaban Mercy y Fersen, siempre fiel. Sabía cuándo iba. El aire se cargaba con su perfume picante.

Mi vida se repartía entre viajes y tienda; me veía obligada a actuar de comerciante ambulante. Adé y mis sobrinos se habían rendido desde hacía tiempo. Yo aguantaba bien.

—¡Sacadme el tintero y la pluma! —les pedía a menudo.

Hostigaba a mis deudores, redactaba mis cartas. La sobrina del príncipe Potemkin, madame de Skavronsky, me respondió de las primeras. Querida condesa. Me envió más de dos mil quinientas libras y deslizó en la respuesta un grabado. No una vista de Nápoles, donde residía, tampoco una de las laderas grises del Vesubio. Solamente el retrato de un príncipe ruso con un hermoso uniforme...

En mi ímpetu, continuaba con mis envites: «Mi situación actual me obliga a rogar al señor conde que me ayude...», «Suplico a la señora baronesa que tome en consideración mi ruina total...» Todavía tengo en la memoria lo esencial de aquellas cartas y sus destinatarios: Czernicheff, Razomowsky... Había llegado el momento de obtener el pago de todo lo que me debían, pero no era nada fácil en medio de aquel caos general. La situación se hacía más tensa con los países vecinos y comunicarse resultaba imposible.

—De qué sirve —se desanimaba Adélaïde—. Estos papeles nunca pasarán la frontera. Y ahora es demasiado peligroso.

Era cierto. Cartearse con los emigrados era comprometedor. Sólo veía una solución para recuperar un poco de dinero. Ir al lugar, a pesar de que también era peligroso. Por menos de eso te inscribían en la lista de emigrados. Pero ¿qué había que hacer? ¿Esperar pacientemente que nos decapitaran? Yo había decidido continuar luchando y me las arreglaba. ¿Qué otra cosa había hecho desde julio de 1747? Necesitaba trabajar y trabajaba. Me había ido de Abbeville a París, abandonaba París para ir a Francfort, Coblenza o Bruselas. ¿Dónde estaba la diferencia? Nunca me había caído nada del cielo. Así que hice las maletas y partí al ataque. Como de costumbre.

Los nobles que huyeron, en su mayoría, se quejaban de mi humor. Vieja costumbre... Como en el pasado, es cierto, se sentían atraídos por mi frialdad. Suficientes, tiesos de orgullo, ellos no cambiaban y yo tampoco. Incluso en la miseria del exilio, se creían muy superiores. Que no se me imagine como una arpía destrozando marquesas como maderitas. Algunas —pocas— encontraban gracia ante mis ojos; yo sabía lo que les debía. No reprochaba nada a la raza de los aristócratas, solamente a la de los despreciables, a las víboras de corte. Lo cual no me impidió mostrarme útil y prestar servicios. Pasé, con riesgo y peligro, notas y paquetes para todos ellos y les prestaba dinero, cuando no se lo daba.

Iba de país en país y regresaba regularmente a Francia, aunque podía pasar largas semanas sin entrar en París. Aquel año, mientras viajaba me enteré de la noticia.

Se decía que las provincias seguían el ejemplo de la capital y que toda la nobleza había tomado la ruta del exilio. Cada uno su turno, y era tan previsible como razonable. Monsieur de Selincourt había abandonado Abbeville para refugiarse en Lieja. Mis amigos, el barón y la baronesa Duplouy, embarcaron hacia Inglaterra y residían ahora en Canterbury. El país terminó de vaciarse.

Durante el verano estuve brevemente en París y en Épinay. Compré por cuatro chavos unos terrenos confiscados a los Mathurins de Montmorency y vendí, protegida por un nombre falso, mis mansiones de la calle del Mail. Trescientos veinte mil francos.

La compra de Épinay me sirvió para borrar las pistas y los patriotas se quedaron en ayunas. Ante sus narices y sus barbas, «Marie-Jeanne Bertin, mayor de edad, comerciante», como ellos decían, podía correr a poner el dinero en sitio seguro. Sabía que el futuro se anunciaba difícil y tomaba mis medidas.

Lo que no podía saber, y bien mirado mejor que así fuera, era que aquellos ahorros, pronto escondidos en Inglaterra, harían la felicidad de los que me engañarían dentro de poco, no la mía.

De Inglaterra regresé a París, al que empezaba a detestar.

La ciudad, la gente; nada era igual. Creo que todo el mundo desconfiaba de todo el mundo. Recuerdo que estaba lleno de extranjeros. Ingleses, muchos ingleses. ¿Qué mosca les había picado para perderse en nuestro país en medio de los motines? Madame de Lamballe decía que venían a gozar de nuestro abismo. En cualquier caso, no se habían desplazado para ir de compras. El comercio estaba moribundo. Un vaivén ruidoso hormigueaba sobre los adoquines. Exaltados, desempleados, «muchachas generosas» que acechaban al cliente, pero sobre todo buena gente y niños. Hasta el ruido había cambiado. ¿Dónde estaban los coches de antaño? ¿Los cencerros de los caballos? ¿Las gritadoras de tisana? Y todas las campanas que nunca terminaban de tocar a rebato...

Cuando llegó septiembre, yo ya estaba lejos. Quince días, poco más, poco menos, hacía que mi pobre Lamballe se pudría en La Force[2] cuando vinieron a buscarla.

—Mañana mandaremos su alma al infierno —gritaban desde hacía tiempo.

Y «mañana» llegó. La muerte brotó a chorros durante una semana. Septiembre rojo y sus horribles masacres. Asesinaron a una multitud de pobre gente. Sacerdotes refractarios, simples condenados, a veces muy jóvenes, y aristócratas, muchos aristócratas. Todavía quedaban, y madame de Lamballe era uno de ellos.

Se ha hablado mucho sobre el horror de aquella ejecución. No quiero ni repetirlo ni recordarlo. Solamente diré que llevaron su pobre cabeza clavada en una estaca para que la reina la viera, y la vio.

El duque de Orleans[3] también la vio pasar bajo sus ventanas. Se murmuraba que aquel hombre era responsable de muchos motines. Odiaba tanto a la reina que pienso que el rumor era cierto.

La noticia se extendió con rapidez. ¿Estaba en Londres o en Bruselas cuando me enteré? Bruselas, sin duda. Me quedé pasmada.

Su dedicación a la reina había perdido a la princesa, pero estaba segura, y lo sigo estando, de que sacrificó con gusto su vida por María Antonieta. Tuvo que partir con la sensación del deber cumplido. Este pensamiento me calma un poco. Me esforcé por recuperar su rostro. No lo vi de inmediato, solamente por pequeños fragmentos. Su boca y su sonrisa tímida, sus grandes ojos azules, su pelo rubio. Sobre él, su sombrero más bonito, el de paja fina adornado con gasa blanca, rosas pálidas y miosotis.

Cuando la conocí, la consideraban la mujer más elegante de la corte. Elegante, ésta es la palabra justa, aunque para hablar de ella se queda demasiado corta.

Su vida, de entrada la juzgué inútil. Una página demasiado breve escrita en tinta clara y que ya se borraba. Después pensé en el pequeño Luis José y me dije que madame Thérèse no había vivido para nada. Entonces los imaginé juntos en el borde del cielo y desde aquel día me puse a hablarles a menudo, a pedirles ayuda. Sobre todo para Madame. La chusma era capaz de todo y me temía lo peor.

No era razonable, pero regresé a Francia poco después.

Los tiempos eran sangrientos, horriblemente sangrientos. Nadie se atrevía a mostrarse en las calles de un París enfermo que sangraba de la mañana a la noche. Ante la menor ausencia, se era sospechoso de querer abandonar el país. Partir era emigrar, ¡y yo no hacía otra cosa que partir!, aunque entre dos viajes siempre regresaba. Mis idas y venidas empezaban a poner nerviosas a las autoridades. Tanto era así que, con motivo de un viaje a Londres, el ayuntamiento de Épinay me declaró «emigrada».

Fueron a mi casa. Aquellos miserables pusieron sus sellos en todos mis bienes, en Épinay y en París. Imposible entrar, pues se incurría en pena de muerte.

—Espere fuera de las fronteras el final de los disturbios —me sugirieron en Londres. Yo tenía la sensación de traicionar a la reina y a los míos; quería regresar. Tenía mucho miedo por mi pequeño Philippe.

Mis chicos continuaban asegurando magras entregas a Madame, en la torre del Temple, y hacían gestiones para mi regreso. Se las arreglaban bien y un buen día un certificado de la sección de la Butte des Moulins atestiguó mi «no emigración». Me borraron de la lista de emigrados. «La ciudadana Bertin sólo se había ausentado de Francia por razones comerciales», determinaron, conforme a los artículos de su última ley, y los sellos colocados en mis casas fueron eliminados. Podía volver.

Me encontré de nuevo con los míos en la calle de Richelieu. Debía de ser a principios de diciembre. Al regresar de Inglaterra, me crucé con Jeanne du Barry, que se iba para allá. Me dio tiempo a confeccionarle un tocado corriente, con un doble plisado con borde de tul fino sobre fondo de satén, gasa y cinta blanca, su último pedido.

Hasta principios del invierno, todavía pasé los días en El Grand Mogol. Continuaba con mis envites, redactando carta tras carta, formulando reclamaciones, concertando citas. Todos parecían ocultarse, pero ¿recibían al menos mis cartas? Adé se encogía de hombros y me dirigía una mirada sombría.

—¿No hay nada más urgente que hacer? —refunfuñaba.

Decía que yo estaba siguiendo los pasos de madame de Lamballe y que los arrastraría a todos.

Capítulo 24

Mil setecientos noventa y tres, el año maldito, pronto cayó sobre nosotros. Recé a Dios, a los santos, a los arcángeles y hasta a los serafines para que nos libraran de aquella pesadilla. El cielo permaneció sordo.

En los primeros días de enero París se acabó para nosotros. Nos fuimos a Épinay. Los talleres estaban desiertos, los clientes y mis chicas habían volado, y los vecinos seguían muy rencorosos.

París aullaba a la muerte y creo que la del rey estaba sentenciada desde hacía tiempo. Sin embargo, en el resto del país, muchos pedían su gracia y se rebelaban contra aquellos idiotas que lo tenían prisionero. ¿Quizás aquella guerra sólo se debía a un puñado de salvajes y arribistas? A menudo lo he pensado. Porque en todas partes, incluso en París, todavía se apreciaba a los soberanos. Había viajado lo suficiente por todo el reino para afirmarlo. Madame Antonieta era detestada y adorada alternativamente. A fuerza de atribuirle demasiadas cosas, la gente empezaba a dudar. Según los rumores, tenía el pelo zanahoria, una nariz de pico de águila, una boca asquerosa y al mismo tiempo se decía que era muy bella. ¿Entonces? ¿Una mujer bonita con el pelo naranja y una nariz ganchuda? Había que saber y dejar de mantener una cosa y la contraria, y dejar de liar más a «los ciudadanos» pues ya lo estaban bastante. Solamente la calumnia echa a perder y siembra la duda.

Todo el mundo tenía miedo.

El 21 de enero se atrevieron.

—El rey está muerto, está muerto… —repetía Adélaïde, alelada.

Estábamos sobrecogidos, creo que siempre lo estaremos.

La reina todavía recibió visitas en su prisión, después.

Cuánto se había desmejorado... A partir de aquel mes de enero, empezó a hundirse ella sola. Me parece que ya no podía dormir y que apenas comía.

Fue en aquel momento cuando me hizo prometer que abandonaría el país. Yo también había ejercido una realeza costosa y frívola. ¿Qué otra cosa podía hacer un revolucionario que hacerme pagar un alto precio por ello? Pero abandonarla en aquellos momentos... Me obstinaba en visitarla y ella se alarmaba ante la imprudencia. Los muchachos y Adé tampoco dejaban de alertarme. La guerra retumbaba hasta en nuestras ventanas, cada vez más fuerte, cada vez más a menudo. Cuando me arriesgaba a ir a la calle de Richelieu, me esperaban y me señalaban con el dedo, me silbaban. Una vez, creí llegada mi última hora. Me sacudieron tanto en el coche...

—¡Muerte a la zorra de la austriaca!

—Te arrancaremos la piel, Bertin —gritaban.

Y sus dulces palabras se adornaban con piedras. En cualquier caso, el 21 de enero me abrió los ojos. Cayó como una señal de partida. Había que huir.

La última vez que la vi fue en el Temple.

La imagen que me llevé era blanca y negra. Negro el vestido, la pañoleta, los zapatos. Blanco el tocado, la piel, la cabellera. Color pelo de reina; aquel pelo había sido antaño de un ligero rubio ceniza. Ahora se había convertido en el color de la nulidad, de la nada. En cuanto a su mirada, se parecía a la de la princesita Sofía. Un azul descolorido te miraba intensamente para alejarse de repente. Estaba impresionante, incluso así, sobre todo así. Volver a hablar de ello me da escalofríos.

Simplemente nos separamos.

Conservo en mí su última sonrisa, su último gesto de la mano. Vuelvo a pensar en ello y me digo que nunca nos abrazamos como dos verdaderas amigas. No obstante, lo éramos.

No he dejado de pensar en ello ni un solo día.

—¡Prepáreme el coche! —ordené una mañana a Colin mientras Marie-Ange me ayudaba a cerrar los baúles. Como quería proteger a los míos, les expliqué que una vez más mi comercio me llamaba lejos y que iba a buscar dinero allí donde se encontraba. Teníamos tanta necesidad que el argumento era aceptable y parecieron creerme. Incluso cuando vieron que el pequeño Philippe subía al coche. Adé también venía conmigo, así como dos de mis chicas de El Grand Mogol.

Huía de la guillotina. Me refugiaría en Londres, una ciudad que conocía bien. Tenía alquilada desde hacía tiempo una vivienda de paso, cerca de Berkeley Square.[1] Londres era cómodo. No estaba muy alejada de Francia.

Me despedí de todos, di algunas instrucciones, abracé a la familia... Eché una última mirada a mi Épinay y agarré mi falda con decisión para subir al coche, seguida de una Adé sombría pero aliviada. Ella no habría soportado una semana más en el país. Había visto desfilar tantas cabezas sobre las picas, tanto populacho en zuecos y con cuchillos, y la muerte del rey le había producido un pánico terrible. Como a todos nosotros. Pensábamos que ya no había límites para nada, que eran capaces de todo. Su guerra había parido monstruos que se disponían a masacrarnos. Aquellas bestias, las mismas que nos trataban de vampiros, todavía no estaban hartas de sangre.

—Hay que matarlos a todos, a todos.

—¡Muerte a los señores!

—¡Muerte a sus secuaces!

Aún los veo cortar las cabezas de los muertos, despedazar a los heridos, con el gesto pausado del viejo campesino que desangra el cerdo. Los oigo. Sus gritos siguen persiguiéndome. Decían que París estaba atacado por una demencia bestial; yo diría que era una demencia diabólica. Los animales cazan para sobrevivir, pueden ser feroces, pero no bárbaros. Dejemos de insultarles. En aquella época, había más humanidad en los perros y las ratas.

Abandonamos pues el infierno, cambiando el reino rojo por el gris mojado de Inglaterra. Una vez más, nos tragamos el polvo del camino, todas las leguas y todas las millas que nos separaban de Londres. El coche tomó una madrugada la ruta de Pontoise. Desierta. En el extremo del país, recuerdo que un cerdo de la granja Coquenard cruzó la calzada, asustó a los caballos y estuvo a punto de hacer volcar el coche. Empezábamos bien. Mademoiselle Pauline nos divirtió con una observación muy clara.

—La sucia bestia que abandona la calle de Richelieu para molestarnos hasta aquí.

Tuvimos fuerzas para reírnos, hasta nos consideramos afortunadas por no haber volcado. Yo tenía ganas de llorar, pero sonreía, incluso reía, apretando fuerte al niño contra mí.

Para llegar a Londres había que pasar por Abbeville. Conocía el camino... Apretujados en el coche, atravesamos la ciudad a buen paso. De vez en cuando me arriesgaba a echar una ojeada por la ventana. Tenía ganas de volver a ver el cuartel de la Maréchaussée donde había crecido, pero corría el riesgo de ser reconocida en cualquier momento; sabía que en mi casa y en el ayuntamiento había temibles crápulas.

—Marrulleros —me había dicho el conde de Tilly—. Desconfíe.

Los consideraban tan demoníacos como a los de Arras o Cambrai, que aterrorizaban sus regiones. Nos comía la angustia y nos sobresaltábamos al menor ruido, pero cruzamos Abbeville sin problemas. Nuestro camino podía continuar. Se hundía en una noche oscura.

Nos acercábamos a Montreuil. Habíamos pasado por las turberas. Mis ojos no podían verlas, pero mi nariz las reconocía. Aquel olor de marisma, casi lo había olvidado. Me transportaba al pasado y curiosamente me serenaba. Era pestilente, fétido, como un patinillo del hermoso Versalles en sus tiempos de esplendor.

En Boulogne, evitamos las calles concurridas y llegamos al puerto. Allí esperamos largo tiempo sin movernos del coche. Nuestro barco no levaba anclas hasta alrededor de las nueve.

Era la primera vez que Philippe viajaba en barco. Estaba muy contento.

Nos resistimos al mareo, pero, al ver desaparecer las costas de Francia, una perversa nostalgia nos oprimía el corazón. Una tristeza más que me obligaba a contener unas lágrimas ardientes y pesadas como piedras, que todavía siento en la boca cuando pienso en aquel viaje. Como antaño, tuve que decidirme a abandonarlo todo. Seguramente no por mucho tiempo, me decía. Pero ¡qué sabía yo! Seguía siendo una vieja tonta optimista y no quería inquietar a mi hijo ni ver a las chicas más tristes. Así que ponía buena cara. Había que apretar los dientes, no llorar, esconder, siempre esconder, como antes, como en la corte, como siempre.

Después de nuestra partida, unos buenos ciudadanos se dieron prisa en denunciarme. La puta de la architigresa ya no estaba allí para recibir sus pedradas, ¡así pues, había emigrado! Mi nombre volvía a inscribirse en la famosa lista y los sellos volvieron a ocupar mis propiedades. Para regresar a Francia, sólo podía esperar el final de los disturbios.

En París, muy pocas clientas frecuentaban todavía El Grand Mogol y mis muchachos abrían la tienda de vez en cuando. Las ventas eran de una modestia ridícula, pero Martincourt, mi agente de negocios, Claude-Charlemagne o Louis-Nicolas me mantenían informada. Un joven inglés, un pequeño John, o un Barry, a menos que no fuera un Timothy, nos servía de intermediario para pasar información y documentos. Nada de lo referente a la tienda me era desconocido. Desde el sombrero de boda de tres libras de mademoiselle de Epréménil hasta los últimos arreglos importantes.

Los muchachos me dijeron también que la Comuna de París se hacía cargo de los gastos de la torre del Temple y los pedidos de la familia real. Tocados de blonda y cinta rosa, pañoletas de gasa inglesa, pañoletas cortas de gasa Chamberry o de organdí bordado, una manteleta de tafetán negro, unas enaguas de muselina de las Indias, unas piezas de cinta, una o dos chambergas blancas, engastes de cofia... No gran cosa, en realidad. En otoño de 1792 dejamos de hacer entregas.

Antes de partir, me mostré prudente. Sabía que se iba a ordenar una investigación para reunir todos los cargos contra la reina. Mis libros de caja y mis borradores mostraban importantes sumas que Madame todavía me debía. Habrían hecho las delicias de aquellos canallas. Falsificar o tachar los registros no era factible. Sus investigadores no siempre eran lumbreras, pero se habrían olido la jugarreta y eso habría comprometido más a la reina. Así que lo eliminé todo quemando mis cuadernos. La víspera de la partida, me recuerdo de pie frente a la chimenea de mi habitación, ante el amarillo brillante de las llamas que devoraban veintidós años de facturas. Veintidós años es mucho y es poco. Aquella noche no eran más que un montoncito de cenizas.

Londres no había cambiado. Es una ciudad triste, brumosa en invierno y lluviosa en verano.

En Berkeley Square, mis ventanas daban a la llovizna y a una plaza rectangular rodeada de hermosos edificios muy formales, muy alineados. Yo vivía en el tercero y último piso de una de aquellas casas de ladrillo. La tienda ocupaba una habitación baja, casi en el subsuelo. Las ventanas cerradas eran difíciles de abrir, y abiertas, imposibles de cerrar. En cuanto a las puertas, parecían existir en aquel país sólo para martirizar los oídos. El viento silbaba a través de ellas hasta desquiciarlas. Mi apartamento era correcto, sin más. Los dormitorios estaban mal dispuestos y sus viejas tapicerías abrigaban colonias de ácaros y arañas —la pesadilla de Philippe—, pero los muebles eran bastante decentes. En fin, qué importaba la decoración, estábamos vivos.

Al llegar, todos se me echaron encima, mademoiselle Bertin por aquí, mademoiselle Bertin por allá.

—¿Qué se dice en París?

—¿La reina se acuerda todavía de mí?

—¿Regresaremos pronto a Versalles?

Las preguntas estallaban. Se pasaría de listo el que pudiera responderlas.

La vida se había organizado lejos del país. Berkeley Square era un trocito de Francia en el centro de la capital inglesa. Todos parecían conocerse. Estaban menos aislados de lo que se podía pensar. Algunos llevaban muchísimo tiempo allí: dos años, tres años los más antiguos, y sus finanzas iban muy mal. Aunque continuaban pegándose la gran vida.

Tuve la sorpresa de encontrarme con antiguas parroquianas reconvertidas en merceras o en marchantes de modas. En Alemania también había visto a algunas trabajar en aquel ramo. La marquesa de Virieu, la de Jumilhac, madame de la Rocheplatte, mademoiselle de Saint-Marcel; todas tiraban tan fuerte de la aguja como al diablo de la cola. La verdad es que Londres apestaba a moho y miseria.

Al principio, detestaba a toda aquella buena sociedad. Sus vicios me resultaban tan insoportables como en el pasado, quizá más. Aquellas damas vegetaban, pero se aferraban con firmeza a sus pretensiones de antaño. El reino sangraba, nuestra reina estaba en las fauces del tigre, ¡y ellas se pavoneaban! No podía sufrir su insolencia y su engreimiento todavía intactos. No, decididamente, no me gustaban. De día, cuando tenían la posibilidad de trabajar, se dedicaban a ello diez horas seguidas antes de reunirse por la noche para divertirse. Nada más loable, por supuesto, si no fuera por sus mezquindades. Se hacían trastadas terribles, denigrando la calidad de las obras, quejándose de que una tuviera más ventas que otra. Realmente, nada podía reconciliarme con aquel «pueblo humilde» de aristócratas, todos o casi todos tan parecidos, en el fondo.

Sólo las cartas de Nikolai iluminaban mi estancia.

Las de Louis-Nicolas y Claude-Charlemagne también. Gracias a ellas, nos enteramos muy deprisa de una de las muertes más curiosas, la de la calle de Richelieu, que resucitaba con el nombre de calle de la Loi. Lo aniquilaban todo, hasta los nombres. Incluso los del calendario se convirtieron en germinal, floreal… Incluso los patronímicos de los santos se echaban a las ortigas. Claude-Charlemagne me explicó que una de nuestras bordadoras, mademoiselle Reine, echaba pestes contra las nuevas costumbres. Ser reina o llamarse así ya no era adecuado, de modo que se había visto obligada a llamarse Fraternité-Bonne Nouvelle. Tenían que hacernos la puñeta hasta el final.

Desde Londres continué con mis envites. Llegué a obtener el pago de viejas deudas. Un pequeño milagro, cuyos beneficios repartí entre Francia e Inglaterra. Y la «caza del tesoro» continuaba. Muchos me hacían bonitas promesas y yo las creía, y erraba. El embajador de Portugal en Estocolmo, por ejemplo, me hizo ir una última vez hasta Hamburgo. Un paseo del que habría prescindido, pero abandoné Londres llena de esperanza, ya que Correa me aseguraba que monsieur de Chapeau Rouge, su banquero, me entregaría al llegar cerca de diez mil libras, el importe de sus deudas. ¡Toda una suma!, que nos habría sacado de aprietos tanto en Berkeley Square como en Épinay. Pero en Alemania no había nada de nada.

Estaba tan necesitada que habría recorrido la tierra entera de rodillas para recuperar tres chelines. Mi estancia londinense no mermó ni mi determinación ni mi energía. Incluso creo que se multiplicaron en aquellos tiempos calamitosos. Así que dejaba a Philippe con Adélaïde y recorría los caminos.

A veces, tengo la sensación de no haber hecho otra cosa durante toda la vida que recorrer los caminos.

Rostros conocidos reaparecían según los viajes. En Mannheim, vi mucho a monsieur Desantelles, el intendente de pequeños gastos. Por espacio de una o dos semanas compartimos las comidas en el mismo albergue. Más tarde nos cruzamos también en Petersburgo. Seguía siendo un hombrecillo atento, con maneras untuosas y bien educadas.

Cuando mi ruta me llevaba a Rusia, estaba bien. A causa de Nikolai. Era como hacer el camino al revés, ascender en el tiempo, recuperar lo que habíamos perdido. De repente, me sentía más joven, más alegre.

Las dos cortes, «la grande» de Petersburgo y «la pequeña» de Gatchina, estaban terriblemente trastornadas por la marea roja que invadía Francia. Me encontré con un Nikolai loco de inquietud.

Una nueva barrera iba a erigirse entre nosotros, el cierre de las fronteras para las marchantes francesas y sus mercancías, que no tardaría.

Nikolai seguía atado a Gatchina, donde reinaba un clima de violencia y mezquindad. El archiduque Pablo, imprevisible y cruel, maltrataba tanto a sus tropas como a los de su entorno. Lo oí gritar a sus hombres, incluso por una pequeña falta.

—¡Hay que tratarlos como a perros! —decía en excelente francés.

Todo aquello no auguraba nada bueno. Tanto más cuanto que el archiduque, siempre sensible a mis encantos, estaba resentido a causa de mis preferencias por uno de sus oficiales.

Sin embargo, fue Nikolai quien me dio fuerza, y la necesitaba, para volver a sumergirme en la bruma de Londres.

Allí, tengo que explicarlo mejor para no hablar más de ello, me codeé con franceses de la sociedad más alta y la miseria más grande. Una especie de magos que, sin ingresos, sin medios de subsistencia, continuaban viviendo a todo tren. Esta gente sabe hacerse la rica incluso sin dinero; siempre está en plena representación. Incluso en los peores momentos. Los gastos de vestimenta y de recepción, aquí y allá, a crédito y con profusión. Porque daban recepciones, y de las buenas. Algunas veladas eran lujosas, no exagero ni un poco. Cada uno pagaba su cuota. Tres chelines en una taza al levantarse de la mesa, la misa estaba dicha, y que nadie los imagine, una vez acabada la fiesta, regresar a pie bajo la llovizna, para amontonarse en un apartamento lastimoso. Ya no tenían los medios de disponer de una carroza, pero iban y venían en coche. Utilizaban, desbordantes de holgura, la imperial de los coches públicos.

¡Aparentar! Aquella necesidad seguía siendo primordial. Estaban arruinados, pero producían la ilusión de la fortuna. Las apariencias y la ilusión, he aquí las palabras que les definen.

Aun exiliados, seguían creyendo en su buena estrella. No pensaban en una expatriación demasiado larga. De manera que alquilar un apartamento por más de tres meses estaba mal visto. Lo adecuado era alquilar por semanas, porque no había que dudarlo, ¡estábamos a punto de regresar a casa! Soñar despiertos era su pasatiempo favorito.

No obstante, allí había alguien a quien volví a ver con placer... Jeanne du Barry.

Mi pobre Jeanne sí que viajó veces entre Francia e Inglaterra. Cuando no cavaba agujeros en su jardín de Lucienne para esconder sus joyas, perseguía a sus desvalijadores hasta el extranjero. Su asunto de los diamantes robados, que ya empezaba a ser antiguo, todavía la llevó a Londres en 1793. ¡Amaba sus joyas, como una madre ama a sus hijos! Infatigablemente, se precipitaba en su busca. Había hecho imprimir carteles que se habían pegado por todas partes. París, Londres... Mostraban la lista de objetos y joyas robados. Yo la vi en casa de un diamantista inglés. Mostraba imprudentemente las riquezas robadas y prometía dos mil luises de recompensa. Jeanne seguía igual de rica y atolondrada.

Durante su última estancia, vivía en una casa muy bonita de Brutton Street, muy cerca de Berkeley Square.

La recuerdo muy abatida. Acababa de perder a su querido Brissac. Uno más con la cabeza cortada y clavada en el extremo de una estaca. Supe más tarde que los monstruos la habían echado por encima de los muros del jardín de Luciennes. Jeanne nunca se enteró. Uno de sus allegados enterró en secreto la atroz reliquia, bastante lejos de la casa, en la avenida de la Machine.

Jeanne lloraba a su compañero, pero pasaba horas agradables en Londres. Todos los emigrados la acogieron calurosamente, incluso los que antaño tanto la habían puesto por los suelos. ¡La trataban como a una reina! Tenía mesa franca y recibía a toda aquella nobleza necesitada. Molleville, el antiguo ministro de la marina, los Breteuil, la duquesa de Atilly Brancas, el marqués de Bouillé... Madame de Calonne, a la que veía mucho, había dado para ella una cena fantástica. Jeanne apareció radiante, ante la sorpresa de las mujeres. Incluso con la pátina de los años, ¡qué bella podía estar!

El «proceso de las joyas» se eternizaba. A Jeanne le interesaban sus diamantes, pero más su palacio de Luciennes y, cuando se enteró de que lo habían sellado, partió para Francia. Todos los bienes de los emigrados eran incautados. Había que regresar para justificar la ausencia y conservar los bienes.

Le dijeron todo lo posible para disuadirla. En el momento de la partida, llegaron incluso a desenganchar sus caballos de posta...

Sin ella, Londres todavía era más feo.

Estábamos en otoño, una estación tibia y dorada que siempre me ha gustado, pero en casa. En Inglaterra, es lluviosa y gris, húmeda y triste como Berkeley Square.

Llegó octubre y con él la terrible noticia.

De nada sirve hablar de ello, lo sé, sin embargo no pienso en otra cosa y así será hasta el final. La espantosa semilla brota de nuevo; me digo que tengo mi parte en la desgracia y eso me corroe.

Se ha dicho y escrito todo sobre la muerte de la reina. Todo salvo una cosa que quizá soy la única en recordar, con Adé. No es que sea muy importante, pero es algo.

Evidentemente, aquel día había gente en la plaza. Entre la multitud, cerca del patíbulo, ¿quién observó a aquel muchacho moreno que gritaba fuerte, como un buen patriota? Por temor al furor del pueblo, sin duda. Pues bien, era François Jacques Gagne, el pobre chiquillo de Saint-Michel, Armand Capet, finalmente el pequeño Greuze.

El tiempo ha pasado y mi cólera contra él se ha fundido. Creo que también murió poco después, en la batalla de Dumouriez. Debía de andar por los veinte años. A menudo me digo que tenemos que hacerle un lugar en nuestros pensamientos o en nuestras plegarias. Todo aquello no fue culpa suya.

El Pont-au-Change, el muelle hasta el Louvre, la calle de Roule, la calle Saint-Honoré, la calle Royale, la plaza «de la Révolution»; mil veces he seguido la ruta con el pensamiento. He imaginado la carreta, los baches, la multitud, las sartas de injurias, los curiosos encaramados a las ramas de los árboles del Grand Cours...

¿En qué se piensa justo antes de morir? ¿O en quién?

Sigo estando llena de odio. No cesa de crecer. Es como un monstruo que abrigo y me posee. Pero ¿cómo no odiar? El final de madame Antonieta, de madame Thérèse, de Jeanne, de todos los demás; siempre pienso en ello. Estoy segura de que, en su carreta, la reina sólo pensó en los hijos que abandonaba al caos, y que eso fue para ella lo más insoportable.

La mataron el 16 de octubre.

Su cuerpo sigue en el cementerio de la Madeleine.[2] Donde habían enterrado a nuestro rey, donde habían inhumado años antes a las víctimas de la plaza Luis XV, durante las fiestas nupciales de Luis y Antonieta. Plaza Luis XV, plaza de la Révolution, plaza de la muerte.

Cuando regresé de Londres, fui al cementerio, en el pequeño jardín de Desclozeaux. Siempre le llevo flores blancas, con la extraña sensación de llevarlas a mi propia tumba. Porque morí una primera vez el 16 de octubre de 1793, con ella.

Capítulo 25

M i historia podría detenerse aquí y en cierta manera se detiene aquí. Al regresar del exilio, todo estaba hecho trizas. En realidad, algo en mí había desaparecido. Como si alguna cosa hubiera seguido a mi alma gemela, mi otro yo. Pero a fuerza de fingir se consigue continuar. Se da la oportunidad.

Me tacharon de la lista de emigrados en enero de 1795 y embarqué inmediatamente con Philippe y mis chicas hacia Boulogne.

Encontré el pueblo y la casa más grandes. Épinay se había hinchado con nuevos habitantes y en la calle del Bord de l'Eau no había más que una gran casa desolada. El eco del gran salón me sobrecogió. La habitación estaba desnuda, los muebles habían desaparecido. Me los habían robado, saqueado. Todo era «demasiado». Demasiado vacío, demasiado grande, demasiado duro. Mis hermanos y Louise habían muerto, mi cuñada y los niños habían volado.

Marie-Ange y Colin estaban allí como antes. Claude-Charlemagne vivía con Madeleine y sus hijos en una casa cerca de la mía. Para reunirme con ellos, sólo tenía que atravesar el jardín. La salud de Claude había empeorado desde la muerte de su pequeño Pierre. Sus piernas lo abandonaban. Sólo se desplazaba en una silla de inválido.

Con Colin y Adé, tomamos el camino de París hacia El Grand Mogol. Tan desolado como mi finca del Bord de l'Eau. Todas aquellas inmundicias, aquellos carteles que llenaban las cortinas. Tenían escrito encima en letras grandes: «Muerte a la traidora». «La traidora» era yo.

Necesitamos valor para relanzar el negocio y aparentar que creíamos en él. Nadie nos esperaba. Adé, Pauline, madame Bauché, mademoiselle Véchard, mis compañeras de Londres y mi sobrino Louis-

Nicolas fueron muy valiosos. En París había nuevas modistas, pero todavía no me habían olvidado.

—¿Has leído la *Petite Poste de Paris?* —me preguntó un día Adélaïde.

Se puso a leer en voz alta los versos de un poetastro enamorado que cantaba en la gaceta a su Eulalie, una marchante de modas del Palacio Real.

En vuestra casa por las Gracias tutelada,
de Bertin amable emulación,
nuestras bellas ante los espejos colocadas
de la noche a la mañana se engalanan con fruición.
En vuestra casa qué a gusto están todas,
en vuestra casa qué justos son los precios.
Y en esta tienda de modas
encontramos una tienda de ingenios.

—Emuladora de Bertin —insistía.

Se habría necesitado más que un poema para devolverme la sonrisa. Una principiante de cincuenta años, con la cintura gruesa, el corazón y el mentón pesados, esto es lo que era. Sólo tenía un deseo, que me enterraran en mi campiña. Que dejaran de molestarme con cartas inútiles, deudas por recuperar y una clientela por rehacer. Estaba seca, llena de vacío. Aquello era lo que podía darles. Nada, vacío, corriente de aire. Ya no tenía ganas, ya no podía más. Pero estaba arruinada y tenía que vivir y hacer vivir a la familia y a mis chicas. Y además estaba Philippe. Por todos ellos, traté de poner la vieja máquina en marcha.

Me establecí casi definitivamente allí. Sólo iba a la calle de Richelieu, ahora calle de la Loi, para pasar el invierno y vigilar los negocios. Había que relanzarlos y los relanzábamos.

Preferí instalarme en el último piso de la casa. Sola ante mi taza de té. A veces, Marie-Ange venía a sentarse cerca de mí. Podíamos quedarnos mucho tiempo sin hablar. Estábamos bien, simplemente bien, felices de estar de nuevo juntas. Antes de marcharse hacia su cocina, me prometía, como un niño, una tarta de manzana o almendras princesa.

Creemos que no podremos volver a reír nunca, volver a vivir, y después, un buen día, nos sorprendemos comiendo tarta de manzana...

Los pasteles no podían ser tan buenos como antes. Nada podía ser como antes. Mi madre estaba muerta, mi reina estaba muerta, muchos conocidos y muchos amigos habían desaparecido. ¿Cómo continuar sin ellos? Sin embargo, continué. Era como esos gatitos que se ha intentado ahogar y que consiguen recuperarse. Remontaba a la superficie, me lamía las heridas.

En la calle de la Loi reinaba mademoiselle Bertrand, una antigua costurera de mi casa. No muy lejos, en el Palacio Real, en el 41 de su Maison Égalité, madame Lisfranc representaba una severa competencia. Su tienda se llamaba À la Renommée. Era el antiguo Pavillon d'Or. Presentaba vestidos de fantasía que, según aseguraba, afinaban la cintura y añadían curvas.

Después de la guerra, a todas las mujeres les dio por detestar la simplicidad. Se exhibían en muselina, ¡con un seno al descubierto! «A la si lo quieres lo tomas», habría dicho Charles. No eran más que coturnos, cinturas cortas, vestidos escotados sin interés, velos transparentes, tocados griegos. La nueva línea era ligera, increíble a falta de ser maravillosa.[1] Creo que después de las guerras siempre ocurre lo mismo. La gente intenta atontarse y divertirse.

Corría el rumor de que la gran marca había vuelto. Pero sólo ella había vuelto, las clientas se habían evaporado. Llegué incluso a vender muebles y juguetes de todo tipo, y hasta alquilé la planta baja de El Grand Mogol para sobrevivir. Una mala buena idea.[2] Me sacó provisionalmente de apuros y puso de nuevo el barrio de moda, pero todo terminó mal.[3] Las refriegas eran muy corrientes allí.

Me parece que ya estaba fuera del mundo. Parecía una sonámbula que intentaba continuar haciendo lo que siempre había hecho. Vestidos y negocios.

Sí, ya me había marchado un poco y, cuando llegó la noticia de la muerte de Nikolai, entonces, no sé cómo decirlo. Era otra parte de mí

que se iba. Era como otro exilio. Al mismo tiempo, y sé que esto puede parecer una locura, no me había sentido nunca tan cerca de él. No
son cosas que se puedan explicar; es así, sin más.

Nikolai, mis ojos están privados para siempre de tu visión, pero
mi corazón continúa viéndote. «Mando este mensaje más allá de mi
tierra, lo mando al que no dejará de atraerme como un imán…»

Mis malos presentimientos sobre la horrible Gatchina eran fun-
dados. Nikolai fue víctima de aquella cabeza loca del archiduque y de
su alma condenada, Alexis Araktcheiev. Hay que tratar a los hombres
como a los perros, decía. Y los perros le gustaban. Muertos.

He construido alrededor de mi tristeza un capullo blando, habitado por Nikolai, mamá Marguerite, María Antonieta, madame Thérèse, Jeanne, Louise, el pequeño Pierre, para meterme en él y esperar.
Mis recuerdos son mis tesoros. Los convoco cada día y sería todavía
feliz si no fuera por esa «espantosa semilla».

Observé durante mucho tiempo la vida exterior.

El entusiasmo por la danza, la ligereza de los vestidos y los tiempos
me sorprendían. Flotaba como un perfume del Antiguo Régimen. A
mi regreso, volvía a gustar lo que se había repudiado. En realidad,
siempre ocurre igual; no hacemos más que volver a empezar. La vida
debe de ser redonda, es como un bucle que siempre se persigue.

No hablaré de la Tallien, magnífica, segura de sí misma y cortejada.
Era la nueva reina, la que inspiraba el ritmo y la fantasía de París, la
que daba el tono. Sólo hablaré de Joséphine.

Al regresar, creí durante una semana o dos que la suerte corría todavía por mi casa. ¡Joséphine de Beauharnais me eligió como marchante de modas! Con Adé, nos sorprendimos soñando una vez más.
¡Oh!, no por mucho tiempo, pues Joséphine no hizo más que pasar.
Se evaporó tan deprisa como esta segunda falsa suerte. Cuando el encanto se rompe, se rompe. El Grand Mogol, con sus pequeñas ma-
gias, estaba acabado. Perdía su fascinación y yo con él. Fue también a
causa de ese Hippolyte Leroy. Sólo se hablaba de él. Se llevaba a precios inverosímiles a toda la clientela elegante. Como las otras, Joséphine se inclinó por él.

Me rendí a la evidencia, ya no era la gran sacerdotisa de los trapitos en Francia. Pero todavía quedaba el extranjero... Más allá de las fronteras, me eran fieles. Pero eso era sin tener en cuenta al corso y sus eternas guerras. Pronto todo se hizo imposible. Excepto abandonar cada día uno o dos brillantes, un collar o un brazalete en los montes de piedad del Palacio Real. Todo lo que la Revolución no me había robado, el Imperio me lo aspiró hasta la última perla.

Pronto hará siete años que Louis-Nicolas volvió a abrir la tienda.

Quiero por igual a los chicos, sin favorecer a uno más que a otro, pero la juventud de Philippe y la mala salud de Claude-Charlemagne los alejan de la tienda. Un comercio que ya no comercia demasiado.

«Bertin lencero, marchante de modas», dice hoy el rótulo de El Grand Mogol. Sigo teniendo allí mi apartamento, pero no vuelvo a la calle de Richelieu. Digo bien la calle de Richelieu. Vuelve a llamarse así. Las vueltas que da la vida...

Ahora todos mis días carecen de sorpresas. No me aburro, espero. No detesto esta gran calma, atravesada a veces por los gritos de los niños: Marie-Anne, Marie-Marthe, Marie-Eugénie, Alexandre-Louis, Pierre-Edouard, Louis-Auguste, mi querida Toinette... Me sentí feliz cuando una de mis sobrinas puso a su hija el nombre de nuestra reina. Todavía tengo pequeñas alegrías. Un nombre, una visita, una carta de los Duplouy. Un paquete de Saint-Valéry, con hinojo marino y vinagre, mi debilidad...

Los años han pasado como un rayo, y ha llegado el final, lo sé.

He intentado decir lo esencial. Nunca se puede hablar de todo.

Tenía defectos y virtudes, sólo era una mujer como las demás que no tuvo una vida como las demás. He vestido a las reinas y las princesas, he inventado la moda, he sido pobre, rica, me he arruinado, he amado, he sido amada. He conocido el éxito, el odio y después el olvido. A decir verdad, nunca he descansado y allí adonde ahora voy espero no hacerlo tampoco. El reposo eterno, ¡qué infierno! Sigo siendo un tornado, una roca, un volcán. Mi felicidad es trabajar, mi paraíso deberá inspirarse en esto. ¡Debe de haber algún ángel para vestir allí arriba! He vestido la tierra, ahora vestiré el cielo.

Partiré casi sin pesar.

Queda esa falta que me corroe. He precipitado a la reina en el abismo... Este pensamiento me agujerea el alma desde hace más de veinte años, pero nunca he querido el mal, lo juro. Pronto voy a explicarme y me abandonaré a Dios sin temor, porque él conoce el fondo de mi corazón.

Todo el mundo me considera orgullosa de mi gloria pasada y de una existencia acomodada. Oigo sus palabras amables, a veces incluso lisonjeras. Si supieran... Yo, la del traje, la ministra de la enagua, la plaga hembra, partiré con mi tristeza y se dirá que he tenido una gran vida, que he sido leal y fiel. Todo será verdad, pero se olvidará lo esencial, porque las heridas demasiado profundas no se muestran.

Pensad en mí cuando paséis por el la orilla del río.[4] No vengáis a verme al cementerio Saint-Médard, no estaré allí mucho tiempo. He sido una gran amante de la vida para ser una buena muerta, y además morir no es terminar, es continuar y estoy dispuesta. Volveré a menudo.

Mientras aquí quede uno solo de vosotros al que ame, volveré. Y cuando todos os hayáis reunido conmigo, también volveré. He amado mucho esta casa y esta orilla del río.

Ya llega la madrugada.

Abro los ojos para mi último sol. Hijo mío... Que me dejen un poco más esta mano fuerte y suave en la mía.

En un momento voy a partir, pero solamente para tu mirada, Philippe. Me creerás muerta en la butaca gris frente a la ventana abierta, pero sólo me habré elevado en esta madrugada, flotaré en la suavidad del aire. Finalmente liberada, feliz, con todos los que me llaman ya y con los que quiero reunirme.

Cuando estés triste, ven aquí, a esta habitación, a esta ventana, para recoger las caricias del viento.

Me quedo con vosotros. Toinette te lo explicará.

Notas

Capítulo 1

1. *Una parroquiana:* una clienta.

Capítulo 2

1. *Labille:* el matrimonio Labille tenía un comercio de modas, Á la Toilette, que contó durante un tiempo entre sus costureras con la futura Jeanne du Barry. Monsieur Labille era el hermano de la famosa Adélaïde Labille-Guillard, miembro de la Academia Real de Pintura y Escultura.

Capítulo 3

1. *El traquenard* es un aro. Para el miriñaque, se colocaban bajo el refajo de cinco a ocho aros. El de más arriba, el primero, se llamaba *traquenard*.

2. *Felpilla:* pasamanería de seda aterciopelada.

3. *Compères:* chaleco simulado por medio de dos piezas pequeñas ajustadas a los bordes del cuerpo del vestido a la inglesa.

4. *Considérations:* miriñaques.

5. *Petits bonshommes:* puños de varias filas (característicos del traje de gala).

6. *Follette:* pequeña pluma.

7. *Calle de Gourdes:* actual calle Marbeuf.

8. *Calzones de puente:* calzones de hombre que suben hasta la cintura.

Capítulo 4

1. *La Gran Galería:* la Galería de los Espejos.

2. *Théâtre des Variétés Amusantes:* futura Comedia Francesa.

3. *Los retratos de Rose:* según mi conocimiento, existen siete. Reconocidos (Louis-Amadée Van Loo, Trinquesse, Duplessis) y anónimos. Existe también

uno de madame Vigée Le Brun, poco conocido. Recientemente, madame Marianne Roland Michel (eminente estudiosa del siglo XVIII) me descubrió este retrato, en el que Rose aparece con un vestido claro rodeado de piel blanca.

4. *Borrador:* libro de contabilidad.

Capítulo 5

1. *Cavagnole:* especie de juego de lotería.

2. *Plaza Luis XV:* futura plaza de la Révolutión, actual plaza de la Concorde.

Capítulo 6

1. Pintura de Joseph Kranziguer; actualmente en Viena.

2. *Gaceta de atavíos:* libro que se presentaba diariamente a la reina con las muestras de tejidos, que ella marcaba para seleccionar sus vestidos del día.

3. *Mantilla:* el conjunto de ropa del bebé.

Capítulo 7

1. *Mademoiselle Lenormand* era hija de un pañero de Alençon. A los quince años llegó a París y la contrataron en una casa de costura. Se distinguió por sus capacidades de videncia, pronto reclamadas por sus colegas obreras y después por sus clientas. Terminó abriendo un despacho en la calle de Tournon, donde todo el mundo la consultaba, tanto la aristocracia como los jefes incipientes de la Revolución.

2. *Luciennes:* Louveciennes.

3. Óleo sobre tela de Greuze. Gran Bretaña, colección privada, *Jeune enfant qui joue avec un chien,* 1769.

4. *En este país:* término que se refería a la Corte.

5. *Anne Vallayer Coster* (1744-1818) (alumna de Vernet y Basseporte), pintora de flores reputada y prolífica, famosa por sus naturalezas muertas. Una de las pocas mujeres que entraron en la Academia Real de Pintura y Escultura.

6. *Peinado a la Ifigenia:* referencia a la tragedia lírica de Gluck, *Ifigenia en Áulide.*

7. *Ques aco:* Beaumarchais publicó una memoria que se reía de cierto Marin, al que atribuía la famosa divisa *«Ques aco Marin»* (Qué es eso Marin). Enorme éxito.

Capítulo 8

1. *Los Siglos:* apodo que daba María Antonieta a las viejas.

Capítulo 9

1. Las manos de Luis XVI estaban ennegrecidas por los trabajos de artesanía del hierro.

2. El rey se parecía a su padre, de temperamento tardío y tímido, pero naturaleza sólida bien provista, que sólo encontraba «caminos estrechos» que retrasaban la consumación total del matrimonio. «El delfín había desflorado a su esposa, pero no se había aventurado muy lejos.» Y «como no se podía pensar en imponer brutalmente las relaciones sexuales» a María Antonieta, «de la desfloración a la penetración completa», había un trecho, recorrido en siete años y acompañado de dolores por ambas partes y de los desaires de María Antonieta, hastiada del deber conyugal y que a menudo dormía en cama aparte. Como Luis, ella participaba en la historia de aquel semifracaso *So irces:* Simone Bertière, *Marie-Antoinette l'insoumise,* Fallois, 2002.

3. Una pulgada equivale a 0,027 metros.

4. *Las Pandoras:* el papel de embajadora de la moda se reservaba a unas muñecas (de cera, de madera o de porcelana), la pequeña y la gran Pandora. La primera era del tamaño de un juguete de niño, la segunda casi como un ser humano. Se organizaban verdaderos circuitos. Venecia, Londres, Bolonia, Viena... Las muñecas fueron destronadas con la aparición de las revistas de moda, más económicas y más fáciles de transportar.

Capítulo 10

1. *Émigrette:* especie de yoyó, nuevo juego que hizo furor durante la Revolución.

Capítulo 11

1. *Los colores: leche cuajada, tristeamiga, vientre de no-enano, vientre de cierva* y *color de agua* corresponden al blanco; *malva tórtola, ciruela de señor, rostro picado de viruelas* y *culo de mosca,* al azul; *rueda de carroza, migraña* y *flor moribunda,* al rojo; *trigo de las Indias, rubio de ángel, caca de niño, color meona, fifí pálido asustado* y *cola de canario,* al amarillo; *preocupación de abejorro* y *rascador de chimenea,* al negro; los *pulga* son tonos pardos; *rosa culo de vieja* es un color inventado, muy apreciado por el pintor de Sète, Mer Cross, pero se puede imaginar que el siglo XVIII ya había descubierto antes que nosotros este matiz...

2. El verde María Antonieta es una pura invención.

3. *Venez-y-voir:* adornos para los contrafuertes de los zapatos.

4. *Esprit:* nombre de una pluma pequeña.

5. Esta tela, presentada en el salón de 1755 y entonces titulada *Un enfant qui s'est endormi sur son livre,* es una obra de juventud estilo Rembrandt. Actualmente, se expone en el Museo Fabre de Montpellier, con el nuevo título de *Le petit paresseux.*

Capítulo 13

1. *La levita:* en su tiempo, madame de Pompadour se hizo pintar con una varias veces. Encargó una serie de retratos suyos vestida de sultana (y con levita) a Carle Van Loo, para su castillo de Bellevue.

2. *Pet-en-l'air:* batín corto.

3. *Sophie Arnould* (actriz, soprano y clienta de mademoiselle Bertin) encargó un retrato suyo en levita a Jean-Baptiste Greuze. La tela se conserva en el Museo de Arte del condado de Los Ángeles. La levita representada muy probablemente es de Rose Bertin.

4. Rose vistió muy excepcionalmente a los hijos de los reyes.

5. Vigée Le Brun. Óleo sobre tela, 1789 (terminado a su regreso de la inmigración, 1814), *La comtesse du Barry,* colección privada. Existe una copia, realizada por madame Tripier Lefranc, sobrina de la artista. Está expuesta en el Museo Lambinet de Versalles.

6. Vigée Le Brun, *Portrait de Madame Du Barry,* óleo sobre tela, 1781 (73,5 x 54 cm.). Colección privada. Este retrato se ha copiado al menos dos veces en miniatura. Una se conserva en el Louvre y la otra (que sirve de tapa a una caja de cristal) en Boston.

7. *Miniatura de madame de Lamballe:* retomada años más tarde por el pintor Rioult.

8. *Tela de Jouy:* para decorar las telas, se adoptó un procedimiento diferente del tejido y el bordado, el estampado. En India, se conocía desde siempre, en Francia, se (re)descubrió. Se implantó una nueva industria, y el fabricante más famoso no era otro que Oberkampf, el fundador de la manufactura de Jouy (en Josas). Se convirtió en proveedor de la corte, de París y de toda Francia.

9. *El gabinete de los espejos móviles:* esta habitación contenía un mecanismo gracias al cual los espejos se elevaban del suelo a voluntad para ocultar las ventanas.

Capítulo 14

1. *Papeles pintados panorámicos (1790-1865):* grandes composiciones que tapizaban todas las paredes de una habitación. Creaciones exclusivamente francesas de finales del siglo XVIII. Muestran un paisaje continuo sin ninguna repetición de escenas.

2. *Gassner* era un taumaturgo. La emperatriz lo había interrogado sobre el destino de su hija mostrándole un retrato de la delfina. Gassner había palidecido y guardado silencio. Apremiado para que respondiera, enunció una terrible predicción. «Hay cruces para todos los hombres...», dijo para empezar, profetizando el terrible final de María Antonieta. *Fuente:* Pierre Saurat, *L'adieu au roi et à la reine,* Saurat, 1987.

3. *Alí Baba:* saboyana, especie de bizcocho al ron.

Capítulo 15

1. *Seis varas:* más de siete metros.

Capítulo 16

1. *Calle del Bord de l'Eau:* actualmente calle Guynemer. La casa de Rose todavía existe. En 1880 se integró a la propiedad vecina, que instaló en la casa una guardería y después una casa de reposo. A principios de siglo, se convirtió en un lugar de convalecencia famoso llamado Villa Beau Séjour. Hoy, la propiedad, en el centro, se ha dividido y ha sido objeto de reformas. Una parte de su jardín se ha transformado en parque público, el parque de los Béatus.

2. *Monsieur Sommariva,* milanés, antiguo barbero, gran seductor, era una especie de aventurero. Alentaba las artes, tenía una galería en París y excelentes telas en su castillo de Épinay (hoy el ayuntamiento). Fue el mecenas de Canova.

3. *Houel:* Jean Pierre Louis Laurent Houel, pintor.

4. *Jean Baptiste Defernex:* escultor.

5. *La pequeña embajada de la gran Rusia:* nombre inventado.

6. Medida agraria de longitud que equivale a 2,70 metros

7. *Viuda del malabar, carretilla del vinagrero:* nombres de tocados inspirados en obras de teatro del momento.

8. *Sombrero caisse d'escompte:* ¡sombrero sin fondo!

Capítulo 17

1. *El redingote* es un gran abrigo con solapa para montar y viajar. El redingote masculino se adaptó a las mujeres en un modelo de vestido abierto sobre una falda y un chaleco.

2. *Chaqueta con faldones. A la francesa* (con dos pliegues ahuecados en la espalda) o *a la inglesa* (con ballenas). Antes de convertirse en *el spencer,* toma el nombre de *juste* hacia 1785 y después de *pierrot* o de *coureur* hacia 1792.

3. *Corbata:* pequeño echarpe (de mujer) de encaje fruncido (adornado con pasamanería, cintas, etc.).

Capítulo 19

1. *Marie-Antoinette et ses enfants,* por madame Vigée, 1787. Castillo de Versalles y de Trianon.

2. Zoé era también una niña del pueblo (como «el pequeño Greuze») educada con Muselina por idea de la reina, para luchar contra la altanería de su hija.

Capítulo 20

1. *Les Anges:* los niños encontrados.

2. *Chasseriau:* el pintor Théodore Chasseriau formaba parte de la familia Chasseriau, en la que entró por matrimonio una sobrina de mademoiselle Bertin (Marie-Louise, llamada Louise).

3. *La costumbre del vestido de boda blanco* acompañado de un gran velo se estableció a partir del Consulado.

Capítulo 22

1. *Calle de Gros-Chenêt:* actualmente calle del Sentier.

2. *Rocambole:* la Revolución inventó la joya de fantasía que se llama joya de la constitución o Rocambole.

Capítulo 23

1. *El conde del rostro picado de viruelas:* Mirabeau.

2. *Prisión de la Force:* madame de Lamballe regresó de Alemania, donde se encontraba protegida, cuando se enteró de que la reina estaba en peligro de muerte.

3. *Duque de Orleans:* duque de Chartres (Philippe Égalité).

Capítulo 24

1. *Berkeley Square* era el barrio de los emigrados franceses.

2. *Cementerio de la Madeleine* (en el número 48 de la calle de Anjou). Entre otros, fueron inhumadas allí el centenar de personas fallecidas en la plaza Luis XV durante los fuegos artificiales de 1770, pero también todas las personas guillotinadas en la plaza de la Révolution hasta el 25 de marzo de 1799 (Luis XVI, María Antonieta y también Charlotte Corday, Philippe Égalité, madame Roland, madame Du Barry). Olivier Desclozeaux, magistrado monárquico, que vivía en el 48 de la calle de Anjou, compró aquel jardín (cementerio abandonado) en marzo de 1794 y anotó escrupulosamente el lugar en que el rey y la reina fueron inhumados. Sus cuerpos se encontraron, se pusieron en un ataúd y se trasladaron a la necrópolis real de Saint-Denis en enero de 1815. En el lugar de su primera sepultura, Luis XVIII construyó más tarde una capilla (inaugurada en 1826).

Capítulo 25

1. *Las Increíbles y las Maravillosas:* en aquella época, las llamaban las Inconcebibles y las Imposibles.

2. Rose alquiló una parte de su casa a un heladero napolitano, Garchi. Los clientes se atropellaban en la calle de Richelieu. Su establecimiento se convirtió en el más apreciado de París. Todo el mundo lo decía en la ciudad. «¡Quien no haya tomado un helado en Garchi es un tonto!» Garchi se había inspirado con éxito en el cafetero Zoppi, que actuaba de la misma manera en Procope. Después de la marcha de los Bertin, otro establecimiento valorado ocupó un día el número 26 de la calle de Richelieu, el mejor restaurante de París, según Brillat Savarin, en el que Beauvilliers (antiguo oficial de abastecimiento del conde de Provence y antiguo jefe de cocina del príncipe de Condé) instaló La Grande Taverne Anglaise. Todavía hoy existe un restaurante en el número 26, L'Incroyable.

3. Un día de enero de 1798, a las diez de la noche, bronca violenta en Garchi. Muchos muertos, heridos y daños materiales. Garchi era amigo de querellas políticas. Rose no lo tuvo durante mucho tiempo más como inquilino. Entonces, él trasladó su comercio a la esquina del boulevard Montmartre y la calle de Richelieu, donde su nueva tienda siempre estaba llena. Estaba de moda más que nunca. Más que nunca, los monárquicos acudían para conspirar contra el gobierno de la República.

4. En el original francés, *«bord de l'eau»*, que es también el nombre de la calle donde Rose Bertin compró su casa en París (véase nota 1 del capítulo 16).

Visite nuestra web en:

www.umbrieleditores.com